Quetzal de Plata

Lalaith Quetzalli Caresi

PUKIYARI EDITORES
www.pukiyari.com

En un tiempo donde la historia se ha convertido en leyenda y las tradiciones antiguas casi se han perdido… aquella que una vez negó su herencia, no podrá negar su destino; el de la que ha venido a preparar el regreso de un antiguo rey y cumplir una promesa que se creía olvidada, sellada con un Quetzal de Plata.

Para Verónica

Índice

Prólogo

Existió hace miles de años en un valle a las afueras de la capital tolteca, un templo construido en piedra y madera, rodeado del más maravilloso y hermoso jardín, así como el más frondoso bosque. Se trataba del "Templo de las Flores".

Al mando de dicho templo estaba Xochiquetzal, a quien algunos llamaban hechicera, y quien, contaban los aldeanos, era descendiente de los mismísimos dioses. Pero lo cierto es que, diosa o no, la mujer era favorecida por el rey y sacerdote mayor de los toltecas: Ce Acatl Topiltzin Quetzalcóatl.

Al servicio de Xochiquetzal estaban las cuatro sacerdotisas y sus respectivos guardianes: La primera era por el Este, la llamaban Iris y su protector era el atlante del viento; la segunda representaba al Sur, la conocían como Clavel, y su cuidador era el atlante del fuego; la tercera era del Oeste, usaba el nombre de Acacia, y su guardaespaldas era el atlante del agua; mientras que la cuarta y última, por el Norte, era Lirio, y su guardián era el atlante de la tierra.

Se decía que todos los que habitaban el Templo de las Flores eran diferentes a los aldeanos comunes; poseedores de un carácter, actitudes e ideales ajenos al lugar y la época que habitaban. Pero, pese a cualquier posible excentricidad, nadie olvidaba que Xochiquetzal contaba con el apoyo de Quetzalcóatl, por lo que ella y todos los que la seguían eran totalmente intocables.

Un día, mientras las sacerdotisas cumplían con sus deberes usuales, observaron a Xochiquetzal y Quetzalcóatl conversando a la sombra de un árbol. Aunque dichas reuniones entre ambos no eran realmente una novedad, ya que por años las venían llevando a cabo; desde que la mayoría de los habitantes del templo podían recordar, de hecho, se habían convertido en algo bastante usual. Y se decía en los alrededores que el interés del gran rey por la hechicera iba más allá que el de una simple amistad. Aquellos especialmente románticos solían asegurar que él la miraba con los ojos de un hombre enamorado y completamente devoto.

Precisamente en ese momento, bajo las discretas miradas de las sacerdotisas, hechicera y gobernante conversaban:

Xochiquetzal ataviada con su típica túnica larga de manta blanca y velo tejido, hincada entre docenas de flores hermosas; observaba a Quetzalcóatl, de pie frente a ella, luciendo una vestimenta muy diferente a la que solía usar en público, más sencilla, más discreta, aunque no por eso menos elegante.

En ese momento el rey tolteca sacó un objeto que llevaba entre sus ropas y se lo puso en las manos a Xochiquetzal.

—*Es hermoso...* —murmuró ella, viendo el objeto con admiración.

—*Es para ti* —señaló él.

—*¿Para mí?* —la joven pareció de pronto muy sorprendida—. *No estoy segura de merecer algo tan valioso.*

—*Mereces esto y mucho más.* —Le aseguró él poniendo una rodilla en el suelo—. *Ningún regalo es demasiado para "la flor más hermosa".*

—*Oh mi Señor...*

—*Te lo he dicho muchas veces, Xochiquetzal, no me llames así por favor.*

—*Pero eso es usted, mi Señor, mi Rey.*

—*No creo que ignores que mis intenciones para contigo van más allá que las de un rey con su consejera.*

—*Lo sé* —suspiró ella—. *Aunque aún no estoy convencida de que yo sea digna de sus afectos, o del puesto que me ofrece.*

—*No existe cosa de la que tú no seas digna. Sean sentimientos, una corona, o cualquier otra cosa. Es por eso que hoy te he traído este obsequio; para que sirva como prenda de mi promesa.*

—*¿Promesa?*

—*Bien sabes que aunque quisiera anunciar ahora mismo lo que siente mi corazón, la situación actual no me lo permite.*

—*La cercanía de aquel campamento de guerreros nómadas tiene a todos en la ciudad bastante tensos.*

—*Pero eso no es algo que vaya a durar para siempre. Por eso yo te hago entrega hoy de este obsequio, con la promesa de que llegará el día en que yo vendré por ti, tú entrarás a Tula de mi brazo, como la reina que siempre has sido en mi corazón y que serás para mi pueblo. Eso es, si tú me aceptas.*

—*Será para mí un gran honor.*

Entonces la joven tomó el obsequio y se lo puso, decidida a jamás quitárselo, sellando así la promesa hecha ese día.

Los días pasaron uno tras otro en el templo, días llenos de sueños y anhelos, la ilusión de una mujer enamorada que aguarda con ansias la oportunidad para finalmente gritar su amor al mundo entero.

Pero, lamentablemente, ese instante no llegaría…

Lo que parecía ser una mañana como cualquier otra se transformó drásticamente al escucharse el agónico grito femenino a la entrada del templo.

Sacerdotisas y atlantes corrieron apurados, preocupados por la seguridad de la hechicera, temiendo un posible ataque al templo. Pero sus malos presentimientos parecieron verse desechados al ver únicamente a dos individuos en la entrada del santuario: uno, un mensajero del pueblo; y otro, la propia hechicera.

—*¿Qué sucede?* —preguntaron las sacerdotisas con preocupación.

Y realmente tenían razón para estarlo, con la hechicera de las flores arrodillada en el suelo, sus oscuros cabellos cubriendo su rostro, ocultando su expresión; y aún así seguían siendo audibles los sollozos continuos, y notable la forma en que su cuerpo parecía no poder dejar de temblar.

—*¿Qué pudo haberla puesto así?* —preguntó Clavel muy consternada.

—*¿Qué le dijo que la puso así?* —Lirio de inmediato fue a demandar información del mensajero—. *¿Qué fue?*

—*Cálmate Lirio* —indicó Acacia con serenidad—. *No es culpa del mensajero si las noticias son malas.*

—*Lo que importa aquí es saber cuáles han sido las noticias* —puntualizó Iris al girarse hacia el mensajero—. *Así que, ¿qué noticias has traído a Nuestra Señora?*

—*Me temo que las noticias son en verdad malas, no sólo para la Señora Xochiquetzal, sino para todos nosotros* —admitió el mensajero—. *El Señor Quetzalcóatl ha desaparecido sin dejar rastro.*

—*¡¿Qué?!* —gritaron todas alteradas.

—*¿Desaparecido?* —Acacia era la única capaz de mantener la calma en el caos —*¿Cómo es eso posible?*

—*Así como lo oyen* —confirmó el mensajero—. *Desapareció.*

—*Nadie desaparece así nomás porque sí* —insistió Lirio perdiendo la paciencia—. *Ni siquiera la más poderosa magia logra eso.*

—*Eso* —aceptó el mensajero—. *Según se dice, un hombre llegó buscando hablar con él hace dos noches, dijo llamarse Tezcatlipoca. El Señor Quetzalcóatl aceptó acompañarlo, hablar con él, desde entonces no se les ha visto a ninguno de los dos. Corren rumores de que nuestro rey pueda estar muerto.*

—*¡¡No!!* —el nuevo grito ahogado que abandonó los labios de la hechicera pareció estrujar los corazones de todos los presentes.

—*¡Mi Señora!* —exclamaron las sacerdotisas y guardianes con alarma.

—*Rompió la promesa...* —empezó a murmurar Xochiquetzal entre sollozos—. *Aseguró que vendría por mí cuando todo hubiera terminado, que estaríamos juntos, que él sería mi rey y yo su reina. Pero ya no será así, ya nunca volverá. ¡Ha roto la promesa!*

Y sin esperar un solo instante más ella se puso en pie y dejó el lugar corriendo a toda prisa, abandonando el templo por una salida lateral; sin darse cuenta de que atrás, olvidado en el suelo de piedra, había quedado el bello obsequio que su rey y enamorado le diera no mucho tiempo antes.

—*¡Mi Señora!* —volvieron a exclamar los presentes.

Pero era demasiado tarde, la mujer ya se hallaba demasiado lejos para poder escucharlos; y era probable que, incluso estando cerca, su estado de ánimo lo hubiera hecho imposible.

—*Xochiquetzal...* —por alguna razón Lirio era la única que llamaba a su líder por su nombre y no su título.

—*Olvidó esto* —hizo notar el atlante de la tierra levantando el delicado objeto.

—*Lo mantendremos seguro por el momento, y esperaremos a que Nuestra Señora regrese para devolvérselo* —resolvió Iris fácilmente.

Pero lo que ellas ignoraban era que Xochiquetzal no habría de volver al Templo de las Flores. Era casi como si ella también se desvaneciese en la nada.

A partir de la repentina desaparición de la hechicera Xochiquetzal las cosas se fueron poniendo cada vez más difíciles. Las cuatro sacerdotisas y sus guardianes perdieron de la noche a la mañana a aquellas personas importantes que los mantenían protegidos de lo que el resto de la gente pudiera pensar, decir o hacer; se habían quedado solos. Y es que realmente no eran muchas las personas en el pueblo que apoyaran el hecho de que mujeres tuvieran poder, ya fuera por la magia o la influencia, cuando atendían a los enfermos u otros que requirieran de sus servicios.

Las dificultades llegaron a su punto más alto cuando la activación de la alarma mágica del Templo de las Flores despertó a los habitantes bruscamente a mitad de la noche. La dura realidad se hizo evidente en pocos minutos, estaban siendo invadidos.

Aquellos que acudieron al lugar buscando eliminar lo que veían como una amenaza para su estilo de vida, aunque fuera simplemente porque eran diferentes, casi esperaban ver huir a sus víctimas; y, sin embargo, lo que encontraron fue a ocho individuos dispuestos a pelear, a morir por aquello en lo que creían.

Las sacerdotisas, con sus conjuntos de túnica corta y falda de manta cruda y con bordados de las flores que las identificaban, velos cubriendo sus cabellos y buena parte de sus cuellos y hombros, dejando sólo sus rostros visibles, los pies descalzos y en la cara interna de sus muñecas el símbolo de su magia. Los atlantes con las ropas de piel, elaboradas armaduras cubriendo sus torsos, así como parte de sus piernas y brazos, los rostros ocultos tras máscaras de piedra, no necesitaban armas, nunca lo hicieron.

Lo que nadie sabía era que mientras la batalla comenzaba en la entrada principal del templo, una pequeña figura salía a hurtadillas por una puerta escondida en la parte de atrás. Se trataba de una figura femenina, que no podía ser más que una niña, en una túnica de dos piezas hecha en manta cruda y envuelta en una capa oscura; en sus manos llevaba un saco que parecía estar lleno de pergaminos y una elaborada caja de madera tallada.

La pequeña corría a todo lo que daban sus pequeñas piernas, esquivando ramas caídas, raíces alzadas y piedras tanto como le era posible con la ayuda de la poca luz lunar que conseguía atravesar los árboles del bosque; ignorando los golpes y gritos producto de la batalla desarrollándose a su espalda mientras que las lágrimas empapaban el velo que cubría su rostro. Tenía una misión que cumplir, tanto dependía de ella, no podía fallar.

La batalla fue larga y violenta. Sangre y lágrimas regaron un campo de acónitas, ortigas, sabinas y tamariscos. Y al salir el sol a la mañana siguiente, ni uno solo de los combatientes había sobrevivido.

De la niña nada se supo, una huérfana acogida por el templo, nadie sabía siquiera dónde comenzar a buscarla, y tampoco tenían mucho interés. Su carga también se perdió esa noche, una carga secreta, infinitamente valiosa, que no vería la luz del día por mucho, muchísimo tiempo…

En los años siguientes romeros, dondiegos y helenios crecieron en lo que antes fuera el campo de batalla; y entre todo surgió una fárfara, anunciando un futuro inevitable: un día habría de hacerse justicia…

Capítulo 1
Gloxinia

Faltaban escasos minutos para las siete de la mañana y los pasillos de la Universidad Máter de la Ciudad de México estaban repletos de alumnos que se dirigían a toda prisa a sus respectivos salones de clases.

Entre todos ellos sobresalía una chica de hermosos ojos turquesa, cabellos enrulados de un negro azabache que le llegaban a media espalda, de aproximadamente 1.60 m. de estatura, una figura delgada y piel de un precioso tono moreno, casi del color del cobre; lucía una elegante falda negra a las rodillas y una ajustada blusa de manga corta y cuello en 'v' color rosa, así como medias y zapatillas de tacón de aguja; sus manos estaban manicuradas y en su rostro era notorio un delicado maquillaje. Cualquiera diría que esa joven parecía más una modelo que una estudiante. Pero lo cierto es que era una estudiante universitaria de veintitrés años que cursaba el último año de la Licenciatura en Relaciones Exteriores. Todos la conocían como:

—¡Fiore!

La mencionada muchacha se giró hacia un lado, desde donde vio a varias jóvenes, más o menos de su edad, que acababan de bajarse de varios automóviles e iban en su dirección; todas de ojos claros, con los cabellos teñidos de rojo o rubio, aunque las raíces oscuras seguían siendo patentes, en algunas incluso se notaba que se hacían otros tratamientos, y en otras era también evidente el maltrato a su cabello de tanto usar químicos y planchas.

La procesión de aquellas chicas populares se vio interrumpida por otro grupo; éste de jovencitas de la misma edad, o unos cuantos años menos, con complexiones similares, excepto que sus ojos y cabellos eran oscuros y su arreglo lucía más natural que el primer grupo. Eran alumnas de una variedad de carreras, desde Derecho hasta Diseño. La líder de ese grupo era una muchachita de unos veintiún años, ojos canela y cabellos castaños claros y lacios, vestida con capris de mezclilla y blusa blanca sin mangas; ella también estaba en su último año de carrera pese a su juventud; su carrera era Publicidad y su nombre Verónica Reséndiz Yolotl.

Mucho se especulaba en el campus acerca de conflictos que supuestamente existían entre Fiore y Verónica, siendo ellas las líderes de los dos grupos más populares de la universidad, aunque lo cierto es que estas dos mujeres jamás habían cruzado más de dos palabras entre ellas.

El día comenzó con normalidad, la primera clase era Comunicación Intercultural y estaba dictada por el profesor Francisco Solís; no precisamente el mejor docente de la universidad, y algunos pensaban que le faltaba bastante para merecerse siquiera ese título. Igual a la mayoría no les importaba, su clase era una de las más fáciles de llevar, solamente tenías que estar de acuerdo con todo lo que él dijera…

—La humanidad está condenada a repetir la historia —dijo el profesor esa mañana—. En el nivel más básico. Aquellos que comenzaron como inferiores, sin importar cuánto intenten negarlo, nunca dejarán de serlo.

La mayoría del alumnado ni siquiera le estaba poniendo atención, simplemente asentían con la cabeza a intervalos determinados, fingiendo escuchar, entender y estar de acuerdo con todo lo que el hombre decía, aunque la mayoría no tenía ni la más remota idea de siquiera qué era eso exactamente.

—Un ejemplo muy claro es nuestro país —siguió diciendo el hombre—. México lleva en su sangre la derrota. ¿Me puede alguien explicar por qué es esto? —Pasó la vista sobre los alumnos, hasta detenerse en una joven, casi al centro de uno de los grupos—. Señorita Molina…

Isabel Molina, con el cabello teñido de un rojo casi anaranjado, alaciado y un poco reseco, la piel bronceada de manera artificial, vestía una falda tableada en tonos de rojo, marrón y negro arriba de las rodillas, una blusa blanca lo suficientemente transparente como para que se pudiese ver el sostén rojo que usaba debajo, y botas negras de piel que le llegaban a las rodillas.

—Por el hecho de que, desde que ha existido la historia de México como tal, el país ha estado bajo el control de otros —respondió la muchacha con una actitud como de quien no le importa lo que está diciendo—. Sea España, Estados Unidos, compañías extranjeras, empresarios ricos, no importa; México está completamente dominado por otros. Así ha sido durante toda la historia, y así ha de ser siempre, no hay remedio.

Nadie la contradijo, la mayoría asintieron como por un acto reflejo. Todos sabían que Isabel era hija de Augusto Molina, un conocido empresario, lo cual la hacía a ella rica, de familia importante. Era además parte del grupo de Fiore, las dos juntas eran las chicas más populares en su particular grupo; todos querían ser ellas, o salir con ellas. Se sabía que compartían la opinión de su profesor respecto a lo mal que estaba su país, eso había quedado claro desde el inicio del semestre. El resto del grupo prefería no pensar demasiado en ello. Era la mejor manera de pasar esa clase sin esfuerzo alguno…

Al término de las clases, Fiore caminó hacia el estacionamiento y se dirigió hasta un BMW azul rey en el cual de inmediato se subió.

—Hasta que por fin llegas, Fi —comentó la muchacha que se acomodaba en el asiento del copiloto ya que hasta hacía un momento antes había estado prácticamente encima del piloto.

—El ridículo profesor de francés se agarró a repetir otra vez su discurso acerca de lo mucho que los canadienses alteran la pronunciación de ciertas palabras —replicó Fiore en tono neutral, aunque con un acento algo pesado.

—Ese profesor es un hígado, no sé cómo lo aguantas —replicó la otra chica.

—Tengo que —le recordó Fiore—. Necesito una buena nota en esta materia si quiero irme a Francia contigo y Rick.

El mencionado no dijo palabra alguna, simplemente arrancó el carro y con un acelerón algo brusco estaban fuera del estacionamiento.

—Pues claro que tienes que venir a Francia y si ese tonto no te da la recomendación solamente tienes que pedirle dinero a tu papi. Fácil, ¿no? —insistió la otra en un tono algo chillante y como si fuera cualquier cosa.

—No lo sé, Jess. Sabes que mi padre y yo no nos hablamos desde que decidí venirme a la Ciudad de México; me peleé con él y todavía no nos hemos reconciliado —remarcó la de cabellos negros en un tono algo más sobrio.

—Pues creo que tú tenías toda la razón para pelearte con él —la apoyó la otra—. Digo, querer que te quedaras en un pueblo de tercera categoría cuando tenías la oportunidad de estar aquí en la capital… de disfrutar de lo mejor.

—Así es.

—En verdad que no entiendo cómo tu padre, siendo de un lugar tan de primer nivel como lo es Italia, querría forzarte a resignarte a una vida tan insignificante. En un pueblo como ese a lo más que llegarías sería a ser esposa y madre de dios-sabe-cuántos hijos; quizás costurera o algo así en tu tiempo libre. Pero eso no es para ti, no es para nosotras; nosotras, hijas de familias de la alta sociedad, somos de lo mejor y nacimos para tener lo mejor.

Fiore ya no replicó a esto, fue casi como si algo en las palabras de su "amiga" la hubiera ofendido de alguna manera.

Jessica Maeve Favre Vale, joven mexicana de ascendencia francesa, con un padre empresario y madre *socialité*. De clase acomodada, estaba acostumbrada a los mayores lujos y a que las cosas se hiciesen como a ella le daba la gana. De ojos ámbar oscuro y cabello caoba con una tonalidad rojiza, le gustaba vestirse con lo más caro que encontrara en las tiendas, y jamás se le veía usar un mismo atuendo dos veces.

Fiore se mudó al *penthouse* de Jessica poco después de conocerse; Jess siempre decía que estaba muy feliz de poder vivir con alguien de su misma clase… (o al menos eso creía ella).

Un extenso y bello jardín se extendía a sus pies, mientras que detrás de ella se levantaba una imponente estructura de piedra blanca: un templo. El sol se alzaba en lo alto del cielo, sus rayos colándose por entre las tupidas ramas de los árboles que parecían rodear por completo el terreno y las montañas que se distinguían en la distancia.

¿Qué lugar es este?, se preguntó la joven mientras observaba su alrededor con una mezcla de confusión y curiosidad. *¿Por qué siento como si yo ya hubiera estado aquí antes, hace mucho, mucho tiempo?*

Y entonces pudo distinguir algo más: de la misma dirección donde se alzaba el sol iba llegando alguien. Se trataba de un hombre joven ataviado en ropas extrañas.

Esa ropa... pensó ella.

Las palabras para describir lo que veía le fallaron a la vez que bajó la vista para descubrir que ella misma llevaba un estilo de ropa diferente al usual, el mismo estilo que él. Ropas que parecían pertenecer a un lugar o una época diferente, o quizás una mezcla de ambos factores; y, sin embargo, por alguna razón, a ella le parecían familiares.

¿Quién es él?, se preguntó ella, observando al hombre con atención, intentando grabar en su memoria cada detalle. *¿Por qué aún sin poder ver su rostro siento que ya lo conozco? Mi corazón late tan de prisa, y hasta mi respiración se ha vuelto errática, como si mi cuerpo esperara algo que mi mente desconoce, pero ¿qué?*

Él se detuvo apenas a unos pasos de ella, tan cerca y a la vez tan lejos... y ella seguía sin poder distinguir las facciones de su rostro. Nada le era claro más allá de su cabello oscuro y tez morena.

Él extendió una mano en silencio, como si quisiera tocarla, ella imitó el gesto; los separaban algunos centímetros y por alguna extraña razón ninguno de los dos se movió en un intento por acercarse, la idea ni siquiera pareció ocurrírseles. Simplemente permanecieron de pie, inmóviles, uno frente al otro, casi tocándose.

Le tomó unos momentos a ella para romper el hechizo de silencio que parecía haber caído sobre ambos, y no pareció darse cuenta de que cuando la voz salió de sus labios habló en otro idioma y con una suavidad jamás usada.

—*¿Quién eres?*

Su pregunta no tuvo respuesta alguna, ni siquiera un suspiro. En vez de eso, otro sonido inundó el lugar, uno similar al de vidrio al romperse, suficiente para ponerla en alerta.

Por un momento ella estuvo casi segura de haber visto un objeto fino y delicado aparecer en el espacio entre su mano y la de él, pero éste apareció y desapareció tan rápido que no estuvo segura de que hubiera sido real y no sólo su imaginación.

Apenas un instante después la oscuridad se lo tragó todo.

Un nuevo día de clases, y todo iba con la normalidad usual, aunque lo que nadie sabía era que ésta no iba a durar mucho tiempo…

Todavía el maestro no iniciaba su clase cuando pudieron escuchar a alguien tocar la puerta. Se trataba del prefecto: Ramón Gutiérrez, quien, tras intercambiar unas palabras breves con el profesor, se dirigió a los alumnos:

—Jóvenes, nuestra escuela ha recibido el gran honor de ser la anfitriona de un muy distinguido invitado —les anunció el prefecto.

Eso bastó para que comenzaran los murmullos, si bien habían tenido académicos invitados antes, era obvio que quienquiera que el prefecto estaba por presentar era más que sólo un orador o un docente visitante… además el hombre realmente estaba exagerando las cosas con esa introducción, lo cual hacía obvio que la escuela estaba tratando de causar una buena impresión en quien fuera su invitado.

—Él es graduado de la Universidad de Oxford —siguió diciendo el prefecto—. Y se encuentra aquí, en México, realizando trabajo de investigación para completar su tesis de doctorado.

El mencionado invitado entró en ese preciso momento: alto, de figura atlética, al menos siete años mayor que casi todos en el grupo, de grandes ojos tan oscuros que casi parecían negros, tez clara, ligeramente bronceada, cabello entre negro y castaño algo revuelto y suficientemente largo para rozar la parte de atrás de su cuello, tenía una barba de candado y en ese momento vestía un pantalón de mezclilla negra, zapatos negros, camisa verde oscura con un par de botones en la parte superior desabotonados. Parecía mezclar un aire de importancia y autoridad, y al mismo tiempo una cierta sencillez que, aunado a su apariencia, no tardó en dejar a la mitad del alumnado suspirando.

—Mi nombre es Draco Yao Tamay —se presentó el muchacho en un tono tranquilo, como si no notara toda la atención... o no le importara—. Acabo de llegar a Ciudad de México. Pasé los últimos meses viajando por varias partes del país. Antes de venir aquí vivía en Londres.

—¿Alguien tiene alguna pregunta? —inquirió el prefecto tras percatarse de que Yao no diría más.

—¿Por qué vino a México si antes vivía en el extranjero? —preguntó con evidente curiosidad León, un muchacho rubio sentado al fondo del salón.

—Siempre quise venir a México —respondió Draco con sinceridad—. La familia de mi madre era originaria de este país, aunque se fueron al Reino Unido siendo aún jóvenes. Yo no había venido desde que era pequeño. Siempre deseé conocer mejor el lugar de donde vino un lado de mi familia.

Fiore escuchaba al hombre hablar y le dio la impresión de que ella estaba percibiendo en las palabras de él mucho más que lo que decía en ese momento.

—¿Vives solo? —otro de los alumnos quiso saber.

—Sí —asintió Draco—. Desde que cumplí la mayoría de edad y dejé mi hogar adoptivo... mis padres fallecieron en un accidente cuando yo era adolescente.

Fiore gimió levemente, tan quedo que nadie la escuchó. Sintió algo fuerte en el momento en que él mencionó eso, pero no lo entendía. No recordaba haberse sentido así antes; era como si algo en las palabras de él le doliera...

—¿Por qué viajas tanto? —preguntó una de las alumnas.

—Porque... estoy buscando a alguien —respondió él de forma enigmática.

Esa respuesta fue quizás la mayor sorpresa para todos los presentes, ciertamente no se la esperaban.

Pero en el caso de Fiore bullía algo más que ella no se esperaba: y es que por un segundo una imagen se cruzó por su mente, la misma que vio antes en un sueño…

¿Qué… qué significa todo esto?, se preguntó ella en *shock. Esto que siento dentro… este profundo sentimiento… ¿qué está sucediendo?*

Capítulo 2
Ciclamen

Fiore caminaba por un camino de tierra, un rompe-vientos encima y una pequeña maleta sobre su hombro. Mientras caminaba recordaba exactamente qué la había llevado ahí...

Era casi el final del día escolar, y Fiore se llevó una sorpresa cuando la secretaria la mandó llamar a la oficina para algo importante.

—¿Qué sucede? —preguntó la muchacha apenas entró.

—Nos ha llegado un mensaje urgente, señorita —explicó la secretaria con gentileza—. Su abuela ha recaído y se halla en este momento en un estado delicado. Siendo que usted es su contacto de emergencia, se ha solicitado su presencia.

—Mi abuela... —repitió Fiore, sorprendida.

—Sí —asintió la secretaria, moviendo papeles de un lado a otro, se le notaba nerviosa—. Como quizás ya se imaginará, ésta es una situación algo inusual pero ya he hablado con sus profesores. Se le perdonarán las faltas de mañana viernes, así tendrá tres días para hacer su viaje y asegurarse de que su abuela se encuentre bien.

Fiore ni siquiera tuvo oportunidad de pronunciar palabra alguna, tal parecía que la situación ya estaba decidida.

Y era por esa razón que ella se levantó más temprano que de costumbre, abordó un autobús de segunda clase, viajó por alrededor de tres horas (hubiera sido menos tiempo, pero el transporte hacía paradas frecuentes), para luego bajarse en un cruce de la carretera (ni siquiera era una estación, sólo una parada), y de ahí caminar otra media hora hacia el pueblo (ya que ninguna ruta comercial pasaba por allí).

Ansiedad era el principal sentimiento que inundaba a Fiore en ese momento. Y es que ella no había puesto un pie en ese pueblo desde que se marchó a los dieciocho años para estudiar en la Ciudad de México, sin mencionar la fuerte discusión que tuvo el día previo a esa partida... no quería ni imaginarse lo que podría pasar con su regreso.

Los habitantes del pueblo veían pasar a esa joven de elegante pantalón negro, delicada blusa rojo con blanco y tacones rojos. Un atuendo por completo diferente a lo que usaban las personas del lugar.

Fiore llegó hasta la última casa del pueblo. Era un poco más grande que las demás, pero igual de un solo piso, hecha de madera y adobe, nada de cemento, buenos ladrillos, ni materiales que ella consideraría mucho más apropiados.

Apenas entró Fiore en la casa, una mujer la abordó. Era de menor estatura que ella, aunque eso podría deberse a que se trataba de una persona encorvada. Se veía de avanzada edad, la piel oscurecida por el sol y arrugada por la edad, el cabello completamente blanco, lacio, en una trenza que le llegaba casi hasta la cintura. La mujer vio a Fiore de arriba a abajo y de inmediato quiso saber qué hacía ahí.

—Busco a la señora Azalea —respondió Fiore con suavidad.

—¿Por qué la señito busca a la Azalea? —preguntó la anciana en un tono nervioso, y con un acento que daba la impresión de que le costaba pronunciar las palabras—. No queremos más gente de la ciudad viniendo a molestar a la Azalea.

—Soy su nieta —declaró Fiore sin hacer mayor aspaviento.

La mujer se quedó muda de la sorpresa y sin decir más se hizo a un lado para que la muchacha pasara.

Fiore entró al cuarto entonces, donde vio a una mujer anciana de cabello blanco, corto; su piel, al igual que la de la otra mujer, era oscura y estaba llena de arrugas; se encontraba dormida, vestida con un camisón de manta bordada. Cerca de la cama se encontraba, de pie, una persona que vendría a ser lo más cercano que había a un médico en ese pueblo.

—¿Cómo está ella, doctor? —preguntó Fiore en voz baja.

—Me temo que esa información sólo se la puedo dar a un pariente directo de la señora —le dijo el doctor con cordialidad—. Como ya le dije a la señora que estuvo aquí antes.

—Soy su pariente —anunció Fiore con autoridad—. Soy su nieta, Fiore Yolotl Nahuí, acabo de llegar de la capital.

El doctor esperó a que ella le mostrara una identificación, para luego asentir.

—Ya veo —dijo él con calma—. Su estado es delicado. Tuvo un conato de infarto hace dos días y aún no se recupera del todo. Pese a que por lo general les recomendaría a mis pacientes una temporada en el campo, tiempo de descanso al aire libre, en un lugar donde respiren más oxígeno y menos *smog*… me temo que en el caso de ella eso no bastaría. Un pueblo como este no tiene la calidad en los servicios médicos que ella necesita. Si quiere vivir más, y especialmente con una buena calidad de vida, lo más recomendable sería que se mudara a alguna ciudad.

—Dígaselo a ella —murmuró Fiore con un dejo de cansancio que hacía evidente que aquel fue tema de conflicto con anterioridad—. Traté de convencerla de eso cuando me marché, hace cinco años, fue inútil.

—Dudo mucho que hace cinco años su vida peligrara de esta manera —remarcó el doctor con seriedad.

—Veré qué puedo hacer —asintió Fiore con un suspiro.

Lo cierto es que no tenía muchas esperanzas, pero al menos lo intentaría.

Tomó un par de horas, pero eventualmente todos se marcharon. Fiore decidió preparar algo de beber. Ni siquiera pareció tener que pensarlo cuando tomó el viejo pocillo y puso a calentar agua, abriendo después una alacena, metiendo la mano y sacando una bolsa de papel con flores secas, extrayendo un puñado y agregándolo al agua. Sus acciones eran automáticas, haciendo evidente una familiaridad con éstas y con el lugar.

Le era todo tan natural a la joven que no tenía que concentrarse para preparar el té, así que en lugar de eso su mente comenzó a vagar hacia un viejo recuerdo de mucho tiempo atrás… poco más de quince años…

Una Fiore de siete años más o menos, sobre una silla, parada de puntas y estirándose lo más que podía para alcanzar una bolsa de papel que se encontraba en la alacena más alta de la cocina. Parecía una tarea imposible, incluso con todo el esfuerzo de la pequeña, la alacena le quedaba demasiado alta.

Y en ese momento entraba otra persona, su abuela, con menos años marcando su piel y sus pasos. Y ella tomaba la bolsa con las flores secas, para después entregárselas a la niña con una sonrisa.

Ambas procedían entonces a preparar té juntas, su actividad favorita…

El sonido del agua hirviendo sacó a la muchacha de sus recuerdos.

Todavía actuando como un autómata, Fiore extendió la mano para tomar un trapo sin necesidad de verlo, lo usó para sujetar el pocillo caliente, con la otra mano tomó un colador, y pasó el agua hervida por este, para separarla de las flores, antes de servir el té en dos tazas. Luego puso estas, junto con algunas galletas caseras, un pequeño frasco con miel y un par de cucharas en una bandeja, la cual cargó al cuarto de la abuela.

La mujer mayor despertó en ese momento y parecía querer decir algo, cosa que la joven notó de inmediato:

—No hables —le dijo suave, pero con autoridad, al tiempo que agregaba un poco de miel a cada taza, para después poner una en manos de la anciana, esperando un momento para asegurarse que no le temblaban, antes de soltarla—. El doctor dijo que no debías hablar por ahora. Debes descansar.

La mujer empezó a beber el té sin decir una palabra, asintiendo con aprobación al comprobar que la chica aún sabía preparar una buena taza de té de flores.

Ambas bebieron su té en completo silencio, y la joven tomó la taza vacía una vez que se hizo evidente que la anciana no podía moverse lo suficiente para devolverla a la bandeja. Una sola palabra abandonó los labios de la mujer mayor antes de volver a quedarse dormida, sus ojos fijos en la espalda de la muchacha saliendo del cuarto:

—*Xóchitl...*

A la mañana siguiente dos voces femeninas podían escucharse discutir en diferentes idiomas en el interior de la casa de la Azalea. Nadie sabía con exactitud cómo comenzó esa pelea verbal, y ciertamente nadie fue testigo de una igual desde que la joven dejó el pueblo cinco años atrás.

—¡Es que qué es lo que te molesta tanto de mí! —exclamó Fiore perdiendo la paciencia.

—*Que te escondas como lo haces* —replicó su abuela, hablando su propia lengua materna, náhuatl, y no el español como Fiore lo hacía.

—Si me escondiera no estaría aquí —puntualizó la muchacha.

—*Estás, pero no eres tú realmente* —le reprochó la anciana—. *No te muestras como eres. Con eso que le haces a tu cabello y la pintura en tu rostro, la ropa que usas y las cosas que te pones en los ojos.*

—He cambiado nana, todos cambiamos con el tiempo.

—*No todo debe cambiar. Las clemátides florecen igual cada año, y no por ello son menos hermosas.*

—Yo no soy una flor.

—*Sí lo eres. "Flor", ese fue el nombre que te dieron tus padres cuando naciste: Xóchitl, no ese nombre extraño por el que te haces llamar ahora. Esa es otra de las máscaras que usas para ocultar tu verdad.*

—"Mi verdad" como tú la llamas, lo único que ha hecho ha sido ponerme en ridículo. ¡Yo no quiero ser una india!

—*Así que "una india", "un ridículo", eso es lo que crees que soy.*

—No quise decir eso nana. Tú estás conforme con esta vida, yo no.

Azalea no le insistió más, pero era obvio que seguían sin estar de acuerdo en el tema, probablemente nunca lo estarían.

—*Pero al menos mientras estés aquí no te permitiré ocultar quién eres* —dijo la anciana eventualmente.

—Ya lo sé —murmuró la joven con voz queda.

Y ciertamente, su piel morena en ese momento lucía natural, sin la tonalidad dorada dada por la crema de bronceado falso que acostumbraba; su cabello no estaba enrulado, sino completamente lacio y caía hasta la parte baja de su espalda; y, finalmente, sus ojos, que antes fueran turquesa, en ese momento mostraban su verdadera tonalidad oscura, un café tan oscuro como las semillas del cacao.

—*Ya ni siquiera hablas el náhuatl como solías hacerlo.*

—Porque no hay necesidad, nana. En estos tiempos no necesitamos hablar náhuatl sino español, y otros idiomas extranjeros. Eres tú quien se niega a aceptar la realidad.

—*Lo único que me niego a aceptar es que mi nieta haya cambiado tanto que ya ni siquiera la reconozco. ¿A dónde se ha ido mi niña, mi pequeña flor...?*

—¡Ya te dije que yo no soy una flor! Ninguna de nosotras lo es. Te llaman la Azalea, pero ese no es tu nombre, o al menos no lo era. Tú eres más que esto, nana... Ambas lo somos. Somos humanas. Si no cambiamos, nos quedamos rezagadas, no progresamos.

—*¿Eso piensas de los que vivimos en este pueblo? ¿Que no progresamos? ¿Eso piensas de los niños con los que solías jugar de pequeña? De todos aquellos que nos ayudaron cuando eras niña, cuando tus padres... mi hijo...*

Fiore/Xóchitl inhaló abruptamente, pero se negó a permitir que la emoción que esas palabras provocaban la dominara. Habían pasado muchos años desde aquella tragedia, más de una década… no permitiría que la detuviera, no más.

—Ya no soy una pequeña —dijo la muchacha al final, tratando de no extender la discusión aún más—. Y el doctor dijo que te iría mejor en la ciudad, donde tendrías acceso a mejores servicios médicos.

—*Yo no confío en esos doctores de la ciudad, lo único que hacen es enfermarnos más.*

—A ti te podrían curar.

—*A mí me curan mis hierbas.*

—¿Cuándo entenderás que ya no estamos en la época en que las plantas eran suficientes? Y aún entonces, no siempre era así. Ahora tenemos cosas mejores.

—*A mí no me interesan. Yo tengo mis hierbas, y si éstas no me curan entonces habrá sido la voluntad de los dioses.*

—¡Despierta nana! ¡Ya no estamos en el siglo XIV! Ya no existen los dioses ni las antiguas costumbres, eso es el pasado.

—*Un pasado que ha de volver, así está escrito.*

—Esas son tonterías.

—*Es una profecía, una promesa. Tú solías creer en ella cuando eras niña.*

—Yo solía creer en muchas cosas cuando era niña —un pequeño suspiro abandonó los labios de la chica—. Y después crecí, maduré. Como dije antes, muchas cosas han cambiado.

—*Podrá cambiar el exterior, pero el interior siempre será el mismo. Lo que se ha dicho que será, será, y no lo podrás cambiar.*

—Lo único que será es aquello por lo que he trabajado por años, no lo que un loco recitó, o escribió en algún papel hace miles de años.

—*Las profecías han de hacerse realidad, todas las promesas se cumplirán, y tú finalmente conocerás la razón de tu existencia…*

La joven ya no respondió, simplemente negó con la cabeza y abandonó la casa dando un sonoro portazo.

El sol ya se había puesto cuando Azalea ingresó en la habitación que por doce años le perteneciera a su nieta… y ahora ella la estaba ocupando nuevamente, aunque sólo fuera por unos cuantos días. Una visita, eso era todo; la primera desde que Xóchitl se fue a estudiar a la capital.

La joven dormía en ese momento, y mientras la observaba, la anciana no pudo evitar recordar la última vez que las dos estuvieron juntas en esa casa, antes de que el lazo entre ambas se quebrara…

Una muchacha de dieciocho años corría por las calles de tierra del pueblo, hasta la puerta abierta de la casa al final de la calle, donde su abuela la esperaba. Llevaba pantalones de mezclilla y una blusa azul de mangas cortas, ambas nuevas, lo mismo que los zapatos negros de tacón bajo en sus pies; su cabello negro estaba en un elegante moño en su nuca, con algunos mechones rizados enmarcando su rostro y un poco de maquillaje, no demasiado, aunque suficiente para hacerla ver diferente de lo usual, en especial las sombras en sus ojos, colores elegidos con cuidado para que se le vieran más claros de lo que eran en realidad.

—¡Lo logré! —exclamó la chica con una amplia sonrisa y casi brincando de la emoción—. ¡Lo logré nana!

—¿Qué he dicho acerca del lenguaje? —dijo su abuela por toda respuesta.

—Lo siento nana —se disculpó ella de inmediato, cambiando a náhuatl—. Es que en la capital sólo hablan español, y en las últimas semanas me acostumbré. Pero lo importante es que pasé. ¡Pasé el examen de admisión! ¡Voy a estudiar en la capital!

No hubo respuesta de Azalea, y eso pronto empezó a preocupar a la muchacha.

—¿Nana? —inquirió ella, inclinando la cabeza hacia un lado en ademán de confusión.

—¿Quién es usted señorita? —preguntó la anciana sin razón aparente.

—¿*Qué?* —eso sólo confundió a la chica aún más—. ¿*De qué estás hablando nana? Soy yo, soy Xóchitl, tu nieta.*

—*No* —negó Azalea—. *Esos ojos no son los de mi nieta, ni ese cabello. Esa no es la ropa que usa mi Xóchitl.*

—¿*No te gusta?* —Se giró un poco a un lado y al otro para que la mujer la viera mejor—. *Me lo compré con el dinero de mi trabajo de medio tiempo. También te compré a ti un vestido y unos zapatos muy bonitos.*

—¿*Acaso no te gusta ya la ropa que yo hago para ti? Yo la hago con todo mi cariño. ¿Ya no es eso suficiente para ti?*

—*No es eso nana. Esta es la ropa que usan en la ciudad, por eso la compré.*

—¿*Y qué hay de tu cabello, y esa pintura en tu rostro, en tus ojos? ¿También te hiciste eso porque así son en la ciudad?*

—*No me estás entendiendo…*

—*No, no entiendo. No entiendo qué es lo que te ha llevado a negar tu origen, a negarte a ti misma.*

—*Nana…*

—*Tú ya no eres mi nieta.*

Esas fueron las palabras más duras que Azalea pronunció en toda su vida. Cinco años después y todavía le dolían. Esas palabras fueron las que provocaron que Xóchitl se alejara de ella, que se marchara del pueblo de forma definitiva al final de ese verano; que enterrara su pasado y se convirtiera en lo que era en ese momento: Fiore…

—*Creo que las dos cometimos muchos errores ese día* —murmuró Azalea para sí, lágrimas resbalando por su rostro—. *Y lo peor de todo es que no podemos regresar el tiempo, nadie puede hacerlo. Lo que hemos perdido, nunca lo habremos de recuperar.*

Azalea colocó entonces una taza de té caliente que llevaba en las manos sobre la mesita de noche de su joven nieta, antes de girarse para ir a su propia recámara.

—*Sin importar lo que suceda, yo siempre te voy a querer* —murmuró la anciana sin voltear hacia atrás—. *Mi amada nieta… mi Xochitzin.*

Y sin más, abandonó la habitación.

Arrodillada frente a la ventana que daba al amplio y hermoso jardín trasero, lleno de tantas flores diferentes que para la mayoría sería imposible nombrarlas todas, Azalea permanecía con los ojos al cielo estrellado, rezándole a algún ser supremo o divino.

—*Oh Señor Mío...* —murmuró ella con un dejo de tristeza—. *Tengo miedo. No a lo que me espera, pues lo he sabido desde que mi hijo partió. Temo por mi nieta, mi Xóchitl. No creo que esté lista para el destino que le espera. Ha pasado tanto tiempo negando su pasado, su persona, su nombre... que me da miedo pensar lo que podría llegar a suceder. Nunca antes he dudado de la sabiduría de tus decisiones, oh Señor; siempre he sido tu sierva, y siempre lo seré. Sólo te pido humildemente que cuides a mi Xóchitl, no la dejes que caiga en las sombras. Por favor, que no se repita el mismo error de hace mil años...*

La luna se encontraba ya en su punto más alto cuando la joven de veintitrés años despertó. No necesitó buscar su reloj para saber que ya hacía mucho se le pasó la hora de la cena. Aunque eso en realidad era de poca importancia, ya que no tenía hambre. Lo que llamó su atención fue la taza de té en su mesita de noche. Lo probó, encontrando que estaba preparado tan bien como siempre, aunque estaba frío. Seguro que tenía ya buen rato que lo dejaron ahí.

Fue como si el frío del té le recorriera todo el cuerpo de un momento a otro. Un mal presentimiento la hizo levantarse de la cama con premura; y sin siquiera ponerse los zapatos, salió corriendo hacia el cuarto al final del pasillo, el de su abuela.

Entró y pudo ver una vela a punto de consumirse totalmente, la más pequeña de las flamas luchando por mantenerse, dando un mínimo de luz, apenas suficiente para distinguir la figura que yacía en la cama.

—Nana... —la llamó la joven.

No obtuvo respuesta.

—Nana, respóndeme por favor —insistió la chica.

Nada.

—*Nana…* —Como último recurso, la muchacha optó por hablar náhuatl, esperando así obtener respuesta—. *Nana despierta…*

Pero era inútil, y en el fondo de su corazón Xóchitl ya lo sabía. Sin importar que lenguaje hablara, ya no existía manera de que su abuela pudiera responderle. Ella ya no iba a despertar, no más… se había ido.

—*No…* —gimió Xóchitl, apenas notando el momento en que sus rodillas tocaron el suelo—. *No te mueras… no me dejes… ¡¡¡Nana!!!*

Capítulo 3
Iris

De pie, silenciosa bajo el sol, en un sencillo vestido blanco, un velo tejido cubriendo su cabello negro, Xóchitl observaba inmóvil el espacio frente a ella, el agujero donde el cuerpo de Azalea fue depositado, sin ataúd, únicamente envuelto en una tela de manta cruda con los bordes bordados, cubierta de muchas flores distintas.

A su alrededor casi todo el pueblo se había reunido; estaban ataviados, igual que ella, en sus ropas más simples, en manta blanca o natural, la mayoría ni siquiera llevaban zapatos. Algunas de las mujeres, en particular entre las más ancianas, cubrían sus cabellos con velos, pero eran pocas, y Xóchitl era la más joven que usaba uno. Todos estaban ahí para despedir a la anciana, quien fuera tan querida por todos. Aunque nadie se acercaba a Xóchitl, aun habiendo escuchado acerca de su relación con Azalea, no la conocían, no la recordaban, era una completa extraña para ellos.

A Xóchitl no parecía molestarle el encontrarse tan sola, incluso rodeada de gente; o quizás era que no se percató, distraída como estaba con el recuerdo de la última vez que estuvo presente en un funeral…

Era mediodía, pero si no fuera por los relojes sería imposible saberlo, ya que una gran cantidad de nubes impedían que llegara ni el más mínimo rayo de sol. El día, nublado y levemente lluvioso, parecía ajustarse bien al humor de todos en el pueblo. Y es que ese día se llevaba a cabo un funeral múltiple. Dos matrimonios habían muerto en un espantoso accidente de carretera en el sureste. Una de las parejas eran personas muy queridas en el pueblo: ella, maestra y jardinera; él, herrero. El otro matrimonio eran personas que nunca vivieron en el pueblo, vivían y trabajaban en el extranjero.

Según se decía, las parejas iban camino a encontrarse cuando tuvieron el accidente. Fue una afortunada coincidencia que ninguno de ellos llevara a sus hijos consigo. Y es que ese accidente dejó más que cuatro muertos, también produjo dos huérfanos: un niño de trece años y una niña de seis.

Y los niños estaban ahí, en sencillas ropas blancas, pies descalzos sobre tierra mojada, la cabeza de la niña cubierta por un pesado velo blanco. El funeral estaba repleto de gente, pero nadie se acercaba a los pequeños, como si una línea invisible los separara. Ninguno de los dos pronunciaba palabra alguna, sólo permanecían de pie… hasta que varios hombres comenzaron a cubrir los cuerpos con tierra, entonces la pequeña se dejó caer de rodillas frente a las tumbas y comenzó a sollozar. No dijo palabra alguna, sólo siguió llorando por largo rato. El jovencito a su lado no habló tampoco, siguió de pie, a su lado.

La lluvia comenzaba a aumentar su fuerza cuando una mano de piel clara se posó sobre el hombro de la niña, ella volteó a verlo en silencio. Fue como si pudieran comunicarse sin necesitar palabras, al cabo de unos segundos ella asintió levemente con la cabeza y permitió que él la ayudara a levantarse, prestándole poca atención al lodo en su vestido. Ambos caminaron en silencio fuera del cementerio y hasta la casa, no parecieron percatarse de las flores que comenzaban a brotar de las tumbas a sus espaldas.

Los niños se acomodaron en los peldaños de madera en la entrada de la casa, todavía sin hablar, tan solo sentados uno junto al otro, haciéndose compañía.

Pasaron un rato en ese agradable silencio, pero entrada la tarde llegó una mujer, una extranjera que dijo ser la madrina del niño, y que se lo iba a llevar con ella "por su propio bien". Los ojos de la pequeña se abrieron mucho, al tiempo que la mano que sostenía la del niño se cerró con una fuerza que casi era mayor a la que se esperaría de alguien de su edad, no quería dejarlo ir… él se le acercó entonces pegando sus labios al oído de ella brevemente, para después girarse un poco y besar su frente.

Tomó un momento más, pero eventualmente ella soltó su mano, permitiendo que el niño se marchara con la mujer; permaneció aún mucho tiempo sin moverse de donde estaba, sus ojos oscuros fijos en el camino de tierra por donde se fue él. Lo que nadie sabía eran las palabras que ellos intercambiaron, las cuales ella guardaba con celo dentro de sí:

—*Nos volveremos a ver* —le dijo él—. *Es una promesa.*

—*Sí* —asintió ella de inmediato—. *Una promesa...*

Dieciocho años después, recordando lo sucedido ese día, Xóchitl no podía evitar pensar cuán ingenua había sido en ese entonces.

Como si existiera posibilidad alguna de volver a vernos algún día, pensó para sí. *Si ni siquiera dijimos nuestros nombres...*

Igual que todos esos años atrás, llegó el momento en que un grupo de hombres empezó a cubrir la tumba. Pero a diferencia de aquella vez, Xóchitl no se tiró de rodillas, ni comenzó a sollozar. Todas las lágrimas que pudiera derramar fueron vertidas la noche anterior.

Cuando la ceremonia concluyó y la gente comenzó a irse, dirigiendo apenas breves miradas a la joven, Xóchitl se inclinó sobre la tumba, posando su mano sobre ésta brevemente.

—*Adiós nana...* —se despidió de ella con suavidad.

Y sin más se levantó, sacudió sus manos con rapidez, se dio la vuelta y salió del cementerio sin mirar atrás ni una vez... nunca llegó a notar las flores que comenzaran a brotar sobre la tumba.

Al día siguiente Xóchitl se preparaba para marcharse cuando recibió la inesperada visita de un hombre de traje y corbata, lo cual era algo por demás inusual en el pueblo, la joven no podía recordar alguna vez haber visto a alguien de traje en el pueblo, excepto quizás el doctor que los visitaba desde Tula en casos extraordinarios, y aun así no eran trajes como el que llevaba ese hombre, no tan elegantes, finos, y hasta hechos a la medida.

—¿Qué se le ofrece? —le preguntó ella, parada en la puerta.

—¿La señorita Yolol? —inquirió él en tono importante.

—Es Yolotl, y soy yo —lo corrigió ella.

No sabía exactamente qué era, pero existía algo en ese hombre que a ella no le gustaba ni tantito. La muchacha no era desconfiada por naturaleza, pero tenía a su instinto gritándole que no confiara en él.

—Sí, Yolotl —asintió el hombre sin darle mucha importancia—. Soy el licenciado Ahumada, abogado, estoy aquí para tratar lo concerniente al testamento de su abuela.

—¿Testamento? —Ella enarcó una ceja—. Con todo respeto licenciado, dudo mucho que mi abuela haya dejado testamento alguno. Aquí las cosas se heredan por la línea familiar; los acuerdos se hacen de palabra, y eso es suficiente. No hacen falta firmas, papeles sellados, ni intermediarios.

—¿Quiere decirme que no tiene documentos que prueben que estas tierras le pertenecen a usted, o le pertenecían a su abuela?

—Quiero decir que no los necesitamos —contestó fastidiada, seguía con ese mal presentimiento, no sabía por qué, pero no podía ser algo bueno—. Esta casa y las tierras que la rodean han pertenecido a mi familia por más de quince generaciones. Casi todos en el pueblo son descendientes de personas que han vivido aquí desde hace más de cinco siglos.

—Pues me temo que en su caso hay un problema señorita. Y es que mi cliente tiene documentos que prueban que estas tierras le pertenecen.

—¿Cómo dice? —Eso no se lo esperaba.

—No se altere señorita. Mi cliente está plenamente consciente de que usted no estaba informada al respecto de la situación legal de esta propiedad por lo que, aún y cuando yo he intentado persuadirlo de lo contrario, ha decidido ofrecerle a usted una compensación económica por la casa y el terreno. Si acepta, sólo tendría que firmar unos papeles y asunto arreglado, nos ahorraríamos los problemas legales.

Xóchitl lo pensó por un minuto. Si era honesta consigo misma, no tenía ningún interés especial por la casa o la propiedad;

no era como que fuera a quedarse a vivir, o que planeara pasar las vacaciones ahí. La única familia que le quedaba era una tía, quizás una prima, pero no tuvo contacto con nadie más que su abuela desde el funeral de sus padres.

Mi tía nunca estuvo aquí, para ayudarnos a mi abuela y a mí, pensó la chica. *Ni siquiera puedo recordar su nombre... o su rostro.*

—Acepto —anunció la mujer con seriedad—. ¿Dónde firmo?

—Por aquí. —El abogado de inmediato sacó una carpeta con varios papeles de su maletín y se los entregó, así como una pluma.

Xóchitl ni siquiera lo pensó, llevó los papeles hasta la mesa, tomó la pluma que el hombre le ofrecía y firmó las veces necesarias. Y así, el negocio entre ellos quedó sellado.

Horas después de haber finalizado el trato Xóchitl estaba revisando las posesiones de su abuela. El abogado le explicó que podía conservar o hacer lo que quisiera con las pertenencias personales de Azalea, lo único que le interesaba a su cliente eran la casa y el terreno.

Xóchitl ya tenía decidido que la ropa, los adornos, y en sí la mayoría de las cosas, se las iba a dejar a la gente del pueblo, que ellos se las repartieran como prefirieran; que cada uno se llevase un último recuerdo de la mujer que tuvieron en tan alta estima.

La muchacha no tardó en notar, como ya se lo esperaba, que la mayoría de las posesiones de su abuela eran cosas sencillas, de poco valor económico. Casi tenía dada por terminada su revisión, cuando descubrió algo que nunca antes vio: al fondo de un viejo baúl de su abuela se encontraba un pequeño cofre de fina madera tallada, con incrustaciones de plata y lo que parecían ser cuarzos y piedras semi-preciosas que formaban un diseño que ella no podía terminar de distinguir.

Xóchitl no entendía cómo su abuela podía poseer algo así sin que ella hubiese estado al corriente. Tan solo el cofre, aún sin saber lo que contenía en su interior, o si siquiera contenía algo, debía valer mucho. ¿Por qué entonces su abuela prefirió vivir tan humildemente? ¿Por qué se condenó a sí misma a trabajar a su avanzada edad para sobrevivir? Algo no encajaba.

Dominada por la curiosidad, quiso saber qué había en el interior del pequeño cofre y empezó a buscar la manera de abrirlo; el problema era que no tenía a la vista candados ni cerraduras, ni nada que se le pareciera.

Casi dándose por vencida, Xóchitl comenzó a observar con mayor atención la superficie del cofre. Lo que al principio le pareció un diseño errático, quizás hasta abstracto, casi simuló cambiar ante sus ojos, o quizás era más bien que entre más lo miraba, más comenzaba a entender qué era lo que estaba viendo con exactitud: piezas de obsidiana y ónix juntas parecían formar un animal, quizás un dragón, con alas un tanto extrañas, ya que parecían más como alas de ave, que las que se esperaría de un dragón; además de las pequeñas piezas de ópalo de fuego que hacían las veces de ojos. El animal formaba un medio círculo, y debajo de este se encontraba una flor, cada pétalo un cuarzo en un color ligeramente diferente, el tallo y las hojas formados por jade tallado con mucha elegancia. Además, todo el diseño estaba realzado con filigrana de plata pulida, y en las esquinas, piezas de ámbar parecían casi brillar, dándole al diseño un aire casi místico. Xóchitl nunca había visto algo tan hermoso…

Casi sin pensarlo, la joven pasó la mano sobre el diseño, las puntas de sus dedos tocando ligeramente la flor… y entonces algo sucedió. Fue como si los pétalos de la flor se abrieran, al mismo tiempo que el dragón se estiraba en sentido opuesto. La chica ni siquiera podía imaginar el trabajo que debía haber llevado crear un diseño capaz de abrirse de tal forma… casi parecía magia.

Lo primero que notó fue el fuerte olor a flores, y es que el interior del cofre estaba casi completamente lleno de pétalos grandes y pequeñas flores, todas secas, aunque no por eso menos aromáticas. Tomó unos momentos, pero pudo notar lo único diferente: plata. Una delicada cadena, y colgando de ésta: un medallón, una hermosa ave cuyas plumas en la cola eran más grandes que el resto de su cuerpo; todo hecho completamente en plata, una plata aún más brillante y hermosa que las incrustaciones del cofre.

—Es bellísimo… —no pudo evitar murmurar Xóchitl, fascinada, en voz alta.

Vacilante, extendió una mano, y apenas tocar el objeto, una escena pareció golpear su mente como alguna clase de visión:

Una mujer, arrodillada entre cientos de flores de todos los colores; un hombre, de pie frente a ella, extendiendo su mano para dejar caer un objeto en la de ella.

—*Es hermoso…* —*murmuró ella con admiración.*

—*Es para ti* —*replicó él sin dudar*—. *En prenda de mi promesa…*

Xóchitl apartó la mano de inmediato, casi como si se la hubiera quemado.

—¿Promesa? —inquirió en voz alta, confundida—. ¿Qué fue eso? Creo que debo estar soñando despierta o algo así. Me ha afectado no tomar café por las mañanas. —Volvió su vista hacia el collar nuevamente—. Y por extraño que parezca, no puedo evitar sentir una cierta atracción hacia ese objeto. Como si fuera mío… como si siempre lo hubiera sido…

Un minuto después, ella estaba parada frente al único espejo que su abuela poseyó, en un lado del ropero, el medallón colgando de su cuello…

En otra ciudad, en otra casa, las luces estaban apagadas, pues era ya tarde y todos los habitantes de la casa dormían… o eso se suponía.

La quietud fue interrumpida inesperadamente por un grito femenino proveniente de la pequeña salita en la planta baja. La casa era vieja, de estilo colonial, con una variedad de escaleras y pasillos que a veces parecían llevar a todos lados, y a ningún lado al mismo tiempo. Había sido rentada a estudiantes por varios años, pero en ese momento era usada por un grupo que tenía ciertas cosas en común, cosas que la mayoría de la gente no comprendería…

El sonido de puertas al abrirse y golpear de paredes con violencia llenó la casa por varios segundos, poco después del grito, seguidos de una multitud de pasos acelerados, la mayoría descalzos; justo antes de que cinco individuos, dos mujeres y tres hombres, todos ellos entre los diecinueve y los veintiún años de edad, aparecieran en la entrada a la sala.

—¿Qué sucedió? —preguntó el primero de los hombres, quien sostenía en la mano un palo de golf a modo de arma improvisada.

—Los granos… —musitó una tercera chica.

Ella no era una de las recién llegadas, sino que más bien se encontraba en el centro de la sala, arrodillada frente a una pequeña mesa baja de madera, flanqueada por velas de colores y con un contenedor humeante con *copalli* en el lado opuesto de la mesa. En el centro de la mesa había un puñado de granos dispersos de tal forma que la mayoría los veía como un desorden o un descuido… pero la joven arrodillada frente a éstos no era cualquiera.

—Los granos lo dicen —insistió ella, ante el silencio de los demás.

—¿Tanto escándalo por unos granos? —preguntó el primer muchacho, arrojando el palo de golf a una esquina y girándose para marcharse—. Es demasiado tarde para estas… estas tonterías.

—O temprano —ofreció otro de los muchachos desde otro lado.

—Yo me vuelvo a dormir —insistió el primero.

—Cierren la boca —los interrumpió la más baja de las chicas, que además era la mayor.

Con una mano ella sujetó la oreja del primer joven, tirando apenas lo suficiente para evitar que siquiera pensara en marcharse, e ignorando por completo su exclamación de dolor, pues sabía que él siempre exageraba. Respecto al otro muchacho, una señal con la mano libre de ella fue suficiente para que él de inmediato alzara las manos en expresión de rendición. Nadie quería retarla cuando se ponía seria.

—Sí, ya nos entendemos… —asintió la joven, satisfecha, antes de voltear toda su atención a la que seguía arrodillada—. ¿Qué dicen los granos, Jacinta?

—Ha despertado… —murmuró Jacinta sin quitar los ojos de los varios granos en la mesa.

—Eso podría habértelo dicho yo —masculló el chico cuya oreja todavía estaba sujetada por la joven a su lado—. ¿Cómo no íbamos a despertarnos después de semejante grito?

—Que te calles —la muchacha le tironeó la oreja.

—Auch… Bella… —gimió él.

Irónicamente, él era también el mayor entre los hombres que vivían en la casa; aunque si le preguntaban a Bella, se portaba como si fuera el más pequeño…

—Valiente guardián… —dijo ella entre dientes con evidente sarcasmo, eligiendo enfocarse en Jacinta—. ¿Quién ha despertado?

—Nuestra Señora… —respondió Jacinta en un suspiro.

La reacción fue inmediata, nada grandioso o exagerado, pero es que al final no era necesario. Los jóvenes simplemente voltearon a verse unos a otros en completo silencio. Ninguno habló, no necesitaban hacerlo, todos sabían bastante bien lo que cada uno estaba pensando, era exactamente lo mismo: aquello que aguardaron con ansia por años acababa de suceder…

A varios kilómetros, en un pequeño departamento una chica se encontraba sentada en el suelo junto a la ventana, una vieja *laptop* en sus piernas. La luz de la lámpara de calle la única ayuda, además del brillo de la pantalla; y una taza de chocolate caliente en el suelo junto a ella.

—¿Todavía sigues trabajando? —preguntó una voz masculina desde detrás de ella.

—¿Te desperté? —inquirió ella con preocupación, volteando sobre su hombro—. Discúlpame, es que necesito terminar este trabajo para acreditar la materia.

—Vas bastante rápido —la halagó él.

—Sí bueno, es una preparatoria abierta, yo en verdad quisiera ponerme al corriente tanto como fuera posible… después de todo, dejé pasar dos años.

—Eso es el pasado. Lo importante es el ahora, que te estás esforzando, dispuesta a seguir estudiando, a seguirte superando.

—Todo gracias a ti. Fuiste tú quien me motivó a volver a la escuela. Eres tú quien me ha apoyado, el único que ha estado conmigo estos últimos años...

—Es lo que cualquiera en mi lugar hubiera hecho...

—Pero no cualquiera lo hizo, sólo tú.

—No es nada, en serio. Sabes lo mucho que disfruto de tu compañía.

—Yo no sé qué hubiera hecho sin ti.

Sin decir una palabra más, él cerró la *laptop* y la hizo a un lado, tomándola a ella de la cintura para levantarla, y una vez en pie, movió los brazos apenas lo suficiente para abrazarla. La lámpara de calle iluminó a la pareja, ambos con tez de un moreno oscuro, cabello castaño oscuro corto (el de él casi a rape), en ropa de dormir.

Pasaron varios minutos así, sólo abrazados, sus cuerpos encajando a la perfección uno dentro del otro. Hasta que en cierto momento él la tomó de la barbilla y le alzó el rostro para besarla fugazmente en los labios.

—No... no deberíamos... —murmuró ella en tono débil.

—Eso me dices cada vez que te beso —comentó él con un pequeño suspiro—. Mas no me impides que lo vuelva a hacer.

Y como para probar sus palabras, la besó de nuevo. Ella suspiró, pero tal y como él lo dijera, no lo detuvo.

¿Por qué es que aún y con lo increíble que es esto que siento, una parte de mí no deja de pensar que no debería estarlo sintiendo?, se preguntó ella silenciosamente, recargando su cabeza en el pecho desnudo de él.

Justo en ese momento ambos experimentaron una sensación muy extraña. Fue como si de pronto supieran que, en algún lugar, muy lejos de ahí, algo muy importante acababa de suceder. Aunque no tuvieran ni la más remota idea de qué era lo que acababa de pasar con exactitud; algo era seguro, lo que fuera, cambiaría sus vidas por completo.

Fiore regresó a la capital el domingo por la tarde, después de haber arreglado todos los pendientes. Al final, con lo único que se quedó de su abuela fue el delicado colgante de plata y el cofre donde lo encontró, con todas las flores secas en su interior. El olor le recordaba otros tiempos... mejores tiempos.

No tenía ganas de llegar al *penthouse*. Jessica y Rick sin duda estarían ahí, se estarían divirtiendo, y ella no quería hacer mal tercio. Además, aunque nunca lo admitiría en voz alta, Jessica a veces podía ser una persona difícil, siempre queriendo saberlo todo, tener el control de todo y Fiore no buscaba tener dificultades en ese momento. Rick, por otro lado... Rick era el tipo de hombre que gustaba de "admirar" a las mujeres, a todas las mujeres, y Fiore a veces no se sentía cómoda con sus miradas. En definitiva, era mejor no ir al *penthouse* hasta que fuera completamente necesario.

Así pues, la joven salió de la parada de autobús y comenzó a caminar casi sin rumbo, tan solo haciendo tiempo. Tras un lapso indeterminado, llegó a una plaza chica llena de jardines y algunas bancas. Dejó su pequeña maleta a un lado y se sentó en una de las bancas, recogiendo sus piernas hasta que pudo recargar su cabeza sobre sus rodillas.

El ambiente se sentía triste, de una forma que era difícil de definir del todo; el día estaba nublado, gris, no se veía el sol y algo, ya fuera niebla, polvareda o incluso *smog*, hacía que todo en la ciudad se viera sombrío. Hasta las flores en las jardineras parecían ser parte del melancólico escenario, inclinadas y medio-marchitas como estaban.

—Tan oscuro, tan... sin vida... —murmuró Fiore en voz baja, los ojos en las plantas, mientras abrazaba sus piernas—. Tan diferente al pueblo —suspiró—. El pueblo... ¿por qué estoy pensando en él justo ahora? Ahora que por fin he roto los lazos que tenía con ese lugar, ahora que decidí que ya no tengo nada que me haga volver... Justo ahora es que no lo puedo olvidar.

Y como si no estuviera ya lo suficientemente deprimente el ambiente, arrancó a llover en ese preciso momento. Era una lluvia ligera, y aunque a su alrededor la mayoría de las personas comenzaron a recoger sus cosas y a marcharse, Fiore no se inmutó en lo más mínimo, como si no notara la lluvia, o quizás era tan solo que no le importaba, no hizo esfuerzo alguno por moverse de su lugar.

Sería imposible saber con exactitud cuánto tiempo pasó ella en ese lugar, cuando de pronto sintió una mano posarse en su hombro, y no cualquier mano; era grande, fuerte, la mano de un hombre.

Extrañada ante el repentino contacto, Fiore volteó sobre su hombro y hacia arriba para ver quién la tocaba, y entonces su sorpresa creció al darse cuenta de que no era cualquier hombre, sino el invitado de la escuela, el aspirante a doctorado: Draco…

Ninguno pronunció palabra alguna, Fiore no podía pensar en algo que decir, y tal parecía que él tampoco. No pareció hacer falta, el silencio no les era incómodo. Tras unos momentos Draco le ofreció la otra mano a Fiore, quien la tomó sin comentario alguno y permitió que él la ayudara a levantarse.

En ese instante, y casi sin quererlo, Fiore no pudo evitar pensar en el gran parecido que tenía ese preciso momento con otro que tuviera lugar diecisiete años atrás…

¿Qué posibilidad hay de que hasta las improbables promesas se cumplan?, se preguntó ella. *¿Qué probabilidad hay de que las antiguas profecías se vuelvan realidad?*

La respuesta fueron la multitud de brillantes flores nuevas meciéndose al compás del viento, en los jardines que ellos dejaron atrás.

Capítulo 4
Begonia

Después del inesperado encuentro en la plaza, Draco insistió en acompañar a Fiore hasta su casa, pasándole su chaqueta cuando se hizo evidente que no iba bien abrigada. Fue así como, casi una hora después, Jessica vio a Fiore llegar empapada, con los mechones de cabello azabache pegándose a su cara y cuello, con una cazadora de piel curtida que no era suya, y vagamente alcanzó a ver, de espaldas, a un hombre de cabellos oscuros revueltos al tiempo que éste se alejaba.

Para la primera clase del lunes ya todos en el salón sabían que un chico guapo acompañó a Fiore hasta el *penthouse* y además le dejó su chaqueta. Chisme que empeoró drásticamente cuando vieron a la joven en cuestión entregarle la mencionada prenda a Draco…

—Olvidé devolvértela ayer —se excusó Fiore.

—No hay cuidado —le aseguró Draco, tomándola —. Tú la necesitabas más que yo. Por cierto, no llegué a saber qué hacías en esa plaza en medio de la lluvia.

—Creo que necesitaba pensar —respondió Fiore en un tono que reflejaba honestidad, aunque con un dejo de duda—. La plaza me pareció un buen lugar, y realmente no presté mucha atención cuando comenzó a llover. No parecía importante…

—Entonces fue una suerte que pasara por ahí —decidió él—. No creo que hubiera sido bueno que te quedaras ahí mojándote mucho tiempo más, sin duda te hubieras enfermado.

—Eso en definitiva no hubiera sido bueno —admitió Fiore, inclinando la cabeza levemente en un ademán que parecía ser instintivo, y del que ni siquiera se percataba—. De nuevo, gracias joven Yao.

—Draco, por favor. Joven Yao me parece innecesariamente formal.

—De acuerdo, Draco.

—Tú eres Fiore, ¿cierto? ¿Te puedo llamar así?

—Sí soy Fiore, y claro que me puedes llamar así, no hay problema.

—Bien —Draco le sonrió.

—¿Por qué no nos presentas a tu amigo, Fiore? —preguntó una de sus compañeras, Ximena, en un falsete, interrumpiendo la conversación.

Detrás de ella estaban otras chicas, incluyendo a Isabel, y al menos la mitad de las mujeres del grupo que Fiore solía "liderar".

—Mi nombre es Draco Yao Tamay, señoritas —él decidió presentarse por sí mismo—. Y me parece que ya me presentaron ante ustedes la semana pasada, el día de mi llegada.

—Cierto —asintió Carlota, otra de las chicas—. Es sólo que no nos imaginábamos que ustedes dos ya se conocieran.

—Pues es de esperarse —intervino Jessica en aparente defensa de su amiga—. ¡Si ambos vienen de Europa! Seguramente se conocieron allá. Quizás algún verano en el Mediterráneo, un fin de semana en París, esquiando en Suiza…

Fiore no hizo comentario al respecto, de ninguna manera podía ella haber conocido a Draco en Europa, dado que ella nunca visitó ese continente; a decir verdad, nunca pisó tierra fuera de México. Aunque por supuesto nadie sabía eso, todos estaban convencidos de que ella vivió más de la mitad de su vida en ese continente, que su padre era italiano, y tantas otras cosas que la mitad del tiempo Fiore no tenía idea de dónde salieron. Ella inició la mentira, eso era cierto, aunque en realidad su parte nunca fue más allá de ponerse el nombre de Fiore, y dar la impresión de que ella pasó el año entre finalizar sus estudios de bachillerato y entrar a la universidad en otro país (en realidad ese tiempo estuvo en el sureste de México). Siempre fue muy evasiva con respecto a su pasado, sus padres… Jessica infirió ciertas cosas y Fiore eligió no corregirla… todo partió de ahí y luego creció hasta que estuvo fuera de su control.

Sin embargo, lo más increíble, al menos en ese momento, era que Fiore sí sentía como si conociera a Draco de antes, de alguna manera.

—No creo que haya sido así —el comentario de Draco los sorprendió a todos—. Estoy seguro de que nos conocimos antes, pero no fue en Europa.

Todos, incluida la misma Fiore, quedaron en iguales partes sorprendidos y confundidos ante esa afirmación. Si no Europa, ¿de dónde podían conocerse entonces?

Tras la última clase ese mismo día Fiore maldijo dentro de sí los frecuentes cambios de clima que traía el otoño. Y es que cuando salió del apartamento el sol brillaba con fuerza, por lo que decidió dejar su paraguas, lo cual probó ser un grave error, considerando el fuerte aguacero que caía en ese momento. Además, Rick y Jessica habían terminado sus clases un par de horas antes, y entonces Fiore no tenía quien la llevara hasta el apartamento.

—¿Te llevo? —le preguntó una voz masculina.

Fiore se giró de súbito, lo último que esperaba era ver a Draco parado junto a ella, con un paraguas negro en mano.

—¿Eh? —fue tal la sorpresa que por un momento no supo qué contestar.

—Mi coche está por allá —señaló hacia una dirección, en la zona izquierda del estacionamiento—. Si quieres te puedo llevar a tu departamento, para que no tengas dificultades y no te mojes. No quiero que te vayas a enfermar.

—Gracias… —Fiore no pudo evitar el sonrojo, o el bajar la cabeza un poco apenada.

Era algo tan nuevo para ella, el sentirse azorada. Desde que ingresó a la universidad notó que los chicos se fijaban en ella, que nunca faltaban los que le dirigían cumplidos, piropos, y a veces incluso comentarios atrevidos; pero ninguno de ellos la había hecho sentir de la forma en que Draco lo hacía con apenas el ofrecimiento de un aventón. Con él se sentía diferente, y no en un mal sentido. Había algo en su presencia que le volvía imposible el fingir ante él, pero más que eso, no quería hacerlo, no como lo hacía con todos los demás. Se sentía natural, casi… libre.

Y mientras Fiore se acercaba un poco más a Draco, ante la insistencia de él, para que el paraguas los cubriera a ambos en su camino hacia el coche, alguien los observaba desde la sombra de una columna: una joven de ojos chocolate y cabellos castaños claros ligeramente ondulados, la expresión en el rostro de Verónica parecía dar a entender que ella veía algo que los demás no:

—Es increíble… —murmuró ella para sí—. Esos dos… de nuevo…

Ella se encontraba de rodillas en el suelo de tierra, rodeada de bellas flores de muchos colores; detrás de ella se alzaba un imponente templo de piedra blanca. Su rostro estaba hacia el este y podía divisar el sol comenzando a alzarse a la distancia, su luz marcando la silueta de aquel hombre misterioso con ropas extrañas y elegantes que parecía un completo desconocido y perfectamente familiar a la vez.

Pero entonces la escena, en lugar de seguir la misma secuencia que la vez anterior, dio un cambio inesperado:

Fue como si el sol se hubiera desvanecido en un instante, y con él casi toda luz en el mundo. El hombre también desapareció entre las sombras.

Ella se levantó de inmediato, sin pensarlo, sorprendida y confundida por lo que estaba sucediendo, sin ponerle apenas atención a la ropa que llevaba puesta, el vestido largo, el velo tejido, sus pies descalzos… Y no terminó ahí, las flores a su alrededor comenzaron a marchitarse muy rápido, y al darse la vuelta pudo ver el templo derrumbándose en instantes.

Ocho individuos se hallaban entre las ruinas, cuatro hombres y cuatro mujeres, ellos también desaparecieron en segundos.

Y entonces todo lo demás a su alrededor se desvaneció también, dejando a la mujer en absoluta oscuridad. No podía entender dónde estaba, ni qué significaba lo que había visto, aunque un presentimiento le decía que no podía ser bueno.

Y como si todo aquello no fuera suficiente, una lúgubre voz hizo eco a su alrededor en ese preciso momento:

—Te voy a destruir florecita. Te destruiré, igual que lo hice hace tanto tiempo, excepto que esta vez no tendrás manera de volver.

Ella no tenía idea de lo que él quería decir con eso; tampoco tuvo oportunidad de preguntarle, porque justo en ese momento sintió que le faltaba el aire, como si una mano invisible la estuviera asfixiando.

Segundos que parecieron eternos transcurrieron, y justo cuando pensó que moriría, una silueta plateada surgió de la nada, envolviéndola, protegiéndola y alejándola de aquella maligna presencia. Era una luz brillante que de alguna forma no la cegaba, y cargaba una calidez, como el abrazo más perfecto...

La mujer pudo sentir como todo a su alrededor se volvía cada vez más brillante, seguía sin cegarla, pero un instinto la hizo cerrar los ojos de todas formas, tan sólo por un momento...

La joven se enderezó en la cama de manera tan inesperada y brusca que casi se cae de ésta en el proceso. Su piel estaba perlada de sudor, un sudor frío, las imágenes de su sueño aún frescas en su mente, lo mismo que el miedo, el absoluto terror, al haberse sentido apenas a un paso de la muerte.

Mientras intentaba buscar congruencia en las escenas se levantó de la cama y fue al baño cercano para lavarse la cara.

¿Qué significa todo esto que vi?, se preguntaba Fiore conforme su mente se aclaraba. *Ese hombre... ya lo había visto antes, en otro sueño... y creo que en otro lugar también... y luego ese jardín, y el templo y aquellos individuos que estaban en él...* suspiró con cansancio. *Tantas figuras, y ni un solo rostro. ¿Cómo voy a entender lo que sueño si ni siquiera sé quiénes son esas personas? Y ese hombre al final... deseaba mi muerte tan intensamente...*

Se llevó la mano al cuello, todavía le dolía. Y entonces, al enderezarse y verse en el espejo sobre el lavabo, pudo ver algo que la consternó muchísimo: su cuello estaba amoratado, una marca grande, con la forma de una mano presionando su garganta, la mano invisible que la asfixió en aquel sueño…

Fiore tuvo que usar blusas de cuello alto y mascadas el resto de la semana para esconder las marcas en su cuello. No quería que la interrogaran; y de todos modos dudaba que "ser herida por un hombre en un sueño" fuera una explicación creíble.

Y por fin llegó el viernes, Fiore llevaba puesta una blusa azul rey, no era de cuello alto, pero la mascada blanca le cubría el cuello, además de que combinaba bien con la falda blanca que vestía.

Por alguna razón que ni ella comprendía, le había dado por caminar desde la estación del metro hasta el *penthouse*, en vez de tomar el tranvía, o buscar que alguien la llevara desde la escuela, como solía hacer antes. Llevaba unos minutos caminando cuando tuvo el presentimiento de que alguien la estaba siguiendo. Tan discretamente como pudo aceleró el paso, hasta cruzó la calle un par de veces, pero la sensación de que la seguían no desaparecía.

¿Quién me sigue?, se preguntó al doblar en una esquina. *¿Y por qué?*

Tarde se dio cuenta de que se equivocó de calle al momento de dar la vuelta, terminando en un callejón sin salida.

No creo que esto sea bueno… pensó para sí.

Al darse la vuelta su temor creció, bloqueando la entrada a la callejuela estaba quien la siguió todo el rato. Pero lo que en verdad la atemorizaba era que no parecía una persona normal… o siquiera una persona en lo absoluto. El ser, con una figura que daba la impresión de ser femenina, golpeó a Fiore con el revés de la mano, mandándola a impactar con fuerza contra la pared del callejón.

¿Qué está pasando?, se preguntó Fiore, ahogando una exclamación de dolor. *No entiendo. ¿Quién es… o era, ella?*

La cabeza le dolía, lo mismo que el hombro izquierdo y la parte de la espalda que pegó contra la pared. Además, como consecuencia del golpe, su vista estaba un tanto borrosa. Fue por eso que no pudo ver que un brillo platinado la envolvió de súbito, creando una barrera de luz que la protegió de su atacante. Tomó un par de minutos, pero eventualmente el extraño ser pareció darse por vencido y se marchó.

Fiore cayó de rodillas al suelo, sintiéndose entre aliviada y aturdida, no tenía idea de qué era lo que acababa de suceder, pero eso no evitaba que el miedo la invadiera. Permaneció en ese lugar, sin moverse, por un largo rato que parecieron horas hasta que al final, en un estado que se podría considerar como de semiinconsciencia, se puso en pie y recorrió el resto del camino hasta el *penthouse*.

Unas horas más tarde, dos individuos llegaron a ese mismo callejón. La primera era una mujer, joven, de unos dieciocho años, un poco alta, delgada, tez de un moreno oscuro, cabellos de un café cobrizo muy cortos y algo despeinados, ojos de un café ambarino y vestida en una blusa *beige* floja de manga larga, un chaleco marrón, *shorts* deslavados de mezclilla clara, *leggings* grises y botines del mismo tono marrón que el chaleco. Detrás de ella iba un muchacho, uno o dos años mayor, casi de su misma estatura, con la piel un poco más oscura, los cabellos oscuros y cortados casi al rape, ojos chocolate, de espalda ancha, cintura angosta y no muy fornido, aunque atlético; vestía lo que parecía una camiseta interior gris, *jeans* viejos y algo desgastados, en particular una rodilla, y lo que parecían viejas botas de combate de un gris oscuro. Ambos llevaban puestos guantes de motociclista en las manos.

—¿Estás segura de que el poder venía de aquí, Azu? —inquirió él, observando cuidadosamente a su alrededor—. Yo no veo nada.

—No veas, siente —replicó la muchacha, llevando una mano a la pared—. Yo lo siento.

Él no le discutió, tan solo cerró los ojos y se concentró; apenas unos segundos después los abrió de golpe, una exhalación mostrando su sorpresa.

—Este poder... —murmuró él, sintiendo lo que ella sintió—. Es el de las sombras.

—Sí, los malditos engendros que hemos estado persiguiendo los últimos dieciocho meses. —Ella torció la boca al decir eso, aunque su tono cambio repentinamente al agregar—: Pero no es el único rastro presente. Hay otro poder aquí, el vestigio es mínimo, pero igual lo puedo sentir.

—Es cierto —a él le tomó un momento más discernirlo, pero a la larga lo logró—. Es un poder como el tuyo, Azu.

—No, no como el mío. —Ella negó con la cabeza—. Mayor, mucho mayor. Aún y cuando por la poca señal es obvio que no se usó por mucho tiempo, igual es obvio que se trata de una energía muy poderosa.

—¿Crees que alguien más está cazando a las sombras?

—No, yo… —la voz de ella se oscureció al declarar—. Creo que las sombras están cazando a alguien…

Capítulo 5
Petunia

Fiore despertó de pronto, enderezándose en su cama de golpe, su respiración era lo suficientemente agitada como para entender que estaba en riesgo de hiperventilarse y sus ojos oscuros se movían sin parar, analizando con detenimiento cada centímetro de la habitación donde se encontraba; todo su cuerpo tenso, como si esperara un ataque en cualquier momento.

Existía una muy buena razón para que ella estuviera así, nuevamente había aparecido ese extraño individuo en sus sueños e intentado matarla; excepto que en esa ocasión no la logró tocar, la silueta de luz plateada apareció antes y la protegió.

¿Qué significa todo esto?, se preguntó Fiore, los ojos fijos en ese momento en su propia mano, recordando cómo se vio con la capa de brillo plateado envolviéndola. *Los sueños, los ataques, se sienten tan reales. No lo entiendo...*

El sol ya se había alzado y en la azotea de un edificio de departamentos podía verse a una chica sentada sobre un pequeño tapete, con las piernas cruzadas, los brazos apoyados en estas y los ojos cerrados. Parecía estar meditando. A unos metros de distancia, apoyado en la pequeña puerta que daba a la azotea, estaba el mismo chico que andaba con ella antes. No hablaba, simplemente seguía parado en su sitio, esperando.

No fue sino hasta horas después que ella finalmente abrió los ojos de nuevo; entonces todo su cuerpo pareció relajarse en un instante, de manera tan abrupta que pareció que caería al suelo.

—¡Azu! —exclamó el muchacho, poniendo una rodilla en el suelo, detrás de ella, y sosteniéndola por la espalda apenas a tiempo.

—Estoy bien —trató de convencerlo ella, aunque sin poder evitar recargar su peso en él—. No te preocupes por mí.

—Pero claro que me preocupo —insistió él seriamente—. Llevas horas en esto, desde que amaneció, de hecho. Y también estuviste así casi todo el día de ayer. Apenas sí has dormido y comido en los últimos días. Vas a enfermar si continúas así.

—Lo siento. —Ella bajó la mirada apenada—. Es que no consigo encontrar esa energía y siento que necesito hacerlo. Debo encontrar a quien posee todo ese poder, antes de que las sombras lo hagan.

La chica inhaló profundamente una vez, para después enderezarse, buscando volver a la pose meditativa.

—No, de ninguna manera —se opuso él—. No vas a volver a hacer eso sino hasta después de que hayas descansado y comido como es debido.

—Pero Cris… —comenzó ella.

No llegó a terminar su frase, y ni siquiera fue porque él la levantara o la obligara de cualquier otra manera a moverse de su lugar, sino porque algo acababa de llamar su atención por completo.

—¡Ahí está! —exclamó ella de improviso—. La energía… ¡Y hay una sombra dirigiéndose en esa misma dirección!

—Vamos entonces —declaró él sin dudarlo.

Sin más que decir, ambos bajaron un piso, al departamento donde vivían, tomaron un par de chamarras viejas de mezclilla con gorros y salieron a toda prisa en la dirección en que Azu sintió la energía.

Fiore no podía creerlo, estaba sucediendo otra vez. ¿Tan mala era su suerte? Otra vez percibió como si alguien o algo la siguiera, intentó perderlo, pero al llegar a un conjunto de calles poco transitadas se encontró siendo abiertamente perseguida; a partir de ahí, lo único que pudo hacer fue correr. Corría y corría a todo lo que daban sus piernas, y sin importar cuánto se esforzara, no parecía poder sacarle ventaja a su perseguidor. Al menos, desde que comenzó a caminar a casa tomó la costumbre de cargar un par de *ballerinas* en su bolso, nunca hubiera podido correr tanto en tacones.

Existían algunas diferencias con la vez anterior en que fue perseguida. El ser tras ella era de menor tamaño que el anterior, pero igual se veía espantoso, no parecía humano; era como una mezcla de un fantasma, una sombra y algo más que ella no sabía describir, excepto porque no hubiera quedado fuera de lugar en una de esas películas de *aliens* asesinos que a Rick tanto parecían gustarle.

Fiore estaba tan nerviosa que no ponía suficiente atención a donde pisaba, no notó el suelo desigual a tiempo; antes de darse cuenta, estaba impactando con toda fuerza contra el asfalto. La sombra se lanzó en su contra de inmediato y la chica reaccionó por instinto, rodando hacia un lado, intentó levantarse, pero el punzante dolor de su tobillo torcido se lo impidió.

Fue como si la sombra se diera cuenta de sus dificultades, porque escogió ese preciso momento para arrojarse hacia ella una segunda vez. Fiore no pudo más que cerrar los ojos, apretarlos con fuerza y esperar… excepto que el ataque nunca llegó.

Transcurrieron segundos que parecieron eternos, pero cuando Fiore por fin se atrevió a abrir los ojos de nuevo, grande fue su sorpresa al ver que la sombra que intentó atacarla estaba en ese momento ocupada, enzarzada en un combate cuerpo a cuerpo con un hombre moreno, de mediana estatura, cabello cortísimo y una presencia que Fiore encontraba casi intimidante y familiar al mismo tiempo.

—¿Te encuentras bien? —le preguntó una voz femenina.

Fiore giró la cabeza con brusquedad para encontrar a una jovencita, unos cinco años menor que ella, encuclillada a su lado. Aún más increíble era el hecho de que, pese a jamás haberla visto antes, Fiore no podía sentir miedo de ella, sino todo lo contrario.

—Sí —respondió Fiore con honestidad—. Pero no me puedo levantar.

No tenía ni idea de qué era con exactitud, pero algo hacía que Fiore confiara ciegamente en la chica y su compañero.

La pelea dio un giro entonces, la sombra logró quitarse al muchacho de encima, arrojándolo contra la pared más alejada.

—¡Cris! —gritó la chica espantada.

Una parte de Fiore esperaba que corriera a auxiliar a su amigo, era lo más lógico, ¿no? Pero no fue así; en lugar de eso, la muchacha se fue contra la sombra, repartiendo golpes y patadas lo más rápido que pudo, buscando no dar oportunidad a un contraataque.

Fiore no lograba pronunciar palabra alguna, todo lo que estaba sucediendo la tenía por demás impresionada.

La manera en que esa chica... en que ambos pelean, es asombrosa, pensó Fiore. *Pero lo que no consigo quitarme de la cabeza es la idea de que ya antes he sido testigo de una confrontación así...*

Ni ella entendía qué significaba aquello, por lo que decidió que sería mejor no comentar al respecto.

Minutos después, la sombra fue lanzada con lujo de violencia contra una de las paredes de la callejuela, junto a un bote de basura; el impacto no pareció afectar la pared o los tambos en lo más mínimo. Era extraño, como si la sombra fuera física, y no lo fuera, al mismo tiempo. Para ese punto los dos recién llegados peleaban en equipo, fue eso lo que les permitió conseguir la victoria. Lo que dejó a Fiore en *shock* fue cuando por un instante, apenas una fracción de segundo, en lugar de ver a aquel tenebroso ser que la persiguió antes, que la atacó sin razón aparente, a ella le pareció ver a un niño llorando...

La chica, a la que su acompañante llamaba Azu, se tensó, probablemente preparándose para dar un golpe de gracia o algo así, cuando Fiore intervino de manera inesperada:

—¡No! —gritó ella con una voz más intensa de lo que ella misma se hubiera esperado.

Azu pareció congelarse por completo; ella y el muchacho, Cris, voltearon a verla en silencio, sin entender su actitud.

Con un poco de esfuerzo, y buscando apoyar lo menos posible su pie izquierdo, Fiore se puso en pie, luego medio cojeó, medio brincó hacia la sombra, la cual no se había levantado de su posición en el suelo, contra la pared y los tambos de basura.

—¡No seas tonta! —le espetó Cris—. ¿Acaso quieres que te mate?

—No debes acercarte, es peligroso —agregó Azu con más cordialidad, extendiendo un brazo como buscando sujetarla.

—No, no lo es —contradijo Fiore con calma, todavía acercándose al caído.

—¿Estás loca? —inquirió Azu, quien en verdad no entendía de dónde salió la chica, o por qué de pronto tenía esa actitud tan serena… ¡ese monstruo casi la había matado hacía menos de media hora!

—¿Cómo sabes que no te pones en peligro al acercarte? —Cris sonaba intrigado ante la súbita actitud de la desconocida.

—Sólo lo sé —respondió Fiore con sencillez.

Lo cierto es que ni ella tenía la más mínima idea de dónde venía su actitud, o su repentina confianza. No existía lógica en el asunto; aunque lo cierto es que tampoco encontraba lógica en la existencia de un ser como aquel, así que…

Tomó unos momentos, pero de a poco se acercó lo suficiente a la sombra, casi podía tocarla. Con un poco de esfuerzo puso una rodilla en el suelo, acomodándose para no lastimar más su tobillo torcido; aunque ya le dolía menos que antes, no quería arriesgarse. Aunque aquel ser frente a ella todavía tenía esa apariencia inhumana, que la mayoría podía definir incluso como monstruosa, Fiore no podía dejar de ver en su cabeza a aquel pequeño niño asustado, llorando… Era una locura, la imagen duró apenas una fracción de segundo, ni siquiera podía saber si no fue más que sólo una alucinación de su mente confundida y cansada, pero la misma parte de ella que le dio la seguridad para levantarse y moverse, que le hacía confiar ciegamente en los dos jóvenes… esa misma parte le decía que ella tenía razón con eso también.

—Está bien… —murmuró Fiore en voz baja—. No te quiero hacer daño…

No hubo respuesta directa, pero Fiore podía oírlo murmurar, en una voz tan queda que le costaba escuchar, mucho menos entender.

—En verdad estás loca si crees que puedes razonar con esas cosas —dijo Azu con evidente desagrado.

—Sh… —Fiore la mandó a callarse.

Azu se sintió ofendida, pero Cris levantó la mano en pedido silencioso de que esperaran, a ver qué pasaba.

Fiore los ignoró, concentrándose por completo en la sombra frente a ella, esforzándose por escucharla, por distinguir lo que decía. Le tomó un rato, pero lo fue entendiendo. La sombra rezaba, y en un idioma que no era el español.

—Náhuatl… —susurró Fiore casi sin poder creerlo—. Está rezando en náhuatl.

Azu abrió la boca, a punto de exclamar algo al respecto, pero Cris le tapó la boca con la mano antes de que dijera una sola palabra.

Fiore continuó ignorándolos.

—*Todo está bien* —le aseguró ella a la sombra, al niño, con suavidad—. *No tienes nada que temer, yo no te voy a hacer daño*.

Las palabras, y en ese idioma, parecieron hacer reaccionar a la sombra, que dejó de rezar y alzó lo que podría ser su cabeza, para fijarla en dirección a ella.

Azu se llevó las manos a la boca para ahogar el grito, al mismo tiempo que Cris la sostenía de los hombros para evitar que se moviera, ya fuera voluntaria o involuntariamente. Y es que de un momento a otro el terrible enemigo desapareció para dejar en su lugar a un pequeño niño de no más de diez u once años, herido y asustado; sus ropas eran extrañas, simples y como de otra época, sus pies se encontraban descalzos y en sus ojos se distinguía la oscuridad de alguien que ha sufrido más que si estuviera en el mismísimo infierno. Lo más impactante, quizás, eran las manos encadenadas, cadenas grandes y pesadas, terribles.

Fiore ni siquiera supo de dónde vinieron las palabras, ella solamente comenzó a pronunciarlas al tiempo que extendía una mano hasta casi rozar el rostro del pequeño:

—*Rómpanse las cadenas, alíviense las penas. Yo estoy aquí para secar tus lágrimas y sanar tus heridas. Llamo a los poderes de la luz para que liberen tu alma…*

Las cadenas, que parecían mantener prisionero al niño, se hicieron pedazos sin hacer ruido alguno y tanto las lágrimas como las heridas se desvanecieron, como si nunca hubieran estado ahí. El niño de pronto estaba parado frente a ella, sonriendo con timidez, en una sencilla túnica de manta cruda.

—*Gracias*... —murmuró el pequeño con una reverencia.

Un instante después desapareció, dejando en su lugar una pequeña flor... una petunia.

La conciencia volvió a Fiore poco a poco, y aún antes de abrir los ojos pudo percatarse de que ya no se encontraba en el callejón; no sentía el fresco de finales de octubre y la superficie bajo su espalda era muy suave y lisa para ser la calle. Se la habían llevado a otro lado, probablemente los dos jóvenes.

Todavía sin abrir los ojos, se concentró en recordar lo sucedido antes de quedar inconsciente. Tomó algunos segundos, pero su mente fue aclarándose: su misterioso perseguidor, el ataque, los dos jóvenes que intervinieron en su ayuda, y para finalizar: el brusco cambio en la situación al ver ella más allá de la sombra monstruosa, al niño pequeño asustado... lo último que recordaba era cuando él desapareció en un haz de luz blanca. Fiore esperaba que eso significara algo bueno, que ella lo hubiese podido ayudar.

Fiore afinó sus sentidos, tratando de darse una idea acerca de dónde se encontraba, y entonces una extraña sensación la invadió. Algo imposible de describir con palabras, que le recordó a un lugar muy particular: el pueblo, el jardín de la casa de su abuela. La emoción que la recorría era muy similar a la que tenía cuando estaba ahí, pero al mismo tiempo más intensa de alguna forma.

Lentamente, para asegurarse de que el movimiento no le causaría dolor o mareos o algo más, Fiore se enderezó y abrió los ojos, encontrándose casi de inmediato con un par de ojos ambarinos que la observaban sin despegarse de ella.

—Ah, ya despertaste —dijo una voz masculina, ingresando a la habitación en ese preciso momento—. ¿Te encuentras bien?

Fiore asintió en silencio, podía observar que se encontraba en una sala-comedor bastante sencilla, recostada sobre una colchoneta.

—Azu, ya está lista el agua —le informó el muchacho.

La muchacha, que estaba sentada sobre sus talones a un lado de Fiore, cuyos ojos fueron los primeros que la muchacha de cabellos azabaches vio al abrir los propios, asintió en silencio, levantándose con fluidez y caminando en dirección a la habitación de donde salió el joven; la cocina, supuso Fiore.

Pasaron unos segundos sumidos en un silencio algo incómodo hasta que la chica volvió a salir de la cocina, llevando en sus manos una tetera y tres tazas. Sirvió el líquido en las tres, le agregó algo de otro frasco a una, y luego ofreció esa taza a Fiore; quien tomó la bebida ofrecida, la olió brevemente y dio un sorbo, de inmediato identificando su aromático contenido.

—Té de romero —comentó Fiore sorprendida.

—Así que sabes lo que es —replicó Azu, asintiendo con la cabeza—. Me pareció que te serviría en caso de que tuvieras dolor de cabeza al despertar.

—Gracias —murmuró Fiore dando otro sorbo.

Comenzó a sentirse melancólica de pronto, ella bebió ese tipo de té antes, cuando tenía dolor de cabeza siendo niña, su abuela era quien solía prepararlo. Pasaron varios minutos en completo silencio, los tres simplemente bebiendo té. Tras un rato, fue Fiore quien rompió la mudez decidiendo que había cosas que necesitaba saber y no las sabría a menos que alguien comenzara a hablar.

—¿Dónde estoy? —ella decidió comenzar por ahí.

—En nuestro departamento —respondió el joven—. Como no tenemos idea de tu nombre ni dónde vives… decidimos que era mejor, para nosotros y para ti, traerte aquí que dejarte en aquel callejón.

—Sí, gracias por eso —Fiore inclinó la cabeza en un gesto de gratitud.

—No es precisamente la "zona residencial" de la capital, pero al menos es más seguro que una callejuela, en especial cuando comienza a oscurecer.

—Gracias —repitió Fiore—. Mi nombre es X... Fiore, mucho gusto.

Casi dijo Xóchitl, casi... y no tenía ni la más remota idea del por qué.

—Yo soy Cris —se presentó el muchacho—. Y ella...

—Azucena, llámame Azucena —intervino la chica.

—Una vez más les doy las gracias por ayudarme —Fiore no tenía idea de qué más decir, cómo comenzar a esbozar todas las preguntas dando vueltas en su cabeza.

—No hay problema —le aseguró Cris.

—Podríamos decir que lidiar con esas cosas es algo así como una "misión autoimpuesta" —agregó Azucena en tono indiferente.

—¿Podrían decirme qué era esa cosa, o persona, o lo que fuera, exactamente? —quiso saber Fiore.

—Creí que ya lo sabrías. —La muchacha más joven enarcó una ceja—. Por la forma en que manejaste la situación.

—No tengo idea de lo que hice, sólo lo hice porque sentí que era lo correcto —admitió la de cabellos negros.

—¿Me vas a decir que tampoco sabes por qué te perseguía ese? —Azucena no le creía ni una palabra—. O el de hace algunos días —ante la mirada sorprendida de la joven mayor, agregó—: Sí, sé que también te atacaron hace algunos días. Lamentablemente esa vez no llegamos a tiempo. —El silencio la desesperó pronto—. ¡Por favor! No esperarás que crea que has sido acosada, perseguida y hasta atacada más de una vez por las sombras y no sabes la razón.

Fiore sólo negó en silencio.

—Creo que está diciendo la verdad, Azu —dijo Cris antes de que la chica pudiera iniciar otro discurso.

—¡¿Qué?! —Azu seguía sin poder creerlo—. Pero el poder... ella lo tiene, yo lo sentí. Y lo vi, los dos lo vimos, la manera en que desvaneció a la sombra... o lo que era la sombra...

—Lo liberé —interrumpió Fiore.

—¿Qué...? —por un momento Azucena se perdió.

—No lo desaparecí, lo liberé —aclaró Fiore—. Y antes de que pregunten, no, no sé cómo lo hice, ni por qué lo hice. Como mencioné antes, sentí que era lo correcto, lo que tenía que hacerse.

Fue como si las palabras vinieran por sí solas a mi mente, yo lo único que hice fue pronunciarlas. Sé que suena extraño, pero así fue, lo juro.

—Te creemos —le aseguró Cris.

Ambos voltearon a ver a Azucena, quien tras algunos segundos exhaló y asintió.

—Seríamos unos hipócritas si no lo hiciéramos —admitió ella tardíamente—. Nosotros tampoco somos muy normales que digamos.

La joven de cabellos cortos cobrizos extendió su mano derecha entonces, giró la muñeca hacia un lado y hacia el otro, como demostrando que no tenía nada en ella; después chasqueó los dedos una vez. El efecto fue instantáneo, una chispa, no sólo el sonido, sino algo real, que podían ver, una chispa de un gris-violáceo que Fiore no pudo evitar seguir con la mirada cuando Azucena giró de nuevo la muñeca, abriendo la mano lentamente, la pequeña chispa creciendo hasta dejar una pequeña esfera de no más de un par de centímetros de diámetro, a lo sumo, suspendida en el centro de su palma.

Fiore observó todo en perfecto silencio. Recordando la batalla, podía ver que aquella energía era como la que Azucena usó para arrojar a la sombra contra la pared, cuando aún parecía un ser monstruoso, antes de revelar al niño asustado en su interior.

—¿Ustedes tienen poderes mágicos? —inquirió Fiore finalmente.

—Pues… es una manera de describirlo, sí —asintió Cris.

—¿Desde cuándo? —quiso saber Fiore.

—Pues desde que tengo memoria. —Cris se encogió de hombros brevemente—. Aunque por mucho tiempo no los usé, y hasta hubo un tiempo en que quise negar que los tenía; al final los acepté.

Azucena sólo asintió, Fiore supuso que su historia era bastante similar y por ello no sentía deseos de explicarla.

—¿Y cuánto tiempo llevan peleando contra esos… seres… *zombies*… sombras, lo que sean? —inquirió Fiore después.

—Año y medio —respondió Cris tras hacer algunos cálculos mentales—. Sí, año y medio más o menos.

Él volteó a ver a su compañera entonces, una sombra de preocupación en su rostro, pero ella no reaccionó; Fiore ni siquiera pareció notarlo.

—¿Qué hay de ti? —preguntó Azucena de improviso.

—¿De mí? —hasta Fiore se confundió al escuchar eso.

—Sí —insistió la otra chica—. ¿Desde cuándo tienes poderes? ¿Dónde aprendiste a hacer ese hechizo de hace un rato?

—En ningún lado, ya les dije —replicó Fiore—. Esta mañana yo no sabía que tenía magia, o que la magia siquiera existía. Nunca antes me sucedió algo ni remotamente mágico…

Pero apenas esas palabras cruzaron sus labios, Fiore supo que no eran ciertas. A su mente llegaron los recuerdos, uno tras otro: el ataque previo, sus extraños sueños, las marcas que aparecieran en su cuello tras aquella pesadilla; y al dejar a su mente vagar más hacia el pasado, más escenas la inundaban: tés y ungüentos que parecían curarlo todo, canciones que ayudaban a sanar la depresión, plantas y flores que se recuperaban o se abrían ante el más leve toque… las flores sobre las tumbas de sus padres, que parecieran haber aparecido de un día a otro, viéndose como si hubieran estado ahí por meses.

—Pues para ser una novata eres bastante buena —las palabras de Azucena sacaron a la otra muchacha de sus pensamientos.

Fiore no pudo evitar esbozar una sonrisa al registrar esas palabras, le caía bien la chica de ojos ámbar.

El silencio se prolongó por un largo rato; era obvio para los tres jóvenes en la salita que no todo había sido dicho, aún quedaba más de un enigma por ser revelado. Los tres entendían que cuando se trataba de secretos, los verdaderos secretos, los que no se nombran ni siquiera en soledad, era casi imposible confiar en alguien lo suficiente como para correr el velo; ya tendrían tiempo para llegar a ese punto.

Mientras tanto, eso no les impedía llevarse bien. Los tres comprendían de sobra que por el momento eran capaces de aceptar que aunque no sabían todo del otro podían formar una amistad, y eso era algo que los complacía.

—Bueno, ¿y nos ayudarás? —inquirió Cris de pronto.

Fiore alzó una ceja, sin comprender del todo de qué iba la pregunta.

—Ya viste que nosotros combatimos a esos seres, las sombras —explicó Cris tranquilamente—. ¿Nos ayudarás?

Fiore contempló su respuesta por unos momentos. No los quería ofender, ni negándose, ni aceptando de inmediato, sin antes considerar las consecuencias de su decisión. No le agradaba la idea de ponerse a sí misma en el camino del peligro, pero al igual que cuando optó por acercarse a aquella sombra, no podía evitar el instinto que la empujaba en una dirección muy específica…

—Sí, lo haré —anunció luego de meditarlo—. Los ayudaré.

Capítulo 6
Allium

Una estela de luz blanca se elevó hacia el cielo, dejando en el suelo una pequeña flor rosada.

—*Descansa en paz...* —murmuró Fiore en voz baja.

—Listo —anunció Azucena sacudiéndose las manos—. Terminamos.

—Dirás que Fiore terminó —puntualizó Cris, medio en burla—. Tú te pasaste la mitad de la batalla tirada en el suelo.

—¡Oye! —se quejó Azu al tiempo que corría una mano por su cabello corto, buscando sacarse todo el polvo—. Más respeto, que no estuve tirada por gusto.

Fiore se tapó la boca con la mano para ocultar la leve risa.

Esos dos realmente son la pareja perfecta, pensó ella para sí, viendo a los dos que en poco tiempo se habían convertido en sus mejores amigos. *¿Por qué entonces no lo formalizan? ¿Por qué no son novios?*

Esa era la pregunta que daba vueltas en su cabeza desde que se tomó el tiempo para conocerlos, y todavía no tenía ni la más remota idea de cuál pudiera ser la respuesta. Excepto que era algo importante, y parte de los secretos que todavía existían entre ellos.

Tres semanas y media habían pasado desde que Fiore conoció a Cris y Azucena, el día que ellos la salvaron de aquella sombra/niño y ella descubrió que tenía el don de liberar su alma. Días después, se dieron cuenta de que también podía crear escudos mágicos. Además de las chispas y esferas de energía, que a veces eran convertidas en algo muy parecido a los conocidos relámpagos, Azucena era muy hábil para las artes marciales, ninguna técnica formal, pero en realidad no la necesitaba. Cris también era bastante bueno en el combate cuerpo a cuerpo, parecía ser más fuerte que el ser humano promedio, y a veces la tierra reaccionaba a sus acciones, moviéndose, vibrando; era un don que parecía estar creciendo, desarrollándose, quizás algún día él sería capaz de controlar la tierra.

Después de que Fiore tomó la decisión de ayudar en las peleas contra las sombras, se encontró enfrentándolos de dos a tres veces por semana, uno a la vez. A veces la pelea se daba cuando uno de ellos se topaba con una sombra, por casualidad, pero también hubo ocasiones en que ella se vio perseguida por alguno de esos seres. Se encontraron con todo tipo de entes: mujeres, hombres, niños, adultos, ancianos; y el trío de amigos aún no tenía la más remota idea de qué podrían tener en común todos ellos, o qué los convertía en las sombras exactamente. Era obvio que todos ellos estaban muertos, eran espíritus, y por sus ropas les quedaba claro que lo eran desde hacía al menos quinientos años, muy posible que más; pero hasta ahí eran capaces de deducir. Todavía les quedaban demasiadas cosas por develar.

De vuelta en el departamento de Cris y Azu, los tres bebían tazas de té de romero para el cansancio y el dolor de cabeza que les daba cuando utilizaban demasiado sus dones; especialmente Fiore, quien no estaba acostumbrada para nada a ello.

—Lo hiciste muy bien hoy, Flor —la halagó Azu.

Fiore no tenía idea por qué, pero a Azucena le había dado por llamarla así, y encontraba algo en ello, en el hecho de que la muchacha le pusiera un apodo, un nombre cariñoso, que a la chica mayor le agradaba.

—Has mejorado mucho en tu habilidad en la pelea, y en la magia —siguió diciendo la adolescente—. Quién dijera que hace un mes no sabías nada de ello… yo ciertamente no lo creería si no lo hubiera visto con mis propios ojos.

—Todo es gracias a ustedes —aseguró Fiore con una sonrisa.

—Mentira —negó Cris enfáticamente—. Tu talento para ambas cosas es innato. Créeme, y he visto personas talentosas y tú… bueno.

Fiore se encogió un poco, se sentía azorada.

—Tan sólo ve la diferencia —agregó Azu—. Hace tres semanas perdías tanta energía al liberar un alma que te desmayabas casi de inmediato. Ahora puedes sostener una buena pelea, liberar al espíritu y luego seguir perfectamente consciente y moviéndote por tu propio pie.

—Sigo sin ser tan buena como ustedes —insistió Fiore.

—Eso será sólo porque te falta experiencia —declaró Cris—. El poder lo tienes. Ya te lo ha dicho Azu, tu poder es mucho mayor que el de nosotros.

—Eso es lo que a mí no me parece lógico —puntualizó la mayor del grupo—. Ustedes llevan toda su vida con estos poderes, han entrenado por años, y los han usado con frecuencia por más de un año; yo, en cambio, descubrí de pronto que los tenía, no hace ni un mes. ¿Cómo es posible, entonces, que mi poder sea mayor al suyo?

—El tiempo es independiente de la cantidad de poder —Cris trató de explicar las cosas como él las entendía—. El entrenamiento te da experiencia y con ésta perfeccionas el poder; pero la cantidad de poder, y la clase de éste lo llevas ya dentro de ti. Es parte de ti, como tu color de ojos o tu cabello, es algo que llevas en la sangre…

Las últimas palabras de Cris causaron una revolución en la mente de la joven de ojos oscuros (que, hasta ese entonces, ante sus amigos los seguía ocultando tras pupilentes turquesa). Su magia era algo que llevaba en la sangre, como su verdadero color de ojos, su cabello lacio, su herencia indígena, la herencia de sus padres y de su abuela… el nombre de Xóchitl.

—Flor, ¿estás bien? —inquirió Azucena mirándola fijamente con un dejo de genuina preocupación.

—Sí, claro que sí —respondió Fiore de inmediato.

Pero mentía, y ambas lo sabían. Fiore no estaba bien, y no lo estaría sino hasta que enfrentara su más grande miedo de una vez por todas: su pasado.

La joven se levantó de la cama en silencio, fue hasta el baño, donde se lavó la cara y procedió a revisarse cuidadosamente en busca de marcas, raspones o moretones nuevos: no encontró nada.

Al menos eso es un alivio, pensó Fiore. *Detesto tener que andar escondiendo las marcas de ataques de ese maldito.*

Y es que los ataques en sueños, los intentos de asesinato, no sólo no cesaron, sino que prácticamente se habían convertido en algo de todas las noches, lo mismo que la aparición de la silueta plateada que la protegía; y la necesidad de Fiore de revisarse todas las mañanas en el baño en caso de que hubiera nuevas marcas que ocultar, no quería ni pensar cómo se las explicaría a Jessica.

Fiore se tomó su tiempo bajo la regadera, contemplando todo lo sucedido en las semanas recientes.

Cuando por fin estuvo vestida, con el cabello enrulado, los pupilentes puestos y el maquillaje usual, la joven salió de la recámara y bajó a la cocina. El *penthouse* era un apartamento de dos pisos, con la planta inferior enmarcando todas las áreas comunes y la planta superior con tres recámaras con baño privado, vestidor y balcón. Una vez en la cocina, Fiore sacó del refrigerador una botella de jugo de naranja que compró ella misma en el mercado días antes y al que agregó capuchina por sus efectos revitalizantes y todas las formas en que ayudaba a promover la salud; lo necesitaba después de la pelea del día previo y el ataque nocturno (existía un límite a los efectos sanadores que el romero por sí solo podía lograr).

Jessica entró poco después y fue directo a encender la cafetera; ambas podían recordar un tiempo cuando la segunda chica bajaba la cocina a encontrar el café ya preparado y a Fiore bebiendo su primera taza; pero todo eso había cambiado. Fiore ya ni siquiera bebía café, sólo tés y jugos con hierbas agregadas, Jessica realmente no quería saber qué eran, todo era demasiado raro para ella; la cocoa caliente era menos extraña, pero aun así completamente diferente a lo que fuera usual por tanto tiempo.

Jessica se daba cuenta de que la otra mujer estaba cambiando cada día más, y todo comenzó casi un mes atrás. Desde entonces era común que Fiore desapareciera por horas sin razón aparente, a veces incluso durante horas-clase; hacía mucho que no le pedía un aventón a Rick, siempre optando por irse sola, en transporte público o caminando. ¡Y Jessica realmente no podía imaginar a alguien prefiriendo el transporte público al auto de lujo de Rick! Ella en verdad sospechaba que algo estaba ocurriendo con su compañera de cuarto, aunque no tenía ni idea de qué.

En otro departamento de la misma ciudad de México; uno sencillo, con una salita, cocina, desayunador, una recámara principal, un baño y un cuarto que hacía las veces de oficina y cuarto de invitados al mismo tiempo, una joven de cabellos castaños claros, apenas un poco ondulados, y que le llegaban ligeramente por debajo de los hombros, sujeto hacia atrás con un par de pasadores, estaba teléfono en mano, envuelta en una discusión acalorada con la persona del otro lado de la línea:

—Claro que son ellos… yo sé que son ellos —remarcó la chica con impaciencia—. ¿Que cómo lo sé? Pues porque los veo. Veo su "imagen verdadera" …Ese es mi don, ¿lo olvidas? Es la razón por la que me pusiste este nombre… ¿Cómo que qué voy a hacer con esta información? Pues haré lo que tengo que hacer… Al diablo con las profecías, yo también tengo derecho a ser parte de esto… No estoy sola, los demás me apoyan… Quizás no, pero nunca nos rendiremos. Seguiremos hasta el final…

En el modesto departamento en las afueras de la capital, Azucena parecía estar muy pensativa mientras bebía una taza de té.

—¿Todo bien Azu? —preguntó Cris, era como si pudiera sentir su tensión.

—Sí… no… no lo sé. —Azu dejó el té a un lado—. Cris, ¿tú qué piensas de Fiore?

El uso del nombre de la mujer, y no su apodo, hacía evidente que la pregunta era seria.

—¿Por qué lo preguntas? —el muchacho estaba confundido.

—Nomás. —Ella se encogió de hombros en un intento de restarle importancia.

—Creo que es una muchacha muy amable, una de las pocas personas que considero en verdad buenas en este mundo, aunque guarda muchos secretos.

—Nosotros también tenemos nuestros secretos.

—Así que se trata de eso. ¿Has pensado en decirle la verdad?

—He estado contemplando la posibilidad. Sabes que yo la considero una verdadera amiga, y a las amigas no se les miente.

—¿Y?

—¿Cómo que "y"?

—¿Cuál es la otra razón?

—¿Cómo sabes que hay otra razón?

—Porque te conozco Azu, por eso.

—Está bien… quiero pedirle ayuda.

—Quieres que te ayude a encontrar a Esteban. —No era una pregunta.

—Yo sé que tú tal vez piensas que no debería tener esperanza, pero no puedo evitarlo. Mi corazón me dice que él está vivo, y yo tengo que encontrarlo.

—Lo sé, Azu. Tú sabes que yo siempre te apoyaré.

—Lo sé. Gracias.

Cris le tomó el rostro entre las manos, atrayéndola hacia sí hasta poder besar la comisura de los labios de ella; un beso corto, pero tan cargado de emoción como cualquier otro que se hubieran dado antes.

En el Estado de México, en la sala de una vieja casa restaurada estaban reunidos seis jóvenes de entre diecinueve y veintiún años; tres hombres y tres mujeres. Ellas, de tez apiñonada, estatura media, con curvas generosas en sus figuras, cabellos castaños oscuros, largos y casi completamente lacios, y ojos marrones con un toque de verde que se hacía más evidente en circunstancias muy específicas. Ellos, de tez morena, unos centímetros más altos que ellas, no muy delgados pero evidentemente atléticos, cabellos castaños aclarados en distintos niveles por el sol, y ojos marrones tan oscuros que casi eran negros.

La primera mujer era la mayor en edad, la más baja en estatura, aunque la diferencia era mínima. Sentada en una silla, envuelta en un aire de seria autoridad, sus cabellos sujetos en una coleta alta que le llegaba casi a media espalda, ataviada en una falda-pantalón de un marrón rojizo, botines negros y una blusa sencilla también negra. En su muñeca izquierda llevaba una pulsera tejida, sin color, a excepción de la pequeña flor pintada, una flor de belladona. De pie, recargado ligeramente en el respaldo de esa misma silla se encontraba un hombre que era también el mayor del grupo; de la misma estatura que los otros hombres, llevaba una camisa de cuello y botones sencilla, rayada, en azul oscuro, abierta sobre una camiseta gris y pantalón kaki, además de botas de un café oscuro.

En un mueble lateral se encontraban el segundo hombre y la segunda mujer, sentados lado a lado. Ella, de *jeans* sencillos, deslavados, playera polo amarilla, y tenis simples; su cabello le llegaba a los hombros y se lo detenía con un broche en una media coleta. Llevaba una pulsera tejida idéntica a la de la primera mujer, excepto que con una flor distinta pintada: una magnolia. El chico, por su parte, llevaba *jeans* oscuros y una playera de cuello y manga larga de un rojo oscuro, calzaba zapatos deportivos. A diferencia de los otros hombres, él usaba la ropa más holgada, aunque ni eso escondía que era igual de atlético que los demás.

El tercer muchacho permanecía en pie, derecho y con la vista fija en la jovencita frente a él. Ambos eran los más jóvenes del grupo, ella era la más alta entre las mujeres, aún y cuando la diferencia fuera mínima. Él se encontraba ataviado con un pantalón de vestir negro, una camisa de botones de un azul pálido, y zapatos negros de vestir.

Y finalmente, la última chica, que llevaba una falda de encaje color arena y una blusa de un rosa coral de escote en V y con adornos en las mangas que le llegaban a los codos, un par de sandalias de plataforma hechas a un lado puesto que en ese momento se encontraba arrodillada frente a la mesa baja de la sala. El cabello lo tenía largo, hasta casi la cintura, en una trenza floja sujeta con listones de colores. Su pulsera tejida tenía pintada un jacinto.

Los ojos de todos estaban puestos en la última chica. Un golpeteo intermitente rompió el silencio, al tiempo que granos secos eran arrojados sobre la mesa, la cual súbitamente estaba cubierta de pequeños alhelíes. La joven, de rodillas frente a la mesa, pasó una mano lentamente sobre los granos sin llegar a tocarlos al tiempo que susurraba un rezo en otra lengua.

—La veo… —murmuró ella al cabo de un rato—. La Doncella del Norte… la Protegida de la Tierra…

La muchacha se interrumpió, y aún con los ojos cerrados fue notorio para sus compañeros que se estaba esforzando mucho para lograr algo, algo que no estaba consiguiendo. Hasta que, al cabo de un minuto, tuvo que darse por vencida. Dejó caer su brazo y se fue hacia atrás, donde el otro chico puso una rodilla en el suelo de inmediato y la atrapó antes de que cayera de espaldas.

—¡Jacinta! —exclamó la chica del sofá, Magnolia, con preocupación.

No se lanzó hacia su amiga únicamente porque el muchacho junto a ella la sujetó del brazo, deteniéndola.

—¿Qué sucedió, Jacinta? —preguntó la primera joven, la líder del grupo, Belladona, quien parecía no haberse inmutado en lo más mínimo con lo que acababa de ocurrir.

—Vi a nuestra hermana —anunció Jacinta, obligándose a sí misma a recuperar la compostura—. Y me pareció detectar en ella un rastro de Nuestra Señora, pero cuando quise acercarme para asegurarme algo me bloqueó.

—¿Algo? —inquirió el muchacho en el sofá enarcando una ceja.

—Sí —asintió Jacinta con vehemencia—. No sé qué fue con exactitud, pero era muy fuerte; más que yo, más que cualquiera de nosotros.

Esa afirmación pareció dejarlos a todos estupefactos.

—¿Pudiste determinar la localización de Nuestra Señora? —preguntó Belladona.

—No con exactitud —admitió Jacinta apenada—. Está en la capital, es lo único que sé a ciencia cierta, lo mismo que nuestra hermana —hizo una pausa antes de agregar—: Pero estoy convencida de que si volviera a sentirla podría seguir su rastro y localizarla.

—Tendremos que conformarnos con eso por el momento —dijo el chico de la camisa azul, aunque parecía más una pregunta que una afirmación.

—Al menos ahora sabemos que ambas están aquí —opinó el de la playera roja—. Y si la cuarta está aquí, el último de nosotros seguro estará con ella.

—Eso significa que pronto estaremos todos juntos —declaró el primero de los chicos, haciendo un esfuerzo por contener su emoción.

No hubo respuesta a sus palabras, de pronto las miradas de todos estaban fijas en Belladona, que se mecía con suavidad sentada en su silla.

—¿Cuál es el plan, Bella? —fue Jacinta quien por fin pronunció la pregunta que de seguro estaba en la mente de todos.

—Esperaremos —decidió Belladona tras unos segundos de contemplación—. Esperaremos a que esos seres malditos vuelvan a aparecer, y entonces actuaremos. Recuerden que nuestra prioridad es encontrar a la Dama de las Flores y reunirnos con ella, servirle como lo hicimos en otra vida.

Los demás se limitaron a asentir en silencio. La decisión había sido tomada, el camino trazado, sólo les quedaba encontrarla…

Capítulo 7
Campanilla

Fiore estaba guardando sus libros de francés, su curso de los sábados, cuando de pronto sonó su teléfono celular. Como la clase ya había terminado y la mayoría de los estudiantes estaban ocupados platicando acerca de lo que harían ese fin de semana, nadie le puso atención a ella cuando comenzó a hablar en voz baja.

—¿Bueno? … ¿Azucena? … Otra vez, ¿dónde? … Sí, sí sé dónde queda… Voy para allá. Llegaré en unos veinte minutos.

Sin decir más Fiore echó a correr, lanzó su mochila con los libros en su casillero, apenas deteniéndose unos instantes para quitarse los tacones y arrojarlos al interior, tomar los zapatos de piso y ponérselos al mismo tiempo que cerraba el casillero bruscamente; varias personas la observaron sorprendidas o confundidas, pero ella no les prestó atención, su enfoque estaba en abandonar la universidad a toda prisa. Tuvo que tomar el Metrobús, pues el lugar del ataque no estaba lo suficientemente cerca como para que ella pudiera correr hasta ahí. Pasó todo el camino maldiciendo el no tener coche, o algún otro medio de transporte que le permitiera llegar más rápido a donde la necesitaban. Los ataques se volvían cada vez más comunes y más difíciles; ella no quería imaginar la posibilidad de un día no llegar a tiempo para ayudar.

Cuando por fin llegó al área que le indicaron, respiró hondo, concentrándose de la manera en que Azucena le enseñó, buscando la esencia de la chica más joven. Tomó unos segundos pero la encontró, en su mente la vio en una construcción a medio terminar, la entrada estaba apenas a unos metros. De inmediato echó a correr. El lugar era un desastre, con paredes incompletas, suelos sin soporte y material por todas partes, parecía como la peor clase de laberinto. Fiore se negó a darse por vencida, mantuvo su concentración en la esencia de Azucena que había detectado, y usó eso para guiarse.

Poco después la muchacha dobló un recodo y se frenó violentamente al ver la escena frente a sí: Azucena estaba en el suelo, atada de manos y piernas; y a unos metros Cris se batía a duelo, no con una sombra, sino con cinco. Eso último era lo que había congelado a Fiore; la ocasión previa tuvieron que enfrentar a dos sombras, y eso fue de por sí una complicación, nunca hubiera imaginado enfrentar cinco, ni tampoco entendía por qué estaban siendo atacados por tantas al mismo tiempo.

Con tanto sigilo como le fue posible, Fiore se acercó a Azucena, teniendo cuidado de no pisar o golpear nada que pudiera alertar a las sombras de su presencia. La chica de ojos ambarinos estaba forcejeando contra sus ataduras, lo cual la lastimaba todavía más, pero ni eso la hacía darse por vencida. Nada la haría rendirse.

Fiore encontró un pedazo de vidrio de tamaño decente y se acercó a su amiga.

—No te muevas —le susurró en la voz más queda posible.

—¡F…! —Fiore apenas alcanzó a tapar la boca de su amiga con su mano libre.

—Sh… no quiero llamar la atención —murmuró Fiore—. No todavía, al menos. Ahora no te muevas, voy a intentar cortar las cuerdas.

La muchacha de cabellos cortos no expresó ni duda ni nerviosismo, simplemente aquietó sus movimientos y aguardó, confiando por completo en la de cabellos negros. Fiore trabajó con toda la velocidad y cuidado de que fue capaz para cortar la cuerda, al mismo tiempo intentando no hacerle daño a su amiga. Terminó con algunos rasguños en las palmas de sus manos y la base de sus dedos, pero nada grave, y eligió no mencionarlo.

Tomó un largo minuto, pero eventualmente las cuerdas fueron cortadas, Azucena se levantó de un salto.

—Hay que ayudar a Cris —dijo ella, lista para lanzarse al ataque.

—Lo sé —asintió Fiore—. Pero deberíamos intentar formular algún plan primero. Después de todo, ellos nos superan en número, y de seguro también en fuerza, así que…

No cabía duda de que la muchacha mayor tenía razón en sus razonamientos, pero las circunstancias estaban en su contra. En ese preciso momento Cris fue arrojado con fuerza contra una pila de tablones, atravesando la mitad.

—¡Cris! —gritó Azu espantada, ni siquiera lo pensó y se echó a correr hacia su compañero.

Ante el grito, la casi media docena de sombras voltearon su atención a las chicas, yendo contra la primera de ellas: Azu.

Fiore se dio cuenta de lo que estaba por ocurrir y tuvo apenas una fracción de segundo para actuar antes de que fuera tarde. Se paró frente a sus dos amigos y estiró las manos a los lados, palmas abiertas, concentrándose. Tres de las cinco sombras se lanzaron al ataque al mismo tiempo, pero en el último momento una barrera que a la vista parecía como si estuviera hecha de cristal transparente con un ligero brillo platinado se materializó, formando una cúpula alrededor de los tres.

Los segundos pasaron con lentitud y gotas de sudor comenzaron a perlar la frente de Fiore. Ese escudo era más difícil que el básico que podía conjurar, pero el otro era una barrera más sencilla, con la que se hubieran arriesgado a que sus enemigos los atacaran desde un costado. No era fácil sostener el escudo, y menos con los constantes ataques.

Detrás de Fiore, Azu convenció a Cris de apoyarse un poco en ella para levantarse. Por suerte las heridas de él no eran graves y tras unos momentos pudo sostenerse por sí mismo, preparándose mentalmente para seguir peleando.

—Chicos… —murmuró Fiore al rato, sus brazos temblando con el esfuerzo—. No voy a aguantar mucho tiempo… más…

El escudo cayó, y en el mismo instante Azu saltó, con un poco de asistencia de Cris, para conseguir una altura por encima de Fiore. Al momento de llegar al punto más alto, ella extendió las manos, disparando esferas de energía de ambas palmas.

La batalla continuó entonces. Cris hizo su parte, aunque su habilidad sobre la tierra estaba limitada, no por su poder o sus heridas, sino por su temor, temor a lastimar a las chicas; o, peor aún, a hacer que el edificio donde se encontraban se viniera abajo, con ellos todavía ahí. Nunca se lo perdonaría si lesionaba a las chicas.

En cierto momento una de las sombras quedó debajo de un arco de ladrillo a medio terminar. Cris aprovechó la oportunidad para golpear la columna derecha del arco, enviando su poder y haciéndolo colapsar sobre la sombra, sacándola del combate.

—Finalmente —declaró Azucena con alivio.

—No cantes victoria, aún quedan cuatro y no puedo concentrarme en liberar a uno con los otros encima nuestro —le recordó Fiore.

—¿Entonces cómo le vamos a hacer para evitar que éste vuelva a tratar de matarnos en cuanto despierte? —quiso saber Cris.

—Pues... —Fiore observó a su alrededor, tratando de idear un plan, aún estaba en eso cuando, sin pensarlo mucho, agregó—: Yo me encargo.

Las sombras restantes parecieron salir de su estupor entonces y volvieron a lanzarse al ataque. Cris y Azucena se prepararon para recibirlos; aunque lo cierto es que ya comenzaban a agotarse de aquella difícil batalla.

Fiore se reprendía a sí misma por no ser buena para pelear; y es que por mucho que Cris y Azu intentaran enseñarle, lo cierto era que la pelea cuerpo a cuerpo no se le daba muy bien; además de que su atuendo, casi siempre con falda corta, no ayudaba mucho. Incluso sabiendo aquello, sus amigos le aseguraron una y otra vez que no se contara como menos, ella tenía talento y los ayudaba de otras maneras, como su escudo y su hechizo de liberación, eso era suficiente.

Fiore buscó con la mirada algo que pudiera servirle para retener al oponente caído. Tomó un rato, pero de pronto se percató de un montículo de paja, lo cual hizo que se le ocurriera una idea...

Parece una locura, se dijo Fiore mientras levantaba un puñado de varillas largas y enteras. *Pero si funciona… Además, se supone que la magia todo lo puede.*

Sin más, Fiore se arrodilló junto al enemigo tendido e inconsciente, separó el puñado de varillas en dos bultos, colocando uno sobre los brazos y otro sobre los tobillos de la sombra; después se concentró, intentando encontrar dentro de ella las palabras que la ayudarían a lograr lo que deseaba.

—*Varas de humildad…* —recitó ella, pasando un dedo levemente sobre cada bulto de varas de paja—. *…transfórmense en cadenas de la unión.*

Apenas hubo pronunciado la última palabra la paja se convirtió en algo que parecía una mezcla de cuerdas y cadenas, aunque la textura seguía siendo similar a la de la paja. La sombra quedó atada en cuestión de segundos.

Azu y Cris se sorprendieron al ver a Fiore unírseles en repartir golpes, o al menos intentándolo, contra las sombras restantes.

—¿Dónde está el otro? —preguntó Cris con duda.

—Allá atrás. —Señaló la del cabello largo, al tiempo que le hacía una zancadilla a uno de sus oponentes—. No te preocupes, no se va a poder liberar pronto.

Fiore no estaba muy segura del cómo o el por qué, pero algo le decía que esa era la verdad. Las ataduras resistirían.

Justo en ese momento, un grito distrajo a Fiore de sus pensamientos, lo cual podía ser algo bueno. Fiore odiaba perderse en círculos, tratando de entender cómo se suponía que funcionaba su magia, cómo es que la tenía, y cómo no supo nada al respecto sino hasta hacía unas semanas… era un círculo vicioso.

—¡Azucena! —gritó ella al instante, reconociendo la voz que gritaba.

—¡Elena! —el grito de Cris se perdió con el de Fiore.

Cris se movió apenas a tiempo para atrapar a la chica de ojos ambarinos después de que ésta fuera lanzada por los aires por uno de sus enemigos. El muchacho enfureció apenas vio a su compañera, quien tenía una fea herida en su antebrazo izquierdo y estaba sangrando profusamente.

Fiore se concentró lo más posible, alzando un nuevo escudo frente a sus amigos; un escudo sencillo, de media luna, no creía poder levantar uno completo que soportara más de unos segundos. Sabía que no duraría mucho ante cuatro enemigos, pero esperaba al menos conseguir el tiempo suficiente para que Cris recuperara la cordura y a ella se le ocurriera alguna clase de plan; era claro que Azucena no podía seguir peleando con una herida así, y sería muy difícil continuar sin la ayuda de ella.

Fiore hizo un gran esfuerzo por concentrarse en la pelea y apartar su mente de las ideas negativas, de lo que pasaría si no conseguía mantener el escudo. Alzó la vista entonces, fijando los ojos oscuros, todavía ocultos tras los pupilentes turquesas, y pudo ver a los tres oponentes aporreando el escudo. Excepto que... ¿tres?

—¡Flor: cuidado! —gritó Azucena aterrada.

Fiore giró la cabeza a su derecha, justo a tiempo para ver al cuarto enemigo que, habiendo rodeado el escudo platinado, se disponía a atacar a la chica de cabellos negros.

Ninguno de ellos tuvo tiempo de moverse. Fiore sabía que no había nada que pudiera hacer ya; si intentaba protegerse de esa sombra, la barrera que detenía a los otros tres caería, dejando a sus amigos vulnerables. La joven podía sentir cada fracción de segundo pasar mientras esperaba el ataque, una parte de ella rezando porque Cris y Azu estuvieran listos; excepto que el ataque nunca llegó.

Fiore abrió los ojos lentamente, una parte de su mente preguntándose en qué momento los cerró, porque no se había dado cuenta de haberlo hecho. Los abrió a tiempo para ver cómo la sombra acechándola salía disparada hasta estrellarse contra una pared.

—¡Métanse con alguien de su tamaño, malditos engendros! —llamó desde el otro lado una voz femenina con tono autoritario.

Fiore, Cris y Azucena voltearon en ese momento a ver quién acababa de intervenir, grande fue su sorpresa al ver que no se trataba de una persona, sino de seis. Estaba la chica que había hablado, quien parecía ser la líder del grupo, era ella también quien sostenía la mano alzada, reteniendo a la sombra que intentó atacar a Fiore, contra la pared.

En el momento en que los ojos de Fiore se encontraron con los de los seis recién llegados, una imagen inundó su mente:

Un imponente templo blanco con ocho individuos en ropas antiguas. Las mujeres en conjuntos de blusa y falda de manta cruda con bordados de flores; los hombres en pantalones y chalecos de piel curtida. De pronto el templo se derrumbaba, enterrando bajo sus ruinas a los ocho.

Fiore abrió los ojos al tiempo que inhalaba a profundidad. No tenía ni idea de qué era lo que acababa de ver, pero no le gustaba en lo más mínimo. Era espantoso y la llenaba de una pena tan grande que era como si no pudiera respirar por un momento.

Las sombras, las cuatro, seguían retenidas contra la pared, aunque por la forma en que lograban moverse de vez en cuando, era obvio que quien los retenía ahí comenzaba a tener dificultades para hacerlo.

—¡Edi! —llamó la líder de los recién llegados, con un brazalete tejido en la muñeca, con una flor pintada, una belladona…

—¡Que no me digas Edi! —se quejó el hombre parado detrás de ella.

—Pues deja de quejarte y empieza a ayudarme —replicó Belladona entre molesta y burlona.

El hombre a la retaguardia de Belladona, en un pantalón caqui, sólo suspiró y alzó los brazos; al instante, el viento comenzó a soplar, cada vez más fuerte, hasta convertirse en ráfagas, las cuales pronto sustituyeron la energía invisible de la mujer, reteniendo a dos de las sombras.

Quizás en otras circunstancias Cris, Azucena o Fiore hubieran dudado de las intenciones de los recién llegados, de si eran en verdad buenos o malos; pero en ese momento lo único que importaba era que estaban en dificultades y aquellos extraños los estaban ayudando.

Fiore se arrodilló junto a Cris y Azucena.

—Ve y ayúdales —le dijo ella a Cris—. Yo cuido a Azu.

Tras unos segundos de vacilación, Cris aceptó y dejó a la herida Azu en brazos de Fiore para unirse a la batalla que se había desatado en el momento en que los recién llegados dejaran de retener a las cuatro sombras contra los muros.

Fiore usó una mascada que llevaba de adorno para cubrir la herida de su amiga y evitar que continuara la hemorragia.

Cris estaba furioso, eso era evidente en cada línea de su cuerpo mientras avanzaba hacia el otro lado de la construcción, donde la batalla tenía lugar; todo un depredador en plena caza. Esos seres lastimaron a la persona más importante en el mundo para él, y por eso los haría pagar.

La chica que los tres amigos dedujeron era la líder del grupo notó a Cris acercarse e intentó detenerlo.

—Vuelve donde tus amigos —le dijo ella en tono bajo—. Deja que nosotros manejemos este asunto.

—No —negó Cris con fría seriedad—. Esos malditos hirieron a Azu… yo voy a hacer que paguen.

—¿Y cómo esperas lograr eso, chico listo? —preguntó Belladona.

Por toda respuesta Cris se dejó caer de rodillas al mismo tiempo que golpeaba el suelo con las manos abiertas de forma bastante violenta.

—¡Lía! ¡David! ¡Háganse a un lado! —ordenó Belladona con firmeza, aparentemente deduciendo lo que estaba por suceder.

Y apenas a tiempo, los dos saltaron en direcciones opuestas, antes de que el suelo en donde estuvieron parados se resquebrajara y trozos de concreto y metal saltaran en varias direcciones. El acompañante de Belladona usó su poder sobre el viento para desviar cualquier material que pudiera herir a sus compañeros; no fue mucho, incluso en su furia Cris tenía suficiente consciencia para dirigir su ataque lo más posible.

—¡¿Qué fue eso?! —gritaron Lía, quien llevaba en su muñeca una pulsera adornada con una magnolia, y el chico-líder, a quien no le gustaba ser llamado Edi, al mismo tiempo.

—El poder de la tierra —respondió Belladona como si fuera de lo más obvio, y quizás para ella así era.

—Él es uno de nosotros —declaró el más fornido de los hombres, David.

—El cuarto guardián —agregó la otra chica, de falda larga, una pulsera con un jacinto en su muñeca, en un suspiro.

—Entonces una de las mujeres que lo acompañan debe ser… —era tal la impresión que el último muchacho ni siquiera llegó a terminar la oración.

Del otro lado del lugar, Azucena se ponía en pie lentamente, con no poca ayuda de Fiore. Por mucho que la mujer de cabellos negros intentara detenerla, convencerla de quedarse fuera de la batalla, la de ojos ambarinos era demasiado necia. Fiore en verdad se preocupaba, pues pese a que la herida parecía haber dejado de sangrar por el momento, no sabían qué tan profunda era, ni que tan probable sería que volviera a sangrar, especialmente si Azu se ponía a hacer movimientos bruscos con su brazo.

Pero a Azucena nada de eso parecía preocuparle, o siquiera importarle en ese momento; lo único en su mente era Cris, y el peligro en el que él se encontraba… ella lo tenía que ayudar…

Para fortuna de una malherida Azu y una muy consternada Fiore, al final no hizo falta su intervención, ya que en ese preciso momento los otros siete combatientes lograron dominar por completo a sus oponentes con un gran golpe de agua convocado por el hombre en ropa de vestir, de algún tinaco cercano; el ataque pareció dejar a las sombras sin aliento, o al menos aturdidas.

En cuanto estuvieron seguros de que las sombras ya no tenían fuerzas para levantarse, Cris corrió a ayudar a Azucena, quien apenas y podía mantenerse en pie, tan cansada que estaba. Los otros seis adoptaron una formación frente a los enemigos caídos.

—David… —llamó Belladona sin una pizca de emoción—. Hazte cargo del resto.

—Enseguida, Bella —asintió el chico.

Fiore no supo cómo ni por qué, pero en el momento en que vio al hombre dar un paso al frente y alzar la mano, como preparándose para algún ataque importante, mortal, algo dentro de ella le dijo que no podía permitirlo.

—¡No! —gritó ella, corriendo sin pensarlo a posicionarse entre el hombre y las sombras—. No lo hagan.

El muchacho apenas y alcanzó a dar un paso atrás, cerrando su puño y apretándolo lo más posible para detener su ataque y no herir a la mujer.

—¡¿Estás loca?! —bramó Bella con evidente coraje—. ¿Por qué te atraviesas de esa forma?

—No puedo permitir que los destruyan —explicó Fiore, tan serena como pudo.

Sabía que los seis frente a ella tenían poder, los vio usarlo. No recordaba observar a David usando magia antes, pero tras lo que los demás fueron capaces de hacer, a la de cabellos negros no le costaba mucho deducir la violencia que él podría generar. De la misma forma, un instinto le hacía imposible temerles, una voz dentro de su cabeza que le aseguraba que, sin importar lo que sucediese, esos jóvenes con tan grandes dones nunca le harían daño. Y entonces ella estaba ahí parada, confiando en sus instintos y en el hecho de que, nuevamente, en lugar de terribles sombras caídas ella estaba viendo a personas de ropajes antiguos, encogidos en sí mismos, heridos y muy, muy asustados. La escena le estrujaba el corazón.

Era tan ilógico, Fiore nunca podría explicar por qué se preocupaba tanto por ellos, de dónde venía esa necesidad de ayudarlos, de salvarlos, esa convicción de que ella era la única que podía hacer algo… quizás algún día ella misma lo entendería, pero aunque eso nunca llegara a suceder, nada la detendría.

—¿Por qué quieres proteger a estos monstruos? —preguntó el líder de los hombres con obvia incomprensión.

—Porque no son monstruos —respondió Fiore con tristeza.

Sin decir más, ella giró sobre su talón y se acercó al primero de los oponentes, el que seguía atado…

—No seas tonta… —comenzó Bella, imprimiendo toda la autoridad que pudo en su tono de voz, fue inútil.

—Déjala —la interrumpió Azucena cortante al acercarse ella y Cris a los demás—. Ella sabe lo que hace.

Fiore extendió la mano entonces y con sencillos movimientos rompió las ataduras que los retenían, convirtiéndolas de nuevo en varas de paja, quebradas; las cuales hizo a un lado despreocupadamente. Sabía que los ojos de todos estaban en ella pero eligió ignorarlos, ellos no eran importantes en ese momento, únicamente las almas que la necesitaban. Entonces se acomodó frente a la primera, de rodillas y sentada sobre sus talones, juntó las manos y respiró hondo; en el momento en que lo hizo, fue como si un velo invisible cayera, y todos los presentes pudieron ver la verdadera imagen de los supuestos monstruos. Para Cris y Azu eso era ya algo normal, pero los demás se llevaron una impresión muy fuerte.

—*Rómpanse las cadenas, alíviense las penas* —recitó Fiore, aunque a diferencia de ocasiones anteriores, ella se fue moviendo suavemente, tomando un momento para tocar la frente de cada uno de los espíritus—. *Yo estoy aquí para secar sus lágrimas y sanar sus heridas. Llamo a los poderes de la luz para que liberen sus almas...*

Las cadenas parecieron volverse polvo y las sombras-espíritus se transformaron en estelas de luz que se elevaron al cielo en silencio, dejando tras de sí cada uno una pequeña petunia de diferentes colores.

El *shock* de los seis más nuevos era tan grande que la mayoría no parecían ser capaces de pronunciar palabra alguna.

—Eso fue... un hechizo de alto nivel —murmuró David cuando recuperó su aliento.

—Tiene tanto poder —agregó su compañera, Magnolia, a su lado.

La misma pregunta surgió de los dos líderes al mismo tiempo:

—¿Quién es ella?

Capítulo 8
Dulcamara

Los seis recién llegados seguían mirando a Fiore como si acabara de crecerle otra cabeza; mientras que ella trataba de mantenerse en pie después de haber liberado a cinco almas de manera simultánea; y eso sin contar lo larga y difícil que fue la batalla contra las sombras.

—Ella acaba de hacer un hechizo de alto nivel —repitió David.

—Algo así… es imposible —murmuró su compañera, Magnolia.

—No lo es. —Negó la mujer de falda larga, Jacinta.

—Pero para que ella pueda hacer algo así tendría que ser… —El protector de Jacinta se quedó sin palabras ante la mera idea.

—La hechicera —finalizó el otro hombre.

Todos voltearon sus miradas a Belladona de inmediato, esperando su opinión antes de decidir si creer o no.

Cris y Azucena se pegaron a los lados de Fiore, quien tenía la espalda apoyada contra una de las columnas que quedaban mientras respiraba con dificultad.

—¿Estás bien Flor? —preguntó Azu.

—Cansada —respondió Fiore con sinceridad—. Pero supongo que es normal, considerando la batalla que acabamos de librar.

—Ninguno de nosotros está acostumbrado a una batalla tan larga como la de hoy; ni a tener que combatir contra tantas sombras a la vez —puntualizó Cris.

—Cierto —asintió Fiore, para después girarse un poco para mirar a los otros—. Tuvimos suerte de que ellos llegaran.

—¿Pero es en verdad así? —inquirió Azu, ceja enarcada.

Fiore le dirigió una mirada de incomprensión, no entendía qué era exactamente lo que sospechaba su amiga, o por qué.

—Piénsenlo chicos —dijo la muchacha de cabello corto—. Llevamos semanas combatiendo a las sombras, sólo nosotros tres. Semanas, sólo nosotros, ¿y ahora de pronto aparecen ellos?

—Yo también aparecí de pronto —le recordó Fiore.

—Pero eras sólo tú —señaló Azucena sin alterarse—. Y cuando todo comenzó ni siquiera sabías en qué consistían tus poderes, ni cómo usarlos. Incluso con nosotros, hasta hoy Cris nunca fue capaz de comandar la tierra de esa manera. Ellos son seis, y por lo que pude apreciar tienen perfecto conocimiento y control de sus habilidades, todos ellos. Personas así no salen de la nada.

Cris y Fiore tuvieron que admitir, al menos para ellos mismos, que lo que Azucena decía tenía una cierta lógica.

—Además —siguió Azu en el mismo tono—. Cris y yo ya llevábamos en esto más de un año antes de conocerte, y tampoco teníamos idea de que otras personas con poderes como los nuestros existieran, mucho menos que estuvieran combatiendo a las sombras igual que nosotros.

—En eso tienes razón —admitió Cris—. Para tener ellos el mismo nivel de control sobre sus dones que el que tenemos nosotros sobre los nuestros, o incluso mejor, tendrían que haber tenido y usado sus poderes por años.

—Y si es así, ¿por qué no aparecieron antes? —agregó Azu—. ¿Por qué ahora? ¿Por qué justo ahora? —dijo remarcando las últimas dos palabras.

Cuando Fiore comprendió lo que su amiga no estaba diciendo, se consternó aún más.

—Tú crees que esto tiene algo que ver conmigo. —Las palabras de Fiore no eran en realidad una pregunta, sino una afirmación—. Crees que ellos están aquí por mí.

—No lo sé —admitió Azucena— Pero haríamos bien en no confiarnos.

—Estoy de acuerdo —apoyó Cris—. Mientras no sepamos quiénes son o qué pueden estar planeando, debemos andarnos con cuidado.

Acababan los tres amigos de llegar a sus conclusiones, y de nombrar las bases de un plan, aunque este consistiera en el único principio de mantenerse en guardia en presencia del otro grupo, cuando el sexteto se les acercó lentamente. Belladona al frente del grupo, caminó hasta quedar apenas unos pasos delante de Fiore donde, sin previo aviso, hincó una rodilla en el suelo e inclinó la cabeza en una profunda reverencia, acto que fue de inmediato imitado por los otros cinco.

—Mi Señora… —murmuró Bella con un tono casi de adoración.

—¡¿Q… Qué significa esto?! —exclamó Fiore, echándose hacia atrás a toda prisa.

El movimiento fue tan súbito que se mareó, tambaleó y su cuerpo comenzó a ladearse sin que pudiese controlarlo; sus dos amigos la sostuvieron apenas a tiempo para evitar que cayera y se golpeara contra el suelo.

—Significa que estamos aquí para servirle, Señora mía —explicó el hombre a la derecha de la líder, aquel con dominio sobre el aire—. Somos sus fieles servidores, igual que lo fuimos hace siglos.

—No… no puede ser… —negó Fiore, poniéndose tensa y muy, muy nerviosa, por razones que ni ella comprendía del todo—. No sé de qué me están hablando.

—Pero Mi Señora… —comenzó Jacinta.

—¡No! —gritó Fiore, sonando como si se encontrase al borde de un colapso—. Yo no soy su Señora, no puedo serlo. ¡Ni siquiera los conozco!

Eso fue suficiente para Azucena; ni ella ni Cris iban a tolerar que unos completos desconocidos acosaran de esa manera a su querida amiga. Así que, sin más, Azu se frotó las palmas de las manos y las extendió bruscamente, liberando varios relámpagos en múltiples direcciones. No era una técnica diseñada para el ataque, los relámpagos eran muy pequeños y débiles para hacer verdadero daño, pero era bastante buena para darles una muy necesaria distracción.

Mientras los seis desconocidos se concentraban en esquivar o desviar los pequeños relámpagos, Cris sujetó a una chica con cada brazo e invocó su poder. El suelo bajo sus pies se movió, pero no fue un agujero descontrolado, como los que hizo durante la batalla, en lugar de eso creó una salida, y apenas llegar al nivel del suelo, la tierra bajo sus pies siguió dándole su apoyo permitiéndole cubrir más distancia, hasta que el trio salió del área de construcción y llegó a la calle, donde pudieron tomar un taxi al departamento de Cris y Azu.

Para cuando los otros seis comprendieron lo que ocurría ya era demasiado tarde, no tenían manera de alcanzarlos.

—¿Estás segura de que sabes lo que estás haciendo? —preguntó Cris a Fiore con un dejo de vacilación.

Estaban en la cocina, donde Fiore acababa de preparar una infusión usando ingredientes que Cris nunca antes había visto, de ahí su nerviosismo.

—Claro que sí —le aseguró Fiore mientras se ponía a trabajar en otras cosas—. Tú asegúrate de que Azu se beba ese té.

Fiore siguió trabajando unos minutos más. Después de un rato salió con una pequeña charola, excepto que lo que llevaba en ella no era comida, al menos no en el sentido estricto del término. Un tazón hondo tenía agua limpia, tibia, junto a este se veían dos toallas, y en un plato más pequeño una masa extraña de color marrón.

—¿Qué tiene este té? —preguntó Azu al verla, tras darle un sorbo más—. Porque estoy segura de que no es romero.

—No, no lo es —admitió Fiore—. Es valeriana amarilla. Conseguí un poco en el vivero a una cuadra de aquí.

—¿Para qué es la valeriana? —preguntó Cris con curiosidad al tiempo que bebía su propio té, el cual sí era de romero.

—Uno de los usos de la valeriana es como relajante, un sedante leve —explicó Fiore—. Me pareció que sería útil mientras trato sus heridas, sobre todo la del antebrazo.

Cris y Azu no hicieron más preguntas; en lugar de eso, se contentaron con observar a Fiore trabajar. Ella, por su parte, desanudó la mascada que cubría la herida en el brazo de Azucena, no estaba sangrando en ese momento, pero aún se veía de importancia. En circunstancias normales uno de ellos hubiera insistido en ir a un hospital, o al menos una clínica de las que cobraban poco, ya que ninguno de los dos más jóvenes tenía seguro médico; el inconveniente con esa idea era que no tenían manera de explicar una herida como esa sin meterse en problemas y, lo más seguro, causarle contrariedades a alguien más. Era un milagro que los enfrentamientos contra las sombras hubieran pasado desapercibidos hasta ese momento, y no podían tomar el riesgo de que civiles terminaran involucrados.

—La herida no es muy profunda —anunció Fiore tras observarla con detalle—. No creo que necesites puntadas, podremos arreglárnoslas con tiras adhesivas estériles. De igual forma debes tener cuidado, evitar movimientos que pudieran reabrir tu herida, al menos por unos días. Sabemos ya que los tres sanamos más rápido que la mayoría de la gente, pero aun así esto tomará un poco más de lo que estás acostumbrada. La herida fue bastante profunda.

—¿Cuánto tiempo? —quiso saber Azu.

—¿Cinco días? —ofreció Fiore, no podía estar segura—. Una semana sería lo más recomendable, para estar seguros de que tus músculos sanaron, y no sólo tu piel.

Habiendo dicho eso, Fiore empezó a trabajar. Con una de las toallas y el agua tibia limpió con esmero la herida y la piel a ambos lados, teniendo cuidado de que no comenzara a sangrar de nuevo. Después usó la otra para secar.

Azucena observó fascinada, esforzándose por ignorar el escozor en su brazo. Vio a Fiore lentamente unir ambos lados de la piel con las tiras adhesivas. Después, la de cabellos negros estrujó un par de flores amarillas en su mano, y procedió a frotar la sustancia que obtuvo a ambos lados de la herida; también usó sus dedos para colocar la masa marrón que tenía en el otro plato, consiguiendo algo que parecía un emplaste. Al final tomó la venda que le ofreció Cris y la usó para cubrir la herida y el antebrazo de Azucena, sin apretar mucho, lo suficiente para asegurarse de que la herida no se abriría fácilmente, ni se infectaría.

—Listo —anunció Fiore con satisfacción.

—Increíble —dijo Azu sorprendida—. Apenas sí me acuerdo de la herida, aunque lo que le pusiste se siente algo raro.

—Es normal —le aseguró Fiore con una pequeña sonrisa—. Porque no estás acostumbrada a usar este tipo de remedios.

—¿Exactamente qué fue lo que usaste? —inquirió Cris.

—Pues la flor es la valeriana —explicó Fiore—. La usé por sus efectos analgésicos y antiinflamatorios, además para anestesiar un poco el área y que no sientas tanto dolor. La pasta es una cataplasma de manzanilla.

—¡¿Manzanilla?! —exclamaron los dos muchachos sorprendidos.

—Sí —asintió Fiore, sonriendo ante la reacción de sus amigos, ella sabía que la mayoría de la gente cuando pensaba en manzanilla, sólo pensaba en las bolsitas comerciales de té—. La manzanilla es muy buena como cicatrizante… claro que hay otras plantas y frutas que dan mejores resultados, pero requieren mayor preparación. La manzanilla es fácil de conseguir y da buenos resultados.

—¿Dónde aprendiste a hacer este tipo de cosas? —Cris estaba muy interesado en todo lo que Fiore les estaba explicando.

Fue como si una sombra se posara sobre Fiore, un dejo de tristeza invadiéndola, tras escuchar esas palabras.

—¿Flor? —llamó Azu con duda—. ¿Qué sucede? ¿Hay algún problema?

—Quien me enseñó todo sobre plantas, desde su significado hasta las propiedades medicinales de cada flor, tallo, raíz, hoja y fruto fue mi abuela… en el pueblo —explicó Fiore en voz queda—. Ella falleció hace poco más de un mes…

—Ay Flor… —murmuró Azu, avergonzada por haber invocado recuerdos tristes en su querida amiga.

—¿Dijiste pueblo? —Fue Cris quien notó el otro detalle—. Pero creí que tú eras italiana, o al menos europea, y como te llamas Fiore…

—De hecho… no… —Fiore vaciló por unos momentos, no estaba completamente segura si podía hacerlo, si podía arriesgarse y revelar la verdad, o si sería mejor seguir guardando el secreto. Al final respiró hondo y se arriesgó—: No soy italiana, ni de ningún otro país de Europa; y mi nombre no es Fiore... es Xóchitl.

Lo que antes era un edificio a medio construir se convirtió en una zona en ruinas tras la batalla sobrenatural que tomó lugar ahí apenas unas horas antes; aunque lo que más parecía estar fuera de lugar eran las docenas de pétalos y pequeñas flores distintas, en todos los colores del arcoíris, regadas por todas partes, especialmente el segundo nivel, el cual era también el más dañado.

En los próximos días los dueños del terreno visitarían el lugar, planeando qué hacer después de que la construcción fuese cancelada, culparían la destrucción a la reciente actividad de grupos criminales en la zona, y al final el lugar sería clausurado por completo. No una gran sorpresa, considerando que por los problemas económicos del dueño ya había habido retrasos y finalmente un paro total en el proyecto desde hacía varias semanas. Nadie tendría razón para sospechar lo que en verdad sucedió en ese lugar.

Pero en ese momento los dueños todavía no estaban ni enterados de lo ocurrido, aunque el lugar tampoco estaba vacío; seis jóvenes de entre diecinueve y veintiún años de edad, los mismos que ayudaron a Fiore, Azucena y Cris a combatir a las sombras, seguían ahí, estudiando los pétalos que la confrontación dejó, en especial aquellos que no habían visto antes.

—¿Han averiguado algo más? —inquirió Belladona.

—Básicamente lo que ya sabíamos —respondió Magnolia—. Las petunias son resultado de los hechizos de liberación, una señal de consuelo. Tenemos pétalos blancos y rosados de lo que podrían ser lirios, no estamos del todo seguros en este momento, siendo que están un tanto quemados...

—Achicharrados diría yo —comentó David en tono casi travieso.

—Encontramos, además, varias varas rotas de paja que parecen haber sido usadas para alguna clase de hechizo, aunque no podemos saber qué con toda seguridad —siguió Lía, ignorando a su compañero.

—¿Algo más? —quiso saber Bella.

—No —negó la otra mujer—. El resto de los pétalos y flores que encontramos vinieron de nosotras tres.

—¿Qué hay de Jacinta? —preguntó la líder entonces—. ¿Ha podido averiguar algo más?

—Dice que la misma energía de antes protege a quien creemos es Nuestra Señora, pero no a los otros dos —explicó el guardián de Belladona, llamado Eduardo—. Piensa que podremos rastrear a la muchacha que usa los relámpagos.

—¿Y Julián? —preguntó David, mirando a su alrededor.

—¿Dónde crees? —dijo Eduardo como si la respuesta fuese obvia—. Montando guardia tras Jacinta mientras ella se esfuerza por obtener una lectura más clara de los granos.

—Aunque ya terminó la batalla él sigue en guardia, como si algo fuera a atacar a Jacinta en cualquier momento —agregó Lía entre curiosa y divertida.

—Como cualquier guardián que se respete debe hacer —se notaba un evidente dejo de aprobación en el tono de Bella.

—¿Estás insinuando algo? —inquirió Ed, alzando una ceja con duda.

—No —negó su compañera, haciendo una pausa antes de agregar—: Yo no insinúo, sólo establezco un hecho.

La expresión de Eduardo se transformó de maneras difíciles de describir, una mezcla de asombro, coraje, desconcierto y más.

Previendo que otra batalla, menos evidente pero quizás más violenta, estaba a punto de dar comienzo, el resto decidieron intervenir antes de que aquello ocurriera.

—¿Entonces ya terminamos lo que teníamos que hacer aquí? —quiso saber David.

—Sí —asintió Bella—. Llamen a Jacinta y a Julián, volvamos a casa. Ya mañana nos encargaremos de rastrear a esos tres…

—¿Xóchitl? —inquirieron Cris y Azucena al unísono.

—Sí —asintió la muchacha, cerrando los ojos por un momento—. Xóchitl Yolotl Nahuí.

—¿Yolotl? —repitió Cris—. Que ese no es un apellido… bueno… pues…

—¿Indígena? —finalizó la de cabellos negros por él—. Sí lo es, también el apellido Nahuí a decir verdad. Toda mi ascendencia, remontándose hasta antes de la conquista, incluso antes del alza y la caída del Imperio Azteca, han sido indígenas.

—Pero lo de ser de Italia… —murmuró Azu sin comprender.

—Es una mentira —admitió la chica mayor—. Lo más gracioso, es que ni siquiera fui yo quien la inició. Cambié mi nombre el verano antes de comenzar la universidad; mi generación tiene algunos extranjeros, y muchos que han pasado tiempo en España, Gran Bretaña y otros países de Europa. Creyeron que yo era una de ellos; y yo elegí no corregir esa idea, era más fácil. Lo cierto es que nunca he salido de México. Lo más que hice fue pasar un año en Yucatán, en el Centro de Idiomas del Sureste, donde terminé de aprender inglés e italiano. Eso fue después de salir del pueblo, pero antes de entrar a la universidad. Y antes de cumplir los dieciocho años ni siquiera había salido de mi pueblo.

Al tiempo que hablaba, Fiore se llevó una mano a los ojos y con mucho cuidado se quitó los pupilentes, uno por uno. Observándolos un momento antes de lanzarlos al cesto de la basura, estaba por cumplirse el mes de todos modos, tendría que abrir un paquete nuevo una vez que volviera al *penthouse*. No tenía que hacer mucho con su cabello, ya estaba casi por completo lacio debido a todo el movimiento de las últimas horas; y el maquillaje desapareció apenas se lavó la cara cuando llegaran al departamento. Por lo que en ese momento la mujer frente a Cris y Azu no era Fiore, sino Xóchitl.

Al ver que sus dos amigos no decían nada al respecto, Xóchitl decidió que quizás sería buena idea contar su historia.

—Yo nací en un pequeño pueblo a poco más de un cuarto de hora de camino de Tula —empezó a explicar ella—. La clase de pueblo que no encontrarás en ningún mapa, ni tampoco en el internet. Yo siempre he estado convencida de que sólo los que viven ahí saben que el lugar siquiera existe… El pueblo tiene un único camino, yo no lo llamaría calle, ningún auto podría caber ahí. La gente camina, y aquellos con suficientes recursos usan caballos, o a veces bicicletas. Todos se conocen, para bien o para mal… la mayoría de los que nacen ahí, mueren ahí. Por supuesto, existen algunas contadas excepciones. —Como ella… como su tía…—. Mi madre era maestra de educación básica y experta jardinera, mi padre un renombrado herrero. Ninguno de los dos fue a la universidad, ni tenían mucho dinero, dos cosas que no parecían importar en el pueblo. Esa es la clase de lugar donde el estatus no se mide por la cantidad de ceros en una cuenta de banco, las joyas o el número de diplomas a tu nombre, sino por la sangre que corre por tus venas. Sangre que carga siglos de historia y tradición.

Era la primera vez en más de un lustro que la joven de ojos oscuros se permitía hablar de su pueblo, de su gente, con alguien, cualquier persona, con tanta sinceridad y sentimiento. Era como si alguna fuerza desconocida la hiciera querer dejar a un lado las máscaras y mostrarse tal y como era, sin recatos ni reservas.

—Mis padres murieron cuando yo tenía seis años —continuó Xóchitl—. En un accidente carretero, en la sierra. Otra pareja murió en ese mismo accidente, amigos de ellos que venían a visitarlos del extranjero. Tengo una tía, aunque ella dejó el pueblo años antes, la última vez que la vi fue en el funeral, lo último que supe fue que se cambió el nombre, a ella y a su hija, por el de su nuevo esposo, nunca volvió al pueblo. A mí me crio mi abuela paterna: Azalea.

Parecía que Azucena iba a decir algo, pero Cris la detuvo; él presentía que la otra mujer estaba dejando salir pensamientos y sentimientos que mantuvo guardados por mucho tiempo, no debían interrumpirla ahora. Ya habría oportunidad de demostrarle su apoyo una vez que ella terminara de desahogarse.

—Yo estudié hasta el bachillerato en el pueblo —siguió explicando Xóchitl—. Fueron dos años, muy básico a comparación de lo que encontré aquí en la capital. Yo siempre quise más de lo que ofrecía el pueblo, y por mucho tiempo me convencí de que eso estaba mal. Que era un insulto a mi herencia, a mis padres, el querer más de lo que podía tener en el pueblo… —exhaló—. Una profesora fue quien me convenció de que estaba equivocada, que podía aspirar a más. Fue ella quien me inscribió en los exámenes para revalidar la preparatoria aquí en la capital. Eso fue el verano después de que cumplí dieciocho años. El primer día... uno de los chicos me vio y me llamó india. Esa fue la primera vez que alguien me hizo sentir menos por mi imagen, mi ascendencia. Creí que sería algo que sucedería una vez y ya, pero continuó ocurriendo el resto de la semana. Tuve que tomar exámenes de todas las materias básicas, y algunas para cursos extras, para saber en qué año debía comenzar y cuántos créditos podía revalidar. Me fue bastante bien, incluso teniendo que lidiar con las burlas e insultos de los otros estudiantes. Creí que lograría manejarlo, que podría simplemente ignorarlos, convencerme a mí misma de que sus palabras no me afectaban... aunque al final me di cuenta de que no era así. El día antes del último examen fui a un salón de belleza a que me enseñaran a maquillarme y peinarme de forma que se notaran menos mis facciones. Después, usé el dinero de mi trabajo de medio tiempo para comprar ropa nueva, tacones, y el maquillaje que me recomendaron. Al día siguiente fui así a la escuela, fue como si todos me vieran por primera vez. Los muchachos me admiraban y me dirigían cumplidos, las chicas me hacían plática, hasta los maestros parecían más dispuestos a escucharme, mis preguntas, mis dudas. Como si fuera una persona diferente, como si valiera más... y me gustó —suspiró—. Lo de enrularme el cabello, los pupilentes de color e incluso el nombre, vinieron después, tras el año que pasé en Yucatán. Pero todo comenzó después de esa primera semana aquí en la ciudad. Lo cierto es que me gustó la atención y no quise dejar de recibirla. A mi abuela no le pareció bien, aunque lo cierto es que nunca estuvo de acuerdo en que yo viniera a la capital. Creo que ella esperaba que yo pasara el resto de mi vida en el pueblo, como su hijo... —Negó con la cabeza—. Tuvimos una discusión muy fuerte ese verano y una vez que tuve mis papeles de aceptación para estudiar el último año de preparatoria aquí, decidí mudarme y no volver al pueblo. Y no lo hice; al menos no hasta que recibí la llamada anunciándome que ella estaba muy enferma. Fui a verla, a averiguar cómo se encontraba, tratar de convencerla de que viniera a la ciudad, que viera a mejores doctores… no quiso escucharme. Ella murió al día siguiente y yo… yo ni siquiera me pude despedir de ella. —Xóchitl empezó a sollozar quedamente—. La última vez que hablé con ella, volvimos a discutir acerca de lo mucho que cambié, cómo ya no era la misma. Fue la última vez que hablé con ella, y ni siquiera pude decirle lo mucho que la quería…

Xóchitl no pudo seguir hablando, todas sus máscaras cayeron en ese momento y ella se soltó a llorar en brazos de Azucena, quien le murmuraba palabras de consuelo al oído, aunque Xóchitl no la escuchaba, sólo podía llorar, todas las lágrimas que no derramó en tanto tiempo…

Era obvio que el cambio no podría darse de la noche a la mañana, la transformación de Xóchitl a Fiore tomó casi dos años, después de todo, aunque el inicio se diera en unos días; pero al menos Xóchitl dio el primer paso para regresar a sus raíces; con el tiempo, el mundo tendría la oportunidad de ver quién era ella en realidad.

Capítulo 9
Geranio

El mismo templo de piedra blanca, casi completamente rodeado de un jardín con las más variadas y bellas flores, cada una representando una idea, pensamiento, sentimiento... Las mismas cuatro mujeres, vestidas en conjuntos de manta cruda con flores bordadas, una única flor adornando sus cabellos. Los mismos cuatro hombres vestidos en prendas de piel curtida, atuendos propios de guerreros, aunque sus armas fueran diferentes a las tradicionales.

Pero algo había nuevo en esa escena, no algo físico sino espiritual, un entendimiento de quienes eran esos ocho individuos y los vínculos que los unían:

Las doncellas de los cuatro puntos cardinales...

Los guerreros de los cuatro elementos...

Sacerdotisas y guardianes...

Los ocho custodios del Templo de las Flores...

Los ocho discípulos de la hechicera...

Y en medio de todo aquello, un objeto cae, una figurilla pequeña, delicada, de un ave con plumas muy largas en la cola, tallada en plata...

Voces discutiendo despertaron a Xóchitl. Le tomó unos momentos recuperar la consciencia del todo y recordar dónde se encontraba, por qué el colchón debajo de ella se sentía tan diferente de su cama y no reconocía la habitación donde se encontraba. Entonces recordó la batalla, el departamento de Cris y Azu, ellos insistieron en que ella pasara la noche ahí, ya que estaba demasiado exhausta después de haber usado tanto su magia. Tomó un rato, pero, tras mucha insistencia, Azucena la convenció de acostarse en su cama, en lugar de intentar dormir en el sofá, como fue la idea original de la joven mayor. No estaba segura si Cris le cedió su cama a Azu, o si compartieron, y no era asunto suyo lo que sus dos amigos hacían o no hacían en privado.

El volumen de la discusión fue aumentando, y a la larga Xóchitl decidió que era mejor intervenir antes de que las cosas se salieran de control. Llevaba puestos un *top* de tirantes y un *short* de mezclilla que Azu le prestó; si bien Xóchitl era mayor, Azucena era más alta, así que la ropa no le quedaba ni muy chica ni muy grande, aunque definitivamente no era el estilo que la pelinegra prefería. No llevaba pupilentes, puesto que los paquetes nuevos estaban en su cuarto en el *penthouse* de Jessica, y decidió que no tenía razón alguna para maquillarse; por otro lado, tras cepillarse el cabello éste recuperó su estado natural, completamente lacio. Lo consideró unos momentos, y al final decidió salir así, tal cual.

Apenas estaba entrando en la salita-comedor cuando sintió el aura de Azucena elevarse, señal de que se preparaba para usar su poder, la de ojos oscuros echó a correr.

—Ya se los dije —escuchó a Cris decir en ese momento, voz dura y fría—. A mi departamento no van a entrar.

—Nosotros vinimos a buscar a Nuestra Señora —indicó uno de los hombres afuera—. Entraremos te guste o no.

—¿Quieres apostar? —los retó Azucena, su mano chispeando mientras se preparaba para pelear contra los recién llegados.

—David… —llamó Belladona.

Ante la simple mención de su nombre, el muchacho en cuestión cerró su puño y giró su muñeca; tomó unos segundos, su mano adquiriendo un aura anaranjado-rojiza que comenzó a crecer, hasta que casi parecía una llama…

—¡Ya basta! —gritó Xóchitl, pasando a sus amigos sin pensarlo y tomando posición entre los dos grupos—. ¿Acaso quieren matarnos a todos? ¿O quizás que los vecinos salgan a ver qué sucede y nos descubran?

Ojos oscuros como las semillas del cacao dirigieron miradas duras a la mano de David y luego la de Azucena. No hizo falta que dijera más, en un instante ambos ataques se desvanecieron como si nunca hubieran existido.

—Ahora —siguió diciendo Xóchitl, más sosegada que antes—. ¿Podrían calmarse tan sólo un minuto y decirme qué está pasando aquí?

—Hemos venido a buscarla, Mi Señora —anunció Belladona con una reverencia.

Los otros cinco de inmediato la imitaron.

—Ya van con eso otra vez —masculló Xóchitl con fastidio, giró la cabeza sobre su hombro para ver a Cris—. ¿Podríamos continuar esta conversación adentro, por favor? Sé que no querían que entraran, y normalmente no lo pediría, pero sospecho que no nos van a dejar en paz hasta que hablemos, y no quiero que nos arriesguemos a que un vecino vaya a asomarse y vernos a todos aquí... tendremos suerte si nadie nos vio ayer en esa construcción, lo último que necesitamos es llamar la atención.

—Seguro —asintió Cris con resignación.

No le agradaba mucho ceder, pero entendía lo que ella dijo.

—Pero donde se atrevan a decir o hacer algo que nos dañe, aunque sea en lo más mínimo, no respondo de mis actos —siseó Azucena, molesta por la situación.

Todos ingresaron al departamento entonces, tomando asiento en la sala-comedor, aunque nadie se relajó, era como si todos estuvieran en guardia, preparándose para otra batalla. Xóchitl no podía evitar pensar que era ridículo. Eso no impidió que colocara una rama de brezo en la puerta, murmurando algo que era más un deseo que un verdadero hechizo, para que las cosas resultaran, aunque se conformaría con que la magia evitara que los vecinos los escucharan o tuvieran alguna otra razón para sospechar que algo estaba sucediendo.

—Bien —viendo que nadie más hacia nada, Xóchitl decidió tomar el control de la situación—. Antes que nada, ¿quiénes son ustedes?

—Yo soy la sacerdotisa Belladona, guía del Este —se presentó la líder del sexteto—. Mi guardián es Eduardo del Aire. Los demás son Magnolia del Sur, con su guardián David del Fuego y Jacinta del Oeste, con su guardián Julián del Agua.

—¿Sacerdotisas? ¿Guardianes? —inquirió Azucena, sin poder esconder su confusión.

Xóchitl no pronunció palabra alguna, las frases que escuchó al final de su sueño hacían eco en su mente mientras ella intentaba comprender su significado, su importancia. Eso no la detuvo de notar que todas las mujeres llevaban nombres de flores... se preguntaba si era quizás por la misma razón que su abuela se hacía llamar Azalea... Xóchitl nunca entendió eso del todo; sabía que a su abuela no le pusieron ese nombre al nacer, sino que lo escogió cuando tomó su lugar como una de las líderes del pueblo, una guía...

—Sí —la voz de Eduardo la sacó de sus cavilaciones—. Nosotros somos parte de un grupo legendario que custodiaba el Templo de las Flores y a la hechicera que habitaba en él.

—¿Nosotros? —repitió Cris enarcando una ceja—. Me suena a peregrinación.

—Eso es porque ustedes también son parte de esto —afirmó Jacinta—. Con mis dones he visto su pasado, el de ustedes dos: la cuarta sacerdotisa, guía del Norte, y quien es protegida por la Tierra...

Si bien en la primera parte de su declaración la mujer de falda larga fijó su mirada en Azucena, para la segunda mitad volteó a ver a Cris.

—Es una locura —Azu negó con la cabeza, como si eso diera más poder a sus palabras, a su negación—. Una completa locura, yo nunca he oído hablar siquiera de un Templo de las Flores. ¡Suena como algo sacado de una novela de fantasía!

—No una fantasía, aunque tampoco algo conocido, no hoy en día al menos —señaló Magnolia—. El Templo de las Flores existió hace más de mil años... Debido a una serie de eventos que no son importantes en este momento, cayó, y nosotros con él. Y ahora estamos en este mundo otra vez.

—¿Reencarnaciones? —Azu bufó—. Yo ni siquiera creo en nada de eso.

—Debe haber un error —agregó Cris.

—No lo hay —aseguró Julián con completa seriedad—. Los dones de ambos lo prueban. El poder de la Tierra, que sólo le puede corresponder a uno de nosotros, un guardián, un atlante...

—¿Y qué hay de mí? —inquirió Azu, aún sin querer aceptarlo—. No he visto que ninguna de ustedes tenga una habilidad que se parezca a la mía. —Como para probarlo, hizo que una chispa bailara sobre la palma de su mano—. De hecho, fuera de la telekinesis, no he visto nada en especial por parte de ustedes, sólo de ellos.

—La telekinesis es mi don —señaló Belladona—. La premonición el de Jacinta. Magnolia por su parte puede conjurar ilusiones —hizo una pausa antes de seguir—. Y sobre tu habilidad... ese poder es la mayor confirmación de tu identidad. La sacerdotisa del Norte, protegida de la Tierra, quien no nació tolteca pero abrazó nuestra cultura y juró lealtad a la hechicera... la única de nosotras que desafió costumbres y tradiciones para recibir el mismo entrenamiento que los guerreros, para estar al frente en el campo de batalla y no detrás —su voz se redujo a un susurro antes de agregar—: La favorita de Nuestra Señora...

—Supongamos que lo que dicen es verdad. —Cris aún no lo creía, pero estaba dispuesto a seguirles el juego por el momento—. Que les creemos. ¿Qué pasa con X... Flor? ¿Qué parte se supone que juega ella en todo esto? Flor es nuestra amiga y nos ha ayudado mucho, no la abandonaremos ahora.

—No lo harán —le aseguró Eduardo—. Y desde luego que ella es parte de esto. De otra manera no estaría aquí.

Eso sólo consiguió confundir a los tres amigos.

—A lo que Ed se refiere es a que no es casualidad que ella sea parte de esto —agregó David. —Sus poderes, su habilidad, el que esos engendros la persigan, el que sea capaz de usar magia siquiera... todo responde a un único y sencillo motivo.

—Ella es Nuestra Señora —finalizó Lía con una gran sonrisa, al tiempo que volteaba a ver a la chica en cuestión.

—¿Qué? —Xóchitl se puso de pie, pero no pudo moverse después, el *shock* demasiado grande para saber qué hacer—. No, es imposible.

—No es imposible —dijo Julián, levantándose lentamente, intentando no alterarla más—. Nosotros somos los custodios del Templo de las Flores, fieles servidores de la hechicera, Nuestra Señora …

—¡No! —gritó Xóchitl, finalmente recuperándose lo suficiente para dar un paso atrás.

—Pero… —Jacinta comenzó.

Ella y Magnolia se levantaron, intentaron acercarse, pero justo entonces ocurrió algo que nadie se esperaba. Un haz de luz platinada apareció frente a Xóchitl, tomando la forma de un escudo de media luna, separando a los tres amigos de los otros seis individuos; y especialmente, previniendo que cualquiera de ellos pudiera tocar a la joven de cabellos negros, quien parecía vibrar con nerviosismo.

—¡Suficiente! —gritó Azucena perdiendo la paciencia—. Ya han alterado bastante a Flor por un día. Ahora váyanse, salgan de mi casa.

—No nos iremos sin antes hablar con Nuestra Señora… —sentenció Bella.

—Ya han hablado, y ya oyeron lo que ella dijo, no quiere saber nada de ustedes —gruñó Cris—. Azucena les hizo la advertencia desde que entraron y no cumplieron con su parte. No tenemos por qué aguantarlos aquí.

—Ustedes deciden —declaró la muchacha de cabellos cortos, esfera de energía en mano—. Se van, o no respondo de lo que pueda pasarles.

—No puedes obli… —comenzó Belladona.

Eduardo apenas pudo hacerla a un lado a tiempo, y usar su viento para evitar que la esfera de energía la tocara, aunque terminó con un rozón en la muñeca por sus molestias.

—Bella, creo que sería mejor que nos marcháramos, al menos por el momento —sugirió Jacinta en tono bajo.

Muy a regañadientes la líder accedió y el sexteto se retiró, aunque no sin antes dirigir sus muy desconcertadas miradas a una silenciosa y muy estresada Flor, quien era guiada por Cris y Azucena a una silla.

Xóchitl arrojó el juego de llaves de emergencia sobre la mesita del vestíbulo, tuvo que sacarlas del adorno de afuera, donde solían tenerlas para los días en que Jessica perdía las suyas, estaba dormida o demasiado borracha para recordar dónde las puso, o cuando Rick llegaba y prefería no tocar la puerta; Xóchitl las necesitaba porque dejó las suyas en su bolso, en el casillero de la escuela.

Su cabeza aún seguía dando vueltas tras todo lo sucedido: la agotadora batalla, el recuerdo de su pasado que finalmente había compartido con sus amigos, y luego esos seis... todo lo que dijeron. Sacerdotisas, guardianes, hechicera... las palabras seguían dando vueltas sin parar en la mente de la pelinegra.

¿Por qué mi vida tenía que ser tan complicada?, se preguntó.

—¡Fi! —llamó Jessica desde la sala cuando vio a Fiore caminar en dirección a la escalera hacia el segundo nivel del *penthouse*—. ¿Dónde estuviste? Estaba muy preocupada por ti. Si no ibas a llegar a dormir, me hubieras avisado para...

—Lo siento, Jessica —la interrumpió la otra joven sin pensarlo—. Surgió un imprevisto y no pude llegar anoche.

Lo cierto es que Xóchitl no creía que Jessica fuera sincera en su intranquilidad. Jessica era muchas cosas, y aunque no era una mala persona, no era de las que se preocupan por el bienestar de otros; principalmente porque era de aquellas que vivían su vida bajo la creencia de que su nombre, su dinero, su estatus de alguna forma eran suficientes para protegerla de cualquier cosa que pudiera pasar, cosas que sólo le sucedían a los demás... Era por eso también que jamás sospecharía que algo malo hubiera ocurrido, sino que, más bien, seguramente suponía que Fiore fue a alguna cita, o un bar, o que pasó la noche con algún muchacho... ese era el mundo de Jessica, el mundo que ella entendía. Jamás podría siquiera empezar a imaginarse la realidad que su compañera de departamento vivía... la misma que Fiore no podía terminar de aceptar.

Xóchitl no dijo más nada y caminó directo a su recámara, como llevaba el cabello recogido en un moño y una chamarra con el gorro levantado, Jessica no pudo apreciar lo diferente que se veía en ese momento con respecto a la Fiore a la que estaba acostumbrada; eso la hubiera alborotado de verdad.

Apenas era mediodía, y Xóchitl sabía que Jess no aceptaba el cansancio como una excusa para no salir de la habitación; así que con resignación se dio un baño rápido, se vistió en su estilo usual de ropa, enruló su cabello, se maquilló y, tras sacar un paquete nuevo de pupilentes de un cajón en la cómoda, se los colocó. Después se paró frente al espejo para asegurarse que todo estaba en orden. Casi no pudo creer lo que veía.

—¿Cómo es que cambié tanto? —se preguntó la joven mujer en voz alta—. ¿En qué momento fue que me convertí en esto?

Sus interrogantes quedaron flotando en sus pensamientos.

Las semanas pasaron, y no hubo otra batalla, o al menos el trío de amigos no estuvo presente en ninguna.

—¿Tú crees que se habrán dado por vencidos? —preguntó Cris a Azu una noche.

La joven estaba apoyada en el marco de una ventana, observando hacia el exterior con una expresión de profunda melancolía. El silencio se extendió por algunos segundos y Cris llegó a pensar que ella no lo escuchó; o, si lo hizo, no tenía intención de contestarle. No era así.

—No —respondió Azucena luego de pensarlo—. No se han dado por vencidos, sino más bien todo lo contrario.

—Si es así, ¿cómo es que no nos los hemos encontrado? —inquirió Cris, realmente no le agradaba la idea de otra pelea.

—Es porque "ellos" están interfiriendo —Azu sabía que no tenía que especificar quiénes eran "ellos"—. Ya te he dicho que puedo sentir la presencia de las sombras, pero éstas siempre desaparecen antes de que nosotros lleguemos. Creo que es por eso, ellos las están combatiendo, venciendo antes de que aparezcamos.

—Pero ellos no tienen a Flor, y no creo que cualquiera pueda hacer el hechizo de liberación... —la voz de Cris se desvaneció en el momento en que comprendió—. No las están desvaneciendo, no pueden hacerlo. Las vencen, pero no las pueden destruir...

—Si estamos en lo cierto, y las sombras son almas corrompidas o malditas de alguna forma, no puedes creer que alguno de ellos, o de nosotros, tenga de verdad el poder de destruir un alma, ¿o sí? —La de ojos ambarinos podía no ser muy religiosa, pero en algunas cosas sí creía, como en la inmortalidad del alma... de ninguna manera asumía que alguno de ellos pudiera destruirlas.

—Sí las vencen, pero no las destruyen... sólo las están haciendo enojar, y además existe la posibilidad de que los números crezcan —siguió Cris, comenzando a comprender la gravedad del asunto.

—Y ninguno se detendrá en tratar de conseguir lo que quiere... a quien quieren... Flor... —murmuró Azucena, tensa.

—¿Tú crees que en verdad la persiguen a ella?

—Estoy segura.

—Me pregunto si ellos sabrán algo más de todo esto. Digo, reencarnaciones, custodios de un templo... suena demasiado fantástico. Supongo que podrían ser sólo mentiras.

—Yo no creo que lo sean.

—Azucena...

—Sé que suena extraño, en especial por la manera en que los traté cuando estuvieron aquí, pero creo que estoy empezando a aceptarlo. Lo he visto en mis sueños, Cris... ese lugar, el que ellos llaman el Templo de las Flores. Nos he visto a nosotros ahí, a los dos... yo siempre estoy vestida en un conjunto de blusa y falda de una tela gruesa pero fresca, de un color hueso, con bordados de flores, lirios... Mis pies están siempre descalzos y mi cabello está más largo, y a mí no me gusta, pero me da la sensación de que así tiene que ser, y hay un velo que me cubre la cabeza. Y tú... tus ropas son de cuero, un pantalón y un chaleco, y siempre estás cerca, cuidándome y...

—¿Y...?

—La he visto a ella también, a Flor. En una hermosa túnica larga, blanca, y un velo tejido sobre su cabeza. ¿Tú me crees, verdad? ¿No piensas que alucino o que estoy loca...?

—Claro que no, Azu. Y te tengo que confesar algo, todo eso que mencionas… yo también lo he visto.

—¿En serio? ¿Y por qué no me habías dicho nada antes?

—No quería presionarte. Estabas tan renuente a creer… no quise convertirme en otra persona más empujándote a ser algo o alguien que no quieres ser. ¿Pero qué hay de ti? ¿Por qué no me contaste antes de estos sueños tuyos?

—Porque tenía miedo. —Le costaba admitirlo, pero sabía que era necesario—. No quería aceptar… a decir verdad todavía no quiero aceptar lo que está pasando. Porque el reconocerlo significa que estamos metidos en algo mucho más grande y peligroso de lo que parecía en un principio. Algo que podría costarnos la vida… otra vez. Y esa es otra cosa, si aceptamos que dicen la verdad, que somos estos custodios, reencarnaciones… ¿cuánto control tenemos sobre nuestras propias vidas entonces? —sollozó—. Yo no quiero perderlos, Cris, ni a ti ni a Flor… Ya perdí a Esteban, y pensar que si esos sueños son reales… entonces eso significaría que ya una vez antes lo perdí todo, incluyéndome a mí misma. Si no conseguimos vencer esta vez, si algo les pasa a ustedes…

—No nos perderás Azu, ni a Flor ni a mí. Y sobre Esteban… hace tiempo te prometí que te ayudaría a encontrarlo, que juntos hallaríamos la manera de traer a tu hermano de regreso. Y esa es una promesa que pienso mantener. Ya verás que todo saldrá bien…

La joven de cabellos cortos ya no respondió, sólo se abrazó a él fuertemente mientras seguía llorando en silencio.

—Nada ni nadie nos separará, Azucena… mi Elena… te lo juro.

Corría lo más rápido que daban sus piernas, aunque sus pies no hacían ningún sonido, quizás porque éstos no estaban tocando suelo alguno. Todo era oscuridad a su alrededor, imposible distinguir un arriba o abajo, un inicio o un final; lo único que parecía indicar que se movía era el hecho de que su perseguidor no la había alcanzado aún.

—No podrás huir de mi por siempre, princesita —dijo la voz sombría de quien la cazaba, no sólo esa noche, sino todas las noches.

—¡Ya te dije que yo no soy princesa, ni tengo interés en serlo! —gritó Xóchitl sin dejar de correr, o siquiera pensar en mirar atrás; por mucho que no quisiera aceptarlo estaba completamente aterrada.

—Tal vez no ahora... —replicó una voz—. Pero una princesa es lo que fuiste, y lo que volverás a ser, a menos que lo evite.

En ese momento, fue como si la chica tropezara con algo invisible. Trató de levantarse pero le fue imposible, estaba exhausta más allá de su comprensión, noche tras noche, huyendo del mismo cazador oscuro... y para terminar así. Hacía que una parte de ella se preguntara cuál había sido el punto de correr en primer lugar, si siempre el final era el mismo... era una oscuridad de pensamientos tal que, si Xóchitl hubiera estado pensando claramente, no se hubiera reconocido en ese momento, no recordaba haber actuado, o haberse sentido así, en toda su vida...

Su perseguidor la alcanzó en ese instante y la alzó en vilo, sin el menor esfuerzo, su mano alrededor de su cuello no tardó en comenzar a asfixiarla.

—No... suéltame... —pidió ella quedamente. Usó sus propias manos en un intento de hacer que la soltara, incluso clavando sus uñas en su atacante, pero era inútil; y conforme sus pulmones se quedaban sin oxígeno, tanto su voz como su cuerpo entero se debilitaban.

—No puedo permitir que te reúnas con tu rey... —insistió su atacante, un hombre que parecía estar hecho de humo.

Rey, pensó ella con desesperación. ¿De qué demonios está hablando?

Xóchitl sentía que estaba llegando a su límite, sus pulmones parecían arder con la falta de oxígeno, y su mente se estaba nublando. Una parte de ella comenzaba a preguntarse si el morir en su sueño, o pesadilla, significaba que también moriría en la vida real. Parecía imposible, pero el recuerdo de aquellas marcas en su cuello tras el primer sueño/pesadilla servía para darle una idea. Una que la aterraría, si tuviera energía para eso siquiera. Estaba a punto de perder toda esperanza cuando escuchó una vocecilla gritar:

—¡NO!

Fue como si la voz viniera de todos lados al mismo tiempo, Xóchitl casi hubiera jurado que la escuchaba incluso desde dentro de ella misma...

De la sorpresa de escuchar a alguien más en ese plano, el hombre de humo aligeró la presión en el cuello de Xóchitl, lo suficiente para que ella inhalara profundamente, sus pulmones llenándose de aire. Una fuerza invisible entonces arrojó al atacante una buena distancia, antes de que él pudiera volver a lastimar a Xóchitl.

Completamente agotada, la mujer de cabellos negros no era capaz de ofrecer resistencia alguna, ni siquiera levantarse; sólo podía pensar en respirar. Poco a poco consiguió enderezarse, lo suficiente para quedar sentada con las piernas recogidas, de inmediato comenzó a buscar a su perseguidor con la mirada. Lo que encontró la confundió y aterró en igual medida, y era que aquel que intentó asesinarla en ese momento señalaba lo que parecía una figura vagamente humana, pequeña, formada de luz plateada, al mismo tiempo que pronunciaba palabras en una lengua sombría que la pelinegra no podía entender, aunque igual le helaban la sangre.

—Ya no volverás a interferir en mis planes, mocosa —siseó el hombre en español, para después agregar algo más en esa otra lengua.

—¡¡No!! —gritó Xóchitl, sintiendo un súbito ataque de pánico.

No tenía idea de lo que ocurría, sólo sabía que era terrible. Pero era demasiado tarde ya, de un momento a otro la silueta pareció explotar, los fragmentos cayendo en las manos de Xóchitl, como pétalos hechos de luz...

Cuando Xóchitl despertó, tenía esos pétalos aferrados en sus manos.

Capítulo 10
Margarita

Fiore corría rumbo a la Universidad Máter a todo lo que daban sus pies. Jessica decidió no ir a la primera clase esa mañana, así que Rick no fue a recogerla. Nadie lo sabía, pero Fiore era una estudiante becada, lo cual significaba que no podía tener más que un cierto porcentaje de faltas; debido a la situación con las sombras ya tenía varios retrasos, y siempre existía el riesgo de que un día faltara a clases, así que no podía hacerlo por puro gusto. Sin Rick para llevarla se vio obligada a tomar el metro; el problema era que, tratando de maniobrar entre tanta gente se retrasó y perdió el tranvía que le evitaría caminar las siete cuadras que la separaban del campus, obligándola a correr.

Una cuadra antes de la universidad, Fiore pasó por un parque que le encantaba por sus bellas jardineras. Estaba cruzando esa área cuando se encontró con una niña pequeña, no más de cinco o seis años, cabellos negros como el ébano y ojos que parecían ser oscuros y brillantes al mismo tiempo; vestida en una túnica sencilla de manta cruda. Sostenía la pequeña entre sus manos una rosa blanca, de un blanco extrañamente brillante, y lloraba.

Poseía una atracción especial esa pequeña, Fiore no tenía ni idea de qué era exactamente, pero no pudo evitar dejar de correr y acercarse a ella.

—¿Estás bien? —le preguntó Fiore con voz tan suave como pudo.

Pero su pregunta quedó sin respuesta.

Fue entonces que Fiore se percató de que la rosa en manos de la niña aún tenía las espinas, la pequeña se había picado.

—Permíteme —dijo Fiore con una pequeña sonrisa, tomando la flor.

Se aseguró de moverse suavemente, no quería que la niña pensara que le quería quitar su flor. La chiquilla sólo observó en silencio cómo Fiore tomaba la rosa en sus manos y con sumo cuidado la despojaba de las espinas; de la misma forma que su madre hizo alguna vez por ella misma, años atrás.

¿Por qué será que últimamente todo lo que hago me recuerda a alguien de mi familia o al pueblo?, se preguntó Fiore, aunque no daba con una buena explicación para aquel misterio.

Cuando terminó de retirar las espinas, Fiore le entregó la flor a la pequeña, al tiempo que le dedicaba una sonrisa, la cual la niña le devolvió antes de echar a correr; entonces fue que la joven notó que los pies de la niña estaban descalzos.

Dichosos los niños, pensó Fiore con un suspiro. *No tienen preocupación en el mundo otra que jugar y ser felices...* Suspiró una vez más, y su mirada se posó casi sin quererlo en su reloj de pulso. *¡Demonios!*

Se enderezó de un salto; e ignorando el breve dolor en sus rodillas por el movimiento brusco, reanudó su interrumpida carrera, rezando para llegar a tiempo a su clase.

Fiore llegó algo tarde a la clase, pero como se trataba del profesor Solís, él la dejó pasar sin problemas. Así era ese maestro, mostrando su favoritismo por no sólo las cosas, sino también las personas extranjeras, especialmente lo europeo. Y como él, al igual que todos en la escuela, excepto quizás quien quiera que trabajara en el área administrativa y tenía acceso a los documentos de la joven, tenía la creencia de que ella era italiana... además estaba por supuesto el hecho de que todos en su grupito solían apoyar los comentarios malinchistas que hacía el profesor, por lo que la propia Fiore era considerada como parte de ese apoyo también.

Ese tipo de comentarios... Fiore había notado que le agradaban cada vez menos. Cosas que alguna vez le causaron gracia, y que ella juzgó eran muy reales, comenzaba a percibirlas no sólo como algo negativo, sino como un insulto poco merecido. Aun así, prefería no decir nada al respecto.

Las horas de clase pasaron y Fiore no podía apartar de su mente un extraño presentimiento con respecto a la niña que vio esa mañana. No lograba poner en palabras claras lo que estaba sintiendo, pero algo en su mente le decía que esa no sería la última vez que vería a esa pequeña, así como una parte de ella presentía que esa tampoco fue la primera... aunque aquello era incluso más difícil de explicar que lo anterior.

Esos extraños presentimientos, pensamientos, sentimientos... la muchacha no tenía idea de por qué los tenía, aunque sabía que no eran nuevos, los estuvo teniendo por mucho tiempo, quizás desde siempre; la diferencia era que ahora finalmente les estaba poniendo atención, haciendo algo al respecto.

El día por fin llegó a su conclusión, al menos en lo que a clases concernía, y fue entonces que Fiore notó que Jessica no se asomó por la universidad para nada.

Seguramente Rick la convenció de que pasaran el día juntos, fueran a pasear o algo, pensó Fiore. *O simplemente no le dieron ganas de venir.*

Fiore sabía que así eran las cosas con su compañera. Hija de una familia rica, heredera de un buen número de acciones de un gran empresario; sólo estaba estudiando la universidad para complacer a su madre. Sin importar las calificaciones que obtuviera, igual seguía siendo la heredera de la familia Favre. Y si no llegaba a sacar nota aprobatoria en una o dos materias, bastaba un cheque con un generoso donativo para la universidad, firmado por Etienne Favre, y todo estaría resuelto.

Sabiendo que si quería llegar a la estación del metro antes de que ésta se llenara de gente, lo cual muy probablemente tendría como consecuencia que ella no alcanzara lugar en el vagón y se quedara varada por al menos una hora a espera del siguiente, debía darse prisa, Fiore apretó el paso un poco más.

No tardó mucho en llegar a la salida de la universidad donde aquellos que, como ella, estaban ahí gracias a becas y no a que fueran de familias adineradas, se apresuraban a abordar el transporte que los llevaría hasta la parada del metro. Fiore iba en la misma dirección cuando de pronto una turba llamó su atención; mucha gente parecía haberse reunido del otro lado de la calle, alrededor de un coche y una o más personas.

Parece ser que hubo alguna clase de accidente, se dijo Fiore.

Estaba a punto de ignorar todo el asunto y subir al transporte, cuando algo llamó su atención: una voz llorosa y aguda pidiendo ayuda entre todo el gentío, en un lenguaje que no era español. En el espacio de un latido del corazón, la joven se olvidó por completo del autobús, el metro, el volver al *penthouse*; ni siquiera prestó atención a los murmullos de aquellos que comenzaron a pasarla, un par incluso chocando hombros con ella, para abordar el vehículo. Los ignoró por completo y en lugar de eso se dirigió directo a la turba, no se detuvo al llegar ahí, abriéndose paso entre la gente. Al llegar al centro del gentío su sorpresa fue incluso mayor al descubrir a la dueña de la vocecita: la misma pequeña de la mañana.

—¿Qué sucede aquí? —preguntó Fiore al hombre junto al auto, que ella pensó era parte de un accidente, en un tono de firme autoridad que no sabía que poseía.

Se trataba de un hombre en sus cuarentas, quizás hasta cincuenta años de edad, tenía mediana estatura, robusto, tez morena, cabello castaño, algo canoso, y ojos oscuros. La joven pudo percibir que estaba nervioso, quizás hasta atemorizado, aunque era imposible saber la razón de ello.

Otros de los que se encontraban en la multitud, estudiantes y algunos catedráticos de la universidad, voltearon a observarla atentamente. La mayoría no tenía idea de su nombre siquiera, pero era como si respondieran de manera instintiva a su tono de voz.

—Señorita… —se dirigió a ella el hombre—. No sé qué sucedió. Esa chiquilla salió de la nada. No creo haberla golpeado, frené el coche apenas a tiempo. Pero no se ha movido de ahí, ni ha dejado de llorar y murmurar, pero nadie aquí entiende lo que está diciendo.

—¿Nadie? —inquirió Fiore alzando una ceja.

—No señorita, nadie —insistió el hombre.

Fiore seguía escuchando a la pequeña murmurar y no estaba teniendo dificultad alguna para entenderla. Ella buscaba ayuda, a su mamá, tenía miedo y se sentía sola. Tomando una repentina decisión, Fiore fue directo donde la niña, dejando el bolso a un lado y agarrándose la falda para asegurarse que no se le levantara de forma inapropiada, se encuclilló junto a la chiquilla.

—*Hola* —la saludó sin pensarlo en náhuatl—, *¿me recuerdas? Soy la que le quitó las espinas a tu flor ésta mañana.*

La niña dejó de llorar de inmediato y fijó sus ojos oscuros en los de Fiore. Pareció contemplar las palabras por unos momentos antes de asentir efusiva.

—*¿Te encuentras bien?* —le preguntó Fiore entonces—. *¿No te lastimó el auto?*

Al decir lo último señaló el vehículo, por si acaso la pequeña no estaba familiarizada con la palabra.

—*No* —la pequeñita finalmente le habló a ella—. *Sólo me asustó. Pero estoy cansada y tengo hambre.*

—*¿Dónde está tu familia?* —inquirió Fiore viendo que la niña parecía sentirse cómoda con ella.

La chiquilla se encogió de hombros, pero se negó a expresar lo que fuera que estuviera pensando, Fiore casi podía sentir su miedo.

—*Todo estará bien, te lo prometo* —le aseguró Fiore con voz suave y una pequeña sonrisa—. *Yo te voy a ayudar.*

La niña de inmediato se abrazó a ella, y de la fuerza del estrujón Fiore acabó sentada en la orilla de la banqueta pero no le importó.

—Tiene razón —dijo Fiore, pasándose al español y girando su atención al chofer—. No la llegó a golpear. Pero está asustada, por eso sigue aquí y no deja de llorar.

—¿Usted la entiende señorita? —inquirió el hombre, intrigado—. ¿Qué idioma es el que está hablando?

—Náhuatl —respondió Fiore—. Pero eso es lo de menos. Lo que me preocupa es que no sabe decirme dónde está su familia, y yo ya la había visto esta mañana en el parque, temprano, también sola.

—¿Cree que lleva todo el día sola? —el hombre sonaba preocupado—. ¿Qué clase de madre o padre dejaría a su hija sola por tanto tiempo? ¡¿Y en la calle?!

—No lo sé —admitió Fiore tomando una decisión en ese preciso momento—. Pero creo que lo voy a averiguar.

—¿Se la llevará con usted?

—Soy la única que la entiende, así que creo que es lo más conveniente. Al menos hasta que encuentre a alguien que la pueda ayudar más.

—Si lo desea yo la puedo llevar hasta el DIF o el Ministerio Público.

Fiore no había puesto suficiente atención antes, pero el hombre resultó ser un taxista.

—Se lo agradecería —accedió Fiore—. El metro ya debe haber salido y ni siquiera estoy segura de cómo me las arreglaría con ella si acaso le da miedo estar entre tanta gente.

—Yo puedo llevarla a donde necesite, será sin costo —le aseguró el taxista. —Considérelo un agradecimiento por su ayuda. Yo de verás que ya no sabía qué hacer para ayudar a esa pequeñita.

—Es normal. No quedan muchas personas que hablen náhuatl hoy en día.

—¿A dónde va a querer que la lleve entonces?

—Creo… —hizo una pausa para mirar su reloj—. A mi casa. Pasa de las siete, la oficina del DIF ya debe haber cerrado, y con toda sinceridad dudo mucho que el Ministerio Público o un hospital tengan más éxito en entenderse con ella. La llevaré mañana al DIF.

—¿Nos vamos ahora?

—Sí, por favor.

Fue hasta ese momento que Fiore se percató del hecho de que la pequeña se había quedado dormida en su regazo.

—¿Podría llevarme el bolso por favor? —pidió al hombre al tiempo que se acomodaba a la niña en brazos y se levantaba con mucho cuidado para no despertarla.

—Claro que sí, señorita —el hombre hizo lo pedido de inmediato.

—En verdad me sorprendes, Fiore —la llamó Ximena entre la decreciente turba.

—¿Por qué dices eso? —preguntó Fiore en voz baja, sin voltear del todo a ver a Ximena.

—No sabía que hablaras esa lengua extraña —explicó la otra muchacha en un tono que casi sonaba a desdén.

—¿Qué tiene de extraño? —inquirió Fiore, volteando sobre su hombro—. Si aprendemos inglés, francés, alemán, italiano... ¿por qué no náhuatl?

—Porque es una lengua de indios, por eso.

No perteneces aquí. ¡No eres más que una india! Las voces hicieron eco en los recuerdos de Fiore, aquellas voces que la torturaran tan cruelmente cuando recién se mudó a la capital... ella ya no era esa persona. Y no sólo porque nadie sabía que ella era una indígena, sino por el hecho de que, en ese momento, esas palabras no la hacían temblar, o querer esconderse; no, en lugar de eso despertaban un instinto de protección, de defensa, un deseo de escudar a aquella que Ximena, directa o indirectamente, estaba insultando. Proteger a esa pequeña de la forma en que nadie pudo, o quiso, protegerla a ella. Consiguió contenerse y no dijo nada; en lugar de eso, siguió al hombre que la esperaba junto a la puerta abierta del taxi. A lo lejos escuchó a su compañera llamarla, aunque no le prestó atención. De seguro Ximena tendría mucho que decir respecto a lo que acababa de suceder, pero Fiore descubrió en ese instante que no le importaba. Chismes e insultos no eran importantes en ese momento; nada lo era, excepto la pequeña dormida en sus brazos...

Eran pasadas las ocho de la noche cuando Fiore ingresó al departamento. Resultó una verdadera hazaña poder abrir la puerta del *penthouse* equilibrando a la niña en un brazo, su bolso sobre su otro hombro y una bolsa con algunas cosas básicas que se detuvo a comprar, especialmente para darle de comer a la pequeña. Al rato lo consiguió. Apenas había cerrado la puerta cuando se encontró cara a cara con Jessica.

—¿Quién es esa? —preguntó la muchacha de cabellos rojizos con evidente sorpresa al ver a la chiquilla en brazos de Fiore.

—Es mi encargo —respondió la de cabellos negros.

Por un momento pensó en decirle alguna mentira blanca a Jessica, pero se acordó de que Ximena fue testigo de lo sucedido y sin duda no tardaría en hacérselo saber a todos, si no lo había hecho ya.

—Esta pequeñita no tiene familia; y si la tiene, no se sabe dónde están —explicó Fiore yendo al punto—. Hasta que alguien la reclame, yo me haré cargo de ella.

Lo que no le explicó a Jessica fue cuán difícil sería que algo así sucediera, siendo que no la reportó a nadie hasta ese momento, ni pensaba hacerlo. Fiore sabía que era una locura, y ni siquiera podía explicárselo a sí misma, no en ese instante, pero el mismo instinto que la instó a abrirse paso en esa turba, le hacía pensar que no era buena idea involucrar al DIF, ni a ninguna otra autoridad, al menos no por el momento.

—¿Por qué tú? —quiso saber Jess.

—Porque ella no habla español, sólo náhuatl —explicó Fiore—. Yo también lo hablo. Así que por ahora soy la única que la entiende.

—Así que de algo te sirvió tener que aprender la lengua esa de tu madre.

Jessica, igual que todo su grupito, y la mayoría de la gente de la universidad, seguía pensando que Fiore era mestiza, de madre mexicana y padre europeo, muy probablemente italiano. No era algo que ella hubiera expresado alguna vez, pero era tan común en su grupo… la mayoría eran hijos de matrimonios donde al menos uno era extranjero. Era por eso que nadie se extrañaba de que Fiore tuviese piel morena aun y cuando sus ojos eran turquesa y su cabello enrulado.

Fiore sólo se encogió de hombros ante el comentario de Jessica, demasiado cansada para sentirse ofendida.

—Estaré a cargo de ella por un tiempo, espero no te moleste —dijo al final.

—Mientras no haga ningún destrozo —Jessica no parecía del todo convencida, pero tampoco se le ocurría una razón para decirle que no.

Fiore sabía que Jess podía negarse, cambiar de idea en cualquier momento y dejarla patitas en la calle con la criatura. Si eso sucedía, ella tendría que hacer uso del dinero que le entregaron después de firmar los papeles para ceder sus derechos sobre la casa y el terreno de su abuela, monto que guardaba en su integridad, para conseguir un lugar donde quedarse con la niña. Eso era una situación para la que tenía que prepararse dado que no tenía ni la más remota idea de cómo progresarían las cosas.

De algo sí estaba segura la joven: no iba a dejar a esa pequeñita desamparada. Aún sin saber qué la hacía aferrarse de esa manera, esa niña invocaba un instinto protector muy fuerte por parte de Fiore, y ella sentía la innegable necesidad de responder a esa inclinación. Tarde o temprano tendría que pensar en una solución permanente, pero por el momento lo único que quería era descansar.

—Puede quedarse en tu cuarto —dijo Jessica como si de la plebe se tratase—. Mientras le dejes bien claro que no puede andar paseándose por todo el apartamento y que por nada del mundo quiero que entre a mi cuarto a hacer destrozos —hizo una pausa y luego agregó, en tono de desagrado—: No quiero que vaya a hacer un desastre con mi maquillaje o mis perfumes. Son finos y muy caros.

—No tienes que decirlo en ese tono —le dijo Fiore, habiendo notado que la niña estaba despierta y mirándolas en silencio—. Todo eso se lo puedo explicar sin necesidad de que te dirijas a ella de esa forma.

—¿Cuál es el problema? —preguntó Jess sin darle importancia—. Tú misma dijiste que no habla español, no va a entender ni una palabra de lo que yo diga.

—No importa —insistió Fiore—. Que no comprenda tus palabras no significa que no entienda los sentimientos tras ellas. Incluso los bebés antes de aprender a hablar son capaces de percibir si son queridos o no.

—¿Quién te dijo eso?

—Mi madre.

En ese momento Fiore no recordaba que alguna vez les dio a entender que no quería a su madre, ni se llevaba con su padre; o si lo recordaba, no le importaba. Cualquier cosa que tal vez dijo o insinuó alguna vez, hacía años, cuando nada parecía más importante que encajar con Jessica, Ximena, Carlota y todas las demás… bueno, Fiore comenzaba a entender que existían cosas y personas mucho más transcendentales en su vida.

—Has cambiado Fi, has cambiado mucho —comentó Jess, casi melancólica.

—No sé de qué hablas —mintió Fiore.

—Sí lo sabes —la contradijo la de ojos ambarinos—. Ya no bebes café, ni vas a las fiestas. Nuestros juegos de antes, donde coqueteábamos con todos los chicos guapos y disfrutábamos de verlos intentar de todo por conquistarnos hasta que nos aburriéramos de ellos… ya no te interesan. Ya ni siquiera vas de compras conmigo.

—Quizás ahora tengo otras prioridades.

—Y eso no es todo. Hay días que desapareces por tardes enteras y no sé a dónde vas. El otro día ni siquiera llegaste a dormir. Rick me comentó que le dijiste que ya no teníamos que recogerte los días que tienes clase de francés.

—¿Y eso qué?

—Que estás cambiando mucho Fiore, y quisiera saber por qué. Quisiera saber qué es lo que te ha hecho ser tan diferente de como eras antes.

Fiore se salvó de contestar cuando la pequeña empezó a hacer sonidos quedos, como si apenas comenzara a despertar. Jessica reaccionó, dando un paso atrás, era obvio que no se había dado cuenta que la niña ya llevaba rato despierta. Por un momento la de cabellos negros incluso se preguntó si era casualidad, o si de alguna forma la pequeña estaba reaccionando a su propio ánimo…

—Si me disculpas Jess, llevaré a Rosa a la cama y después yo también me dormiré —declaró Fiore.

No tenía ni idea de dónde salió ese nombre, aunque le parecía bastante apropiado; considerando que todavía la niña sostenía entre sus manos la rosa blanca a la que Fiore le quitó las espinas esa mañana.

Jessica sólo asintió en silencio.

Sin más, Fiore acomodó a Rosa mejor en sus brazos y se las arregló para subir las escaleras e ir directo a su cuarto. Vistió a la niña en una de sus viejas camisetas para que durmiera mejor, antes de ponerse su propia ropa de dormir, mientras en su mente iba agregando cosas a la lista de las necesidades básicas que quería adquirir para Rosa. Estaba acomodándose en la cama, ojos fijos en la chiquita que ya se había vuelto a dormir, cuando recordó lo último que dijo su amiga.

—Quizás no —Fiore susurró su respuesta a la oscuridad—. No es que me esté volviendo diferente… tan sólo estoy volviendo a lo que era antes…

Capítulo 11
Brezo

Fiore salió de la universidad casi corriendo, bolsa de libros en una mano, mientras que con la otra intentaba acomodarse la chaqueta. Afortunadamente no llevaba tacones, o se hubiera caído; poco a poco iba dejando de usarlos, prefiriendo zapatos de piso. Aún se ponía los pupilentes y se enrulaba el pelo, pero se obsesionaba menos al respecto, y la cantidad de maquillaje que usaba era mucho menos que antes. Poco a poco, otros comenzaban a notar el cambio; y si bien algunos parecían confundidos, o incluso curiosos… no a todos parecía agradarles.

—¿Por qué tanta prisa? —preguntó Carlota al verla pasar.

—¿Qué no sabes? —preguntó Ximena sin darle oportunidad a Fiore de hablar—. Desde que cuida a esa chiquilla indígena Fiore no tiene tiempo para nada más.

—Yo no sé por qué se molesta tanto por una india… —comenzó a decir otra, castaña con mechas californianas, Marlene.

Esa fue la gota que colmó el vaso.

—¡Ya basta! —exclamó Fiore—. Te prohíbo que te refieras a Rosa de esa manera.

—¿Quién te crees que eres tú para prohibirme nada? —espetó Marlene en tono chillón.

—Soy la guardiana temporal de Rosa —replicó Fiore con firmeza—. Es mi deber y derecho velar por el bienestar de ella.

—Jess tiene razón —decidió Ximena—. Estás cambiando mucho, Fi. Hasta hace poco no te hubieras molestado por una in…

—¡Que no la llames así! —la cortó Fiore, su postura cambió en un instante, la espalda derecha, el cuerpo tenso, las demás chicas casi dieron un paso atrás asustadas por su reacción—. ¿Cómo te atreves…? ¿Cómo se atreven todas ustedes a hablar tan despectivamente de aquello que no conocen? La llaman india con tal desprecio, sin saber todo lo que implica realmente ser descendiente de un pueblo indígena —por un momento pareció que iba a decir algo más, pero al final cambió de opinión y negó con la cabeza—. No tiene caso. Mejor me voy ya. Hay alguien que me espera.

Las demás no tuvieron oportunidad de decir nada antes de que Fiore se marchara, demasiado estupefactas con el brusco cambio en su amiga. Esa transformación que tanto las intimidaba. No lo entendían, y eso no les gustaba.

Fiore había hecho un trato con una florista del parque que sabía un poco de náhuatl para que cuidara a Rosa a cambio de un poco de dinero. La mujer decía ser mestiza, por eso sabía algo del idioma y le encantaba cuidar a la niña. Aseguraba que cuando la pequeña estaba presente vendía más flores que en cualquier otro momento del día. Y la propia Rosa parecía disfrutar estar ahí, entre todas las flores; además de que tenía un encanto natural que atraía a la gente hacia ella, y por consecuencia a la florería.

Y mientras se dirigía a donde sabía que Rosa la esperaba, Fiore no pudo evitar pensar en lo que la hizo reaccionar con tanta vehemencia a las palabras dichas por sus compañeras.

Recordó a una Xóchitl de dieciocho años, todavía con sus ojos oscuros como semillas de cacao, cabello negro como la obsidiana, largo y lacio, vestida en una falda de manta teñida de café claro y una blusa de manta blanca con bordados de flores, sandalias de cuero en sus pies. Era el momento en que llegó al lugar donde debía presentar su examen para la preparatoria.

Tenía las mejores calificaciones del pueblo. Varios de sus maestros estaban empecinados en que dejara el pueblo para seguir sus estudios, insistiendo en que ella merecía más que lo que tenían para ofrecerle. Fue debido a sus recomendaciones que ella estaba ahí en la capital. El bachillerato de dos años del pueblo era demasiado básico para permitirle entrar a cualquier universidad, por eso iba a presentar un examen para preparatoria; de acuerdo con su puntuación, sabrían en qué semestre podía entrar. Ella había estudiado mucho con la esperanza de poder avanzar pronto. De igual forma esperaba conseguir una nota alta de modo que le concediesen una beca, sabía que su abuela nunca podría pagar la colegiatura de una escuela de la capital; si ella ni siquiera estaba de acuerdo con que Xóchitl quisiera dejar el pueblo…

—¿Quién eres tú chiquilla? —le preguntó fríamente alguien que acababa de atravesarse en su camino.

Fue en ese momento que la de cabellos negros vio frente a ella a poco más de media docena de chicas rubias o pelirrojas de tez clara, ropa de marca y maquillaje. Xóchitl parpadeó, confundida por el tono de la extraña y la forma en que la miraba, era una mirada que hacía a la de ojos oscuros sentirse incómoda, aunque no la entendía.

—Mi amiga preguntó, ¿quién eres tú? —insistió otra, en el mismo tono.

—Xóchitl Yolotl Nahuí, para servirles —Xóchitl se presentó como le enseñaron, con una sonrisa y una pequeña inclinación de cabeza.

—Pues claro que estás para servirnos, porque no creo que sirvas para mucho más —dijo despectivamente la que parecía ser la líder del grupo—. Supongo que eres una nueva conserje; y si es así, déjame decirte que la servidumbre no tiene por qué andar paseándose por los pasillos, deberías estar trabajando.

—No soy sirvienta —replicó Xóchitl, apretando los dientes para controlar su indignación—. Vine aquí a estudiar, hoy presento mi examen de admisión.

—¿En serio? —inquirió una de las de atrás.

—¡Qué pérdida de tiempo! —declaró otra con una mueca—. No hay manera de que alguien como tú consiga entrar en una escuela como esta.

—Es cierto —agregó una tercera—. Aquí sólo estudia la gente correcta… la gente importante. Tú me entiendes, ¿no?

Xóchitl iba a decir algo en su defensa, pero la líder del grupo le dio un empujón, haciendo trastabillar a la de cabellos negros; luego habló con un aire de superioridad y altanería:

—Vuelve a tu pueblito, india —le dijo cruelmente—. Que aquí no hay lugar para los de tu clase.

Esas últimas palabras de la otra chica fueron el inicio de todo. La dejaron marcada de maneras que, incluso años después, ella no podía explicar del todo. No importaba cuántas personas, cuántas veces le dijeran que nadie podía hacerla sentir mal sin su consentimiento, y todas esas frases diseñadas para ayudar, hechas por alguien que de seguro nunca fue insultado despiadadamente y sin razón.

A consecuencia de esas palabras, para el final de la semana Xóchitl usaba maquillaje, se estilizaba el cabello y vestía ropa nueva.

Xóchitl recordó el día que entregaron los resultados:

Vestía una falda azul marino a las rodillas, elegante blusa blanca de botones, medias y tacones negros con el cabello negro en un elaborado moño sujeto con listones azules, con maquillaje que hacía que sus ojos se vieran más claros de lo que eran en realidad, caminaba por los pasillos de la universidad.

Aquella indumentaria constituía lo que pudo adquirir con el dinero de su trabajo de medio tiempo. Tuvo que hacer sacrificios respecto a sus comidas, y el transporte, pero ella creía que valdría la pena. No era mucha la diferencia, pero se le hacía un buen comienzo.

—Buenos días, ¿eres nueva aquí? —le preguntó alguien en ese momento.

Cuando Xóchitl volteó a su izquierda pudo ver a una chica como de su edad, vestida y arreglada de la misma manera que las muchachas que la de cabellos negros vio en su primer día; incluso existía la posibilidad de que fuera una de esas mismas mujeres, aunque ella no parecía haber reconocido a Xóchitl.

Es increíble lo mucho que cambia la actitud de la gente sólo porque te ven vistiendo igual que ellos... pensó Xóchitl con una mezcla de molestia e ironía.

—Disculpa, mi nombre es Mireya Valverde —se presentó la otra chica, ofreciendo su mano—. Soy nueva, ¿y tú?

—Yo también —Xóchitl le contestó tímida al comienzo—. Me llamo X... —la decisión la tomó en un instante, sin permitirse pensarlo demasiado—. Fiore, me llamo Fiore.

Y así había comenzado todo; el nombre falso, el disfraz, las mentiras.

Consiguió terminar el bachillerato en un año, y entonces el Centro de Idiomas del Sureste le hizo una oferta que ella no pudo rechazar: un intercambio, la posibilidad de aprender un idioma a cambio de enseñar otro. El trato duraba un año y para ello se trasladó a Yucatán, con lo cual empezó a pasar mucho tiempo entre todo tipo de personas, muchos de ellos extranjeros, o de ascendencia extranjera, y fue en base a ese roce internacional que comenzó a crear su nueva persona.

De vuelta en la Ciudad de México, ingresó a la universidad, y al final del verano dejó de trabajar. Había conocido a Jessica durante el curso de inducción, y ella siempre insistía en pagar por todo, insistiendo que para eso era el dinero. Y cuando la invitó a vivir juntas, eso le simplificó mucho las cosas. No tenía que pagar colegiatura, gracias a que disfrutaba una beca completa, y el dinero que tenía ahorrado le bastaba para cualquier posible gasto adicional.

La línea de pensamiento de Fiore fue interrumpida bruscamente cuando sintió que dos pequeños brazos se aferraban a su cintura, sin poder rodearla por completo.

—*Ya volvió* Mami Flor —declaró la pequeña con una amplia sonrisa que le marcaba los hoyuelos en las mejillas.

Mami Flor… esas eran las únicas dos palabras que la niña había aprendido a decir en español, y únicamente porque no parecía poder pronunciar Fiore.

—*Sí nena… ya volví* —le aseguró la mujer al tiempo que la alzaba en brazos y esbozaba una sonrisa igual de grande.

Sí… esa pequeñita hacía que todo valiera la pena. Una sonrisa de Rosa era suficiente para alegrarle el día a la joven de cabellos oscuros, porque para ella no existía Xóchitl, ni Fiore… sólo Flor.

Ese día era viernes, cuatro días desde que Fiore conoció a Rosa y decidió hacerse cargo de ella. Todos a su alrededor tenían la creencia de que Fiore estaba registrada como su tutora hasta que el DIF encontrara una situación más permanente para ella, ya fuera su familia o un orfanato con espacio; nadie sabía que Fiore nunca se acercó a reportar a Rosa, ni planeaba hacerlo. Sabía que la situación no podría continuar por siempre, y no sólo porque tarde o temprano alguien forzaría las condiciones, probablemente Jessica. De hecho, ya había tenido ciertas dificultades, las cuales eran de esperarse; para nadie sería fácil cuidarse a sí misma, a una niña y no descuidar la escuela, pero Fiore no se arrepentía de la decisión que tomó.

Fiore tenía sus razones para la decisión que había tomado. La más sencilla de explicar era que sabía que lo más probable es que el DIF no pudiera hacer nada por ayudar a la pequeña. Pero esa era sólo la razón superficial, la que Fiore había preparado en caso de que alguna vez alguien pidiera explicaciones. La realidad era que había algo en la niña que hacía imposible a Fiore pensar en dejarla. Como si una clase de fuerza la instara a mantener a Rosa consigo. No era algo normal, pero Fiore sabía bien que la pequeñita era más que lo que aparentaba. Además, estaba claro que Rosa lo sentía también, esa conexión, esa necesidad de permanecer juntas, era la razón por la que había aceptado a Fiore de inmediato, incluso llamándola Mami… algo que nunca dejaría de maravillar y aterrar a Fiore a la vez.

Considerando que el viernes terminaba con sus clases un poco temprano, y que no había visto a Azucena y Cris en más de una semana, Fiore decidió que era un buen día para ir a visitarlos. Además consideró que era una oportunidad para que conocieran a Rosa. Tuvo que tomar el metro, un autobús, y cruzar varias calles con mucho cuidado por el bien de Rosa, al tiempo que le explicaba a ella todo lo que tenía que hacer: cómo voltear a ambos lados de la calle antes de cruzar, cómo usar los puentes peatonales, cómo prestar atención en la calle y tener cuidado de los autos que pudieran ir muy rápido, y muchas cosas más.

Fiore se daba cuenta de que muchas personas la miraban de forma extraña porque se la pasaba hablando en náhuatl, pero la muchacha simplemente los ignoraba, manteniendo toda su atención en Rosa.

Finalmente llegaron al edificio indicado y Fiore llevó a la pequeña de la mano hasta la puerta del departamento en el cuarto piso. El timbre sonó y casi un minuto después la puerta se abrió, Cris detrás de ella.

—Hey, Flor —la saludó él con alegría—. Cuánto tiempo sin vernos. ¿Cómo has estado?

—De maravilla Cris —respondió ella con una sonrisa—. ¿Qué tal tú y Azu?

—También muy bien —asintió Cris—. Algo aburridos incluso, me atrevería a decir. Pero qué descortés soy, pasa, pasa.

—Gracias —sonrió Fiore, antes de agregar—: *Vamos Rosita.*

Fue hasta ese momento que Cris notó a la pequeñita vestida con una falda blanca tableada, blusa floreada en colores claros, zapatillas rosas, suéter del mismo color y una diadema blanca sencilla, quien parecía estar tratando de esconderse tras la muchacha de cabellos negros.

—Te explicaré adentro —le aseguró Fiore.

Cris asintió y las instó a pasar con un ademán.

—¡Hey Azu! —llamó él mientras guiaba a las dos chicas de cabellos azabaches a la sala—. ¡Ven y mira quién nos vino a visitar!

—¿Quién…? —comenzó Azucena saliendo de la cocina, su ropa casual cubierta por un delantal—. ¡Flor! Qué gusto me da verte.

—A mí también me da gusto verte a ti, Azu —replicó Fiore.

Y entonces Azucena notó a la niña.

—¿Y quién es esta lindura? —inquirió Azu, encuclillándose para quedar a la altura de la pequeña.

—Se llama Rosa —explicó Fiore—. Y sólo habla náhuatl —giró su atención a la niña—. *Rosa, nena, saluda. Ellos son Azucena y Cris, muy buenos amigos míos.*

—*¿Amigos de* Mami Flor? —inquirió la niña.

—¿Mami Flor? —repitió Cris entre sorprendido y confundido.

—*Sí Rosita, son amigos míos* —Fiore le aseguró con una sonrisa cálida—. *Y también serán amigos tuyos, si tú quieres.*

—*Sí quiero* —asintió Rosa con obvio entusiasmo, para después correr a pararse frente a los dos muchachos, inclinando la cabeza levemente al tiempo que se presentaba—: *Rosa, para servirles a ustedes y a Dios.*

El asombro de los muchachos fue grande al escuchar a la niña presentarse con esas palabras, y una perfecta entonación, casi como si fuera una adulta en un cuerpo pequeño, y no una chiquilla de apenas unos cinco años; sin embargo, nada podría compararse con la expresión de total estupefacción en el rostro de Fiore en ese momento.

—*Es un placer conocerla, pequeña señorita* —Cris fue el primero en reponerse, hablando en perfecto náhuatl a Rosa.

—*Cris tiene razón Rosita* —agregó Azucena, recuperándose al instante y hablando en el mismo idioma—. *Todos los amigos de Flor son amigos nuestros también.*

Rosa sonrió ampliamente, una sonrisa que pareció iluminar la habitación.

—*Estoy haciendo unas galletas* —comentó Azu entonces con una pequeña sonrisa dirigida a la niña—. *¿Qué te parece si me ayudas?*

Emocionada, la pequeñita de inmediato siguió a la chica de cabellos cortos a la cocina, donde los ingredientes las esperaban.

—¿Por qué no tomas asiento? —le ofreció Cris a Fiore.

—No sabía que tú y Azu hablaban náhuatl —comentó Fiore al tiempo que se sentaba.

—Es por parte de mi padre —explicó Cris, encogiéndose de hombros un poco, como restándole importancia al asunto—. Su familia es indígena. *Koli*… mi abuelo me enseñó náhuatl cuando era pequeño. Azucena… ella dijo que aprendió lo básico de pequeña y yo la ayudé a perfeccionarlo poco después de que nos conocimos, cuando ella quería algo con que distraerse… —su voz se cortó, estuvo a punto de decir algo privado—. Supongo que tiene don para los idiomas.

Fiore por supuesto notó que Cris estaba conteniéndose, evitando decir algo, algo grande, pero optó por no hacer ningún comentario al respecto. Por mucho que una parte de ella doliera ante la falta de confianza, no se sentía con el derecho de indagar, ella misma mantuvo un secreto por un buen tiempo, después de todo.

Fiore estaba todavía medio perdida en sus pensamientos cuando sintió los bracitos de Rosa abrazar sus piernas. Le respuesta de la joven fue automática, tomando a la niña en brazos y subiéndola a su regazo para abrazarla mejor.

—Mi niña... —le susurró a la pequeña en el oído—. *No te preocupes chiquita, Mami Flor está bien. Contigo siempre voy a estar bien.*

Tomó un rato, pero tras casi una hora las galletas estuvieran listas. Cris insistió en chocolate caliente para acompañarlas, un descubrimiento que pareció fascinar a Rosa, quien aparentemente sólo había bebido jugos, tés y agua hasta entonces. Así, entre bromas e historias exageradas a extremos cómicos para entretenerse unos a otros pasaron el rato. Poco después, Rosa se quedó dormida con la cabeza en el regazo de Fiore, y sus pies pegados a Azu, fue entonces cuando los tres adultos jóvenes comenzaron a platicar de sus asuntos serios en español.

—¿Quién es esta niña en verdad, Flor? —inquirió Azu en un tono circunspecto.

—Mi hija —les reiteró Fiore—. Al menos por ahora.

Les explicó en todo detalle posible lo que ocurrió el día que conoció a la pequeñita en el parque. Después tomó unos minutos para enfocarse en su chocolate, dando tiempo a sus amigos de procesar todo.

—Le dijiste al taxista que la llevarías al DIF al día siguiente... pero nunca lo hiciste —Cris fue el primero en comentar—. ¿Por qué?

—Porque no hubiera servido de nada —respondió Fiore con sinceridad—. Rosa no va a estar en ninguna base de datos, ni del DIF, ni de nadie. Probablemente sus padres tampoco, quienquiera que sean.

—Suenas muy segura —Cris arqueó una ceja, curioso.

—Yo era igual —explicó la pelinegra con calma—. Cuando llegué a la capital no tenía papeles, ni siquiera un acta de nacimiento. Aún recuerdo cuando fui a registrarme a la escuela. Me pidieron mi CURP... no tenía ni idea de qué me estaban hablando. Tuve que ir al registro civil y pasar horas llenando papeles y respondiendo preguntas. Así obtuve los documentos necesarios.

—¿No tenías nada? —Azu no podía creerlo—. ¿Ni siquiera un acta de nacimiento?

—No —Fiore negó con la cabeza—. En el pueblo no son necesarios. Somos tan pocos... todos conocen a todos, y la mayoría nunca dejan el pueblo. No sé si ya mencioné esto antes, pero el lugar de donde yo vengo... no tiene un nombre, al menos no uno fuera de las leyendas que a algunas ancianas les encanta contar, y no lo puedes encontrar en ningún mapa. Alguien que conocí dijo una vez que sólo puedes llegar si sabes que está ahí, de otra forma lo pasarías sin siquiera darte cuenta.

Una locura que probablemente los tres declararían una exageración y fantasía si no fuera por todo lo que vivieron juntos hasta ese momento. Después de elementos, flores, sombras y magia, la idea de un pequeño pueblo que de alguna manera existía fuera de la percepción de la mayoría de la gente no era tan difícil de aceptar.

—Si no la llevaste a las autoridades porque eso no serviría, ¿cómo la podemos ayudar entonces? —Cris quiso saber.

—No tengo idea. —Fiore pasó una mano por su cabello, ignorando el hecho de que tales ademanes deshacían sus rulos, cada vez le importaba menos ese tipo de detalles—. Esto va más allá de mi creencia de que no pueden ayudarla, y el no querer que termine en un orfanato o algo así... es que... un instinto me dice que se tiene que quedar conmigo, que yo la tengo que cuidar. Que soy la única... la única que la puede ayudar... —exhaló—. Es una completa locura, lo sé.

—Yo no creo que lo sea —le aseguró Azu, cabeza inclinada hacia un lado mientras parecía contemplar algo—. Flor... no sé si tú lo habrás notado pero esta pequeñita...

—Lo sé —interrumpió Fiore con suavidad, antes de depositar un pequeño beso en la frente de Rosa—. Ella es especial, tanto o más que nosotros.

La noche estaba avanzada cuando Fiore tomó el metro de vuelta al *penthouse*. Cris y Azu le ofrecieron que se quedara, pero Fiore no quiso incomodarlos. Además de que lo último que necesitaba era a Jessica interrogándola por su ausencia, otra vez.

Acababa de bajar del metro cuando la adormilada Rosa pareció reaccionar, aferrándose con todas sus fuerzas a las piernas de la joven que la llevaba de la mano.

—*Rosita...* —Fiore no entendía qué la hacía actuar así.

Antes de poder preguntar qué ocurría, un sonido la interrumpió, era algo extraño, un ruido de animal, como parte maullido, parte gruñido... excepto que Fiore no creía que los perros maullaran o los gatos gruñeran. Existía la posibilidad de que se tratara de ambos animales, peleándose en alguna parte relativamente cerca, la posibilidad no le agradó a Fiore. Sobre todo considerando la reacción que tuvo Rosa al ruido, aferrándose con toda la fuerza de su pequeño cuerpo mientras temblaba de miedo.

—*Tranquila...* —Fiore ni siquiera necesitó pensarlo, de inmediato la alzó en brazos, acunándola contra su pecho—. *No tienes nada que temer, mi niña. Lo que oyes sólo son perros y gatos peleando en algún callejón. Nadie te va a hacer daño.*

—*¿Lo prometes* Mami Flor? —inquirió la pequeña, y en sus ojos la joven pudo ver algo que percibió como auténtico miedo.

—*Lo prometo.*

Fiore ni siquiera lo dudó. Ella haría lo que fuera necesario por proteger a esa chiquita, lo que fuera.

Mientras tanto, en una pequeña casa de madera, fuera de la ciudad, un encuentro muy particular tenía lugar. Dos mujeres se hallaban en la habitación, iluminada únicamente por la luz de las velas. La primera era una mujer de edad avanzada, con la piel quemada por el sol y arrugada por la edad, tenía el cabello completamente blanco y amarrado en una larga trenza, vestía una bata de manta teñida con bordados de pequeñas flores blancas. Estaba sentada en una mecedora en el centro de la habitación, observando a la segunda mujer, más joven, de ojos y cabellos oscuros hasta los hombros. La muchacha llevaba puesta una falda amplia de un rosa pálido, blusa color hueso con pequeños bordados de una flor del mismo color de la falda alrededor del cuello y las mangas, que llegaban a los codos; ella estaba junto a la ventana, iluminada por la luz de la luna, en una silla de ruedas.

El silencio fue roto por un ruido de animal, una mezcla de gruñido perruno y maullido gatuno… excepto que ambos parecían fluir juntos, como si se tratara del mismo sonido, viniendo de un único animal…

—¿*Los escuchas?* —inquirió la mujer mayor.

—*Claramente* —respondió la más joven, sin quitar la vista del exterior, los cerros a la distancia—. *Las bestias han salido de cacería, a cazar a la "flor más hermosa…"*

—*Estás planeando algo…* —aquella no era una pregunta, y el tono hacía evidente lo mucho que la mujer mayor desaprobaba la idea.

—*Es necesario* —replicó la mujer en la silla de ruedas—. *Tengo que ir a la ciudad. Mientras los puntos cardinales no se unan no podrán proteger a la hechicera como es debido. No podemos arriesgarnos a perderla, no ahora.*

—*¿Y tú piensas que sola puedes hacer la diferencia? ¿Crees realmente que tienes la fuerza para detener a esas bestias, Camelia? Ya hemos perdido tanto…*

—*Sé exactamente lo que hemos perdido, madre, lo veo cuando me miro todos los días.* —Su mano se cerró con fuerza, presionando sobre una pierna que no podía sentir el contacto—. *No sé cuanta diferencia pueda hacer, pero no me quedaré con los brazos cruzados. Hemos pasado demasiado tiempo escondiéndonos, esperando que otros terminen esta guerra por nosotras y eso no es justo, ni para ellos ni para nosotras. También somos parte de esto…*

La anciana apretó sus ojos en un gesto de desacuerdo, pero no dijo más al respecto. Llevaba años protegiendo a su hija todo lo posible, temiendo perderla igual que perdió a su esposo, igual que otros perdieron a sus seres amados, que familias enteras se perdieron… pero no podía prohibirle ir por el camino que ella misma escogió. ¿Y quién sabe? Quizás así era como debían ser las cosas.

Camelia pareció entender a dónde corrieron los pensamientos de su madre; le sonrió una vez, luego posó una mano en la mejilla arrugada de la anciana y se acercó para depositar un beso en ella. Cuando terminó de demostrarle su cariño, extendió el brazo para tomar una caja de madera de la mesita junto a la mecedora.

No hubo palabras de despedida, no hacían falta, Camelia sólo asintió una vez más y guio su silla fuera de la habitación, y de la cabaña, la caja de madera bellamente tallada en su regazo. Tenía un viaje que hacer, su destino la esperaba…

Capítulo 12
Muérdago

En una habitación tenuemente iluminada por la luz de varias antorchas colocadas en lugares estratégicos, un grupo de personas se encontraba reunido. Todos vestían ropas modernas, de distintos colores y estilos, aunque en su mayoría casual; lo único en común era el rebozo que llevaban todas las mujeres, un palmo de ancho, en variadas tonalidades; lo usaban ya fuera alrededor de la cintura, como una especie de cinto, alrededor del cuello, a modo de bufanda, o tras la espalda y alrededor de los codos, como era el modo más tradicional; todos los hombres llevaban una banda de cuero con un diseño grabado, ya fuera en su muñeca o la parte alta de su brazo. La única excepción era la joven mujer en el centro de la habitación, su rebozo era más largo y ancho que el de cualquier otro presente, y lo usaba a modo de chalina.

—Los he llamado aquí hoy porque debemos prepararnos —anunció ella seriamente, como la líder que era de los presentes—. Los poderes que permanecieron dormidos ahora han despertado. Debemos detenerlos.

—¿Por qué nosotros? —preguntó una voz femenina de entre la multitud.

—Porque por eso nos hemos reunido, no sólo esta noche, sino desde que creamos nuestro grupo —declaró la líder sin inmutarse—. ¿O me dirás que fueron otras razones las que te trajeron a nosotros, Amapola?

Amapola no insistió.

—¿Pero por qué nosotros? —fue un hombre quien reclamó esa vez—. ¿No se supone que las profecías hablaban también de otro poder que vendría a resolver esto?

—Así es —asintió la líder—. Pero mientras ellos continúen con su conflicto interno, no podrán cumplir con el deber divino que les ha sido encomendado; y las cosas se están saliendo de control. —Negó con la cabeza enfáticamente—. No… lo cierto es que este problema comenzó hace años, y es imposible poder estar seguros de que ellos serán suficientes para detenerlo esta vez; en especial, mientras no exista armonía entre ellos mismos. No, debemos actuar ahora, ser fuertes y decididos; demostrar que no permitiremos que aquel que se dice rey y Dios domine nuestras tierras otra vez. Así se ha decidido y así se hará.

—¡Así se hará! —corearon el resto de los presentes.

Las antorchas se apagaron en un instante, sumiendo la habitación en la oscuridad y marcando el final de aquella pequeña y misteriosa reunión.

Fue el instinto, más que cualquier ruido, lo que sacó a Fiore de su sueño. Aunque una vez despabilada pudo escuchar los pequeños gemidos provenientes del otro lado de la cama. El sonido, y el darse cuenta de quién lo producía, fue más efectivo que un balde de agua helada para terminar de despertarla.

—*¿Rosa?* —llamó Fiore de inmediato—. *¿Rosita? ¿Nena?*

—*¡Mami!* —chilló la niña, despertando.

Apenas abrir sus grandes ojos negros, la pequeña se arrojó a brazos de Fiore, sollozando a todo pulmón.

—*Todo está bien nena, todo está bien* —le aseguró ella a la niña.

—*No Mami, ¡los monstruos me quieren comer!* —replicó Rosa.

—*¿Monstruos?* —Fiore no se esperaba eso—. *Sólo era un sueño mi niña.*

—*¿Un sueño?*

—*Una pesadilla. Tú estás aquí conmigo. Aquí no hay monstruos, estamos a salvo. Vuelve a dormir, yo estaré aquí contigo.*

Tomó un rato, pero a la larga Rosa se volvió a dormir. Fiore esperó hasta estar segura de que no despertaría, después se levantó de la cama, sin pensarlo se puso la bata de casa sobre su pijama y, con los pies descalzos, salió de la habitación. Encontró a Jessica parada en la puerta de su recámara.

—¿Qué demonios fue ese escándalo, Fi? —reclamó la de cabellos rojizos.

—Lo siento, Jess… —Fiore se pasó una mano por el cabello, deseando poder ignorar a Jessica, incluso cuando entendía que esa no era una opción—. Sólo fue una pesadilla.

—Eso no fue "sólo" nada, Fi —insistió Jessica.

—No volverá a pasar, lo prometo —le aseguró la de cabellos negros—. Si no te importa, me voy a preparar una taza de té… —Ya había dado varios pasos cuando miró sobre su hombro—. ¿Quieres algo?

—No… tú ve. —Jess hizo un ademán con la mano, como una especie de despedida.

Fiore sólo se encogió de hombros y bajó las escaleras. No notó la forma en la que los ojos de Jessica siguieron fijos en ella mientras lo hacía, o más precisamente, en su largo cabello lacio…

La semana fue una locura total, con las evaluaciones finales. La mayoría, por fortuna, consistían en ensayos y artículos, aunque eso también podía ser bastante trabajo, en especial cuando las peleas contras las sombras retrasaron a Fiore más de lo planeado. Y después estaban las pesadillas de Rosa. No habían parado desde esa primera noche. Desde entonces era común que despertara gimiendo una o más veces a mitad de la noche. Su pesadilla siempre era la misma, exactamente igual que la primera vez. Fiore intentó de todo para ayudarla, asegurarle que sólo era un mal sueño, que ella la protegería… hubiera querido decirle que los monstruos no existían, pero lamentablemente sabía que eso sería una mentira.

El viernes por la tarde Azucena se ofreció a cuidar a la niña, podía ver lo exhausta que estaba Flor, y aún tenía que estudiar para la evaluación que sí era un examen, el de francés de la mañana siguiente. Rosa estuvo muy emocionada de ir a una "fiesta de pijamas" con los amigos de Mami Flor. Fiore por su parte se sentía mal por no poder hacer algo por ayudar a Rosa, pero tenía que mantener sus calificaciones, mantener su beca, de otra forma no iba a poder graduarse.

Apenas sí durmió la noche del viernes, pero al menos estaba preparada para el examen. Fue largo, y duro, y Fiore realmente odiaba el francés. Una parte de ella se preguntaba qué estaría pensando cuando decidió que era buena idea tomar esa materia como su electiva en idiomas. El examen duró dos horas, y Fiore, como la mayoría de los estudiantes de esa clase, eligieron quedarse en campus una hora más, a espera de los resultados, los cuales fueron publicados puntualmente en el pizarrón junto a la puerta del salón.

Fiore exhaló con alivio al ver su resultado, 85%, no era su mejor calificación, pero lo suficiente para aprobar el curso. Con eso concluido ya no tenía más clases. El campus estaría abierto una semana más, para aquellos que debían presentar extra-ordinarios, o buscaban discutir alguna calificación. Fiore no tenía necesidad de lo primero, ni interés por lo segundo, con lo cual ella estaba oficialmente libre. El siguiente semestre no comenzaría sino hasta febrero, lo cual le daba las siguientes seis semanas libres…

—¡Fi! —la llamó Jessica en ese momento—. ¿Todo salió bien?

—Sí, claro —respondió Fiore casi en automático, preguntándose qué hacía Jessica ahí, ella no tenía más exámenes, ni interés alguno en cambiar calificaciones.

—¿Entonces tu papi ya te dio permiso? —preguntó.

La confusión debió haberse reflejado en el rostro de la pelinegra, porque Jessica torció los ojos antes de agregar:

—¿El viaje a Francia?

El viaje a Francia… Fiore se había olvidado por completo del viaje a Francia. Desde que la conoció, Jessica siempre comentaba de la hermosa propiedad que la familia de su padre tenía en Lyon, la perfecta casa, el viñedo… siempre hablaba de llevar a Fiore a conocerlo un día. Finalmente, a principios de semestre, se movieron de una idea a una invitación concreta. Si Fiore conseguía permiso, pasarían las vacaciones de invierno en la casa de los Favre en Lyon… claro, ese plan lo hicieron antes de que su abuela falleciera, antes de que personas como Azucena y Cris entraran en su vida, las sombras, la magia, Rosa...

Fiore tenía olvidado por completo aquel viaje, y lo cierto es que, aunque no lo hubiera olvidado, simplemente no se podía imaginar haciendo ese viaje, no en ese momento. No con todo lo que estaba sucediendo. Tantos años que todo lo que deseó fue una oportunidad de conocer el mundo, o al menos una parte del mundo fuera de su país... Pero ahora entendía que no podía irse cuando todo estaba así.

—¡Fi! —exclamó Jessica—. ¡Dime!

—Me temo que no voy a poder ir contigo, Jess —dijo la muchacha enfrentando a su amiga.

—¡Pero tu papi dijo que si pasabas todas las materias te dejaría ir! —exclamó Jessica, obviamente disgustada con el cambio de planes.

—Lo sé, pero... las cosas han cambiado. —Fiore exhaló, tratando de pensar en algo que decir, sin tener que explicar la verdad—. Mi abuela... las cosas no están bien ahorita, Jess.

—Fiore: llevamos todo el semestre planeando este viaje. ¡Meses!

—Lo sé Jess, lo sé. A mí no me agrada esto más que a ti. Créeme. Es sólo que... no es un buen momento. No puedo salir del país ahora, mi familia me necesita.

La muchacha sabía que en algún momento Jessica probablemente se enteraría de la verdad, al menos en lo que a las mentiras de los orígenes y familia de Fiore concernía; pero no podía preocuparse por tales cosas en ese momento. Y lo que acababa de decir no era una mentira en realidad. Rosa la necesitaba, Rosita era familia.

Por un momento pareció que Jessica iba a decir algo más, pero al final se lo calló; en lugar de hablar miró a Fiore y luego subió al auto de Rick, quien la estaba esperando, y ambos se marcharon. Una parte de Fiore se preguntó si era la última vez que vería a la chica que alguna vez consideró su mejor amiga. Aunque, ¿es posible considerar a alguien como tal cuando esa persona ni siquiera sabe tu verdadero nombre?

Al final la joven eligió hacer un esfuerzo por no pensar más en ello. Todavía no tenía claro qué haría las siguientes seis semanas; aunque lo que sí era seguro era que, a menos que por alguna clase de milagro encontrara a los padres de Rosa y la devolviera en ese lapso, no volvería a vivir con Jessica; incluso si Rosa partía de su vida, era probable que no lo hiciera.

Ni siquiera se detuvo a lamentarse de que ella y Rick se hubieran ido, de que no la hubieran llevado, en las últimas semanas se había acostumbrado a hacer sus cosas de otra manera. Así que sin quejarse por nada atravesó el campus y salió de la universidad con rumbo a la estación del metro. Lo último que esperaba ella fue encontrarse ni más ni menos que con Draco Yao Tamay a mitad del parque en la cuadra siguiente al campus.

—¡Joven Yao! —exclamó Fiore, sorprendida al verlo.

Draco no pronunció palabra, sólo la observó en silencio, con una ceja arqueada, como esperando algo.

—¡Draco! —se corrigió ella con una pequeña sonrisa.

—Señorita Fiore —replicó él con una elegante inclinación de cabeza.

—Sólo Fiore —corrigió ella, sonriendo e inclinando la cabeza.

—¿Caminarías conmigo? —preguntó él de improviso, ofreciéndole el brazo.

Una parte de Fiore no pudo evitar pensar cuán extraño era todo el intercambio, y no sólo por lo anticuado, aunque al final eligió no enfocarse en eso. Draco sólo estaba siendo amable, después de todo, y ella era capaz de apreciar la atención que le brindaba, así que aceptó su brazo y los dos comenzaron a caminar a paso tranquilo por el parque.

—No esperaba verte aquí —admitió la chica al cabo de un rato—. ¿Tenías algún examen el día de hoy?

—No —negó él—. Yo sólo estoy aquí para hacer mi investigación, ya he concluido el resto de mis estudios, así que en realidad no tengo más exámenes que presentar, sólo mi tesis.

—Ya veo —asintió ella—. ¿Y cómo va eso? —contempló algo antes de agregar—: A decir verdad, ni siquiera sé cuál es el tema de tu tesis.

—Identidad —respondió el muchacho poniendo una cara seria—. La forma en que la identidad nacional y cultural de una sociedad dan forma a un individuo... es algo fascinante, especialmente en un país con una sociedad tan variada como la nuestra.

Sin poder evitarlo el profesor Solís vino a la mente de Fiore. Y no sólo él, sino el hecho de que sus comentarios, aquellos que alguna vez le causaran gracia, ella había comenzado a verlos como lo que eran: palabras de desprecio, insultos. Se preguntaba si ella estaba cambiando, quizás por todo lo vivido recientemente, o pudiera ser sólo que antes no se atrevió a expresar su descontento. Incluso en esas últimas semanas, a pesar de no haber dicho nada en voz alta, la mayoría de sus compañeros notaron que ya no apoyaba al maestro como antes.

—¿Has considerado la influencia que ciertos individuos en posiciones de autoridad pueden tener a la hora de formarse la identidad nacional y cultural de alguien?

—Por supuesto —le aseguró él—. El tema es muy amplio, y he tenido que limitar las especificaciones de mi estudio en repetidas ocasiones para no intentar abarcar más de lo que puedo en realidad manejar. Es un tema muy interesante.

—No me cabe duda.

Hablaron un poco más acerca de la tesis de Draco y los trabajos de Fiore. Ella se sentía muy a gusto hablando con él, como nunca antes, ni siquiera con Azucena. Fue por eso que la tomó completamente por sorpresa cuando él cambio el tema de la conversación.

—¿Sabes? —dijo él—. Desde que llegué a la ciudad he escuchado toda clase de rumores, acerca de toda clase de temas. Los más interesantes, son respecto a ti.

—¿Ah sí? —Fiore no tenía idea qué otra cosa decir.

—Así es —asintió el de ojos negros—. Hay tantas personas en la escuela convencidas de cosas relacionadas contigo, algunas incompatibles por completo.

—¿Cómo qué? —no pudo evitar el tono casi defensivo que adoptó entonces.

—La convicción de que eres italiana, y al mismo tiempo que uno de tus padres es indígena y te ha enseñado náhuatl.

—Una cosa no excluye la otra. Es muy posible que yo sea italiana y mi madre indígena, y que ella me haya enseñado el idioma.

—Pero no es así, ¿o sí?

Fiore ni siquiera lo pensó:

—La gente tiende a asumir cosas, y nunca ha sido de mi interés aclarar mi vida personal. Mi familia, mi pasado, no son de su incumbencia.

—Eso es muy cierto —admitió él—. Tengo curiosidad de algo más, la niña indígena a la que estás cuidando.

—¿Rosa? —la voz de Fiore se volvió fría de súbito—. ¿Qué tiene que ver ella con nada de esto?

—No busco hacer daño —le aseguró Draco—. Ni a ti ni a la pequeña. Sólo tengo curiosidad de cómo es que terminaste como su tutora.

—Fui yo quien la encontró —respondió Fiore, aún a la defensiva—. Prometí que la cuidaría hasta poder reunirla con su familia.

Fiore sabía que estaba siendo un tanto vaga, pero era intencional, lo último que necesitaba era alguien señalando el hecho de que no había llevado a la niña al DIF, o a alguna casa hogar, o incluso un hospital. Azu y Cris entendieron su lógica, al menos lo suficiente para no discutir sus acciones, tal vez no podría decir lo mismo de alguien como Draco.

—Creo que es muy valiente —el joven la asombró con sus siguientes palabras—. Tomar la responsabilidad de una niña pequeña, cuidarla, guiarla… no debe ser fácil.

—A decir verdad, no ha sido tan difícil como creí que sería —admitió Fiore, su expresión suavizándose un poco—. Rosa se comporta muy bien, es una dulzura de criatura.

—¿Habías cuidado niños antes?

—Nunca, soy hija única, crecí sola. La única prima que tengo vivía en otra ciudad, no la he visto desde que tengo memoria.

—Ah… yo también soy hijo único. Mi madrina tenía hijos, los considero mis primos, pero nunca fuimos muy unidos. Lo cierto es que nunca he sentido ningún lazo importante con alguien en toda mi vida… no desde la muerte de mis padres. Sé que algunos han hecho el esfuerzo por conectar conmigo pero yo simplemente no puedo evitar sentirme así, como…

—Solo aún rodeado de un mar de gente —finalizó ella.

—Exacto.

Imágenes cruzaron la mente de Fiore. Ella, a los seis años, y de nuevo a los veintitrés, de pie, frente a tumbas, vestida de blanco, con un velo sobre sus cabellos, rodeada de gente, y completamente sola… excepto que no siempre fue así. La primera vez, cuando tenía seis, no estuvo sola, no al principio. Él estuvo con ella… hasta que se lo llevaran, fue entonces que esa soledad comenzó.

—¿Fiore?

La pelinegra parpadeó ante el sonido de su nombre. No pudo evitar ruborizarse al darse cuenta cuán perdida estuvo en sus pensamientos, apenada de lo que su amigo pudiera pensar al verla desconectada de la conversación. Abrió la boca para pedir disculpas, y fue entonces que notó cuán cerca estaban. No sabía si había sido ella, o él, pero en ese momento estaban tan cerca… podía sentir el calor de su cuerpo, casi podía sentir su respiración. Sin siquiera detenerse a pensarlo cerró un poco más la distancia, sus labios casi se rozaban… y entonces Draco dio un paso atrás.

Fiore se frenó de golpe. El distanciamiento de Draco la forzó a reaccionar, ella casi sentía como si alguien hubiera arrojado un balde de agua helada sobre su cabeza.

—Lo siento —se disculpó él, extendiendo una mano para tomar la de ella.

—No, yo… —fue Fiore quien dio un paso atrás entonces, evitando que él la tocara—. Fue mi culpa. No debí asumir.

—No fue tu culpa, Fiore —le aseguró él, aunque afortunadamente no intentó tocarla de nuevo—. No quise ofenderte, y yo no me ofendo. Es sólo que… no sería justo que me aprovechara de esa manera.

Fiore en verdad no entendía… ella era quien lo iba a besar, eso no era lo que ella consideraría aprovecharse, al menos no por parte de él.

—No es que no quiera besarte —le aseguró él—. Eres una mujer muy hermosa, y en verdad desearía hacerlo, pero no sería justo para ninguno de los dos.

—No entiendo —admitió ella tras un incómodo silencio.

—Le hice una promesa a alguien hace mucho tiempo… no la puedo romper.

—¿Una promesa? ¿Qué clase de promesa?

—En mi honor, supongo. Yo le soy fiel a mi palabra. No faltaré a mi promesa, no la traicionaré a ella, o te faltaré al respeto a ti, empezando algo que sé que no podré cumplir. No sería justo para ninguno.

—No… no lo sería…

Frío. Fiore de pronto sentía mucho frío, y ni siquiera sabía por qué. Sólo de una cosa estaba segura: tenía que alejarse de Draco, y rápido.

—Debo irme —anunció ella de improviso.

—¿Fiore? —Draco obviamente no esperaba eso.

—Me esperan y ya voy tarde —explicó ella, forzándose a mantener la compostura mientras comenzaba a caminar rumbo al límite del parque.

—Fiore, si te he ofendido…

—Para nada Draco. Quizás soy yo quien debería disculparse, nunca quise empujarte a romper una promesa… sé cuán importantes pueden ser.

Un objeto brillante cae, estrellándose en mil pedazos, con el ruido de cristal al romperse, y es como si alguien hubiera hundido el puño en su pecho y sacado su corazón entero, aún latiendo.

—Debo irme —musitó ella sin mirarlo, buscando alejarse a toda prisa.

Fiore ignoró la voz de Draco llamándola, tenía una mano sujetando con fuerza el colgante debajo de su blusa mientras caminaba lo más rápido que podía, luchando por ignorar las lágrimas que comenzaban a agolparse en sus ojos. Ni siquiera sabía por qué su evasión la podía haber afectado tanto. Otros hombres la rechazaron antes, no era algo común, pero tampoco una completa novedad, y no era como si ella se estuviera muriendo de amor por él, eso era por demás ilógico. ¡Si ella y Draco apenas se conocían! No existía razón para que ella reaccionara con tanta intensidad a su actitud, ninguna en absoluto… no…

Capítulo 13
Lirio del Valle

Para cuando se bajó del metro Fiore había conseguido convencerse a sí misma de que debía estar hormonal, enferma o algo así; esa era la única razón lógica para reaccionar de manera tan exagerada a que un hombre se rehusara a besarla. No era importante, podía olvidarse de todo el asunto. No estaba segura a quién intentaba convencer…

Estaba por salir de la estación cuando una voz llamó su atención:

—¡Mami Flor! —era Rosa.

Fiore no pudo evitarlo, el momento en que escuchó esa vocecita su rostro se iluminó, cualquier otra cosa que hubiera podido estar pensando antes desapareció.

Un segundo después, un crujido como de metal bajo mucha presión precedió el sonido de cristal al hacerse añicos al tiempo que una serie de luces parecieron estallar sin razón aparente… sin razón, excepto aquella que Fiore podía sentir… y no era la única. Las miradas de la pelinegra y Azu, quien estaba de pie junto a Rosa, sosteniendo la mano de la niña, se cruzaron, las dos estaban percibiendo lo mismo.

—¡Corran! —gritaron ambas al unísono.

La gente, que ya se había alterado bastante con el estallido de las luces, entró en pánico absoluto en ese momento, todos comenzaron a correr, intentando abandonar la estación lo más rápido posible. Azucena, entendiendo lo que venía, tomó a Rosa en brazos y se pegó a la columna más cercana, protegiendo a la niña entre el concreto y su cuerpo para asegurarse de que la turba no la lastimara. Fiore dejó que la gente la empujara hasta que se encontró lo más cerca posible de donde estuviera Rosa; eso hizo difícil salirse del grupo una vez que llegó a donde quería estar, pero no tardó en darse cuenta de que si tocaba a la gente y les pedía que la dejaran en paz, lo hacían; incluso en medio del pánico y la locura, había algo en ella, en su voz, que instaba a la gente a hacerle caso, al menos en ese aspecto. No tenía idea de dónde venía, pero eligió aprovechar sus circunstancias inusuales para llegar hasta Azu y Rosa.

Apenas acababa de alcanzar a Azu y Rosa cuando un pedazo de concreto del techo cayó a unos metros de ellas. Las chicas no pudieron evitar brincar.

—¿Dónde está Cris? —preguntó Fiore, notando la ausencia en ese momento.

—En el centro comercial —respondió Azu, señalando en la dirección indicada—. Pensamos que era perfecto, yo vendría por ti, y luego cenaríamos todos juntos, quizás podríamos ver una película… Rosita insistió en venir conmigo. Jamás pensamos que ocurriría un ataque.

No lo pensaron en el sentido estricto de la frase; pero si eran honestas, ambas anticipaban que sólo era cuestión de tiempo para que ese ataque tuviera lugar. De ninguna forma las sombras se iban a rendir, y los otros seis individuos con dones no tenían la habilidad de Fiore para liberarlas… Fiore sabía que la batalla no iba a ser fácil, pero lo que en verdad lamentaba era que Rosa estuviera ahí. Tanto se prometió proteger a la pequeña; y ahora ella era la causa de que estuviera en riesgo…

—Tenemos que hacer esto, y tenemos que ser rápidas —declaró Fiore, forzándose a enfocarse en lo que estaba sucediendo—. Con toda esa gente que salió corriendo no tardará en venir la policía… no podemos arriesgarnos a ser descubiertas.

Azucena sólo asintió una vez, le pasó a la niña, y se lanzó al combate.

Tomó casi diez minutos para que Cris llegara. Los diez minutos más largos en la vida de Fiore quien, con Rosa en brazos, no podía ayudar a Azu en la batalla; en lugar de eso, toda su concentración estaba en mantener a la niña y a sí misma a salvo.

Se distinguían por lo menos una docena de sombras, el lugar era pequeño, y con sólo dos personas capaces de pelear… no estaban preparados para algo así.

El sonido que hizo el cuerpo de Azucena al estrellarse contra una columna, cuarteando el concreto, fue espeluznante, igual que el chillido de Rosa al ver a su amiga caer inconsciente al suelo. La pequeña ni lo pensó, echó a correr hacia ella; Fiore, aterrada, gritó su nombre al tiempo que daba zancadas tras ella.

—¡Fiore: cuidado! —escuchó a Cris gritar detrás de ella.

Su reacción fue instintiva: apenas llegar donde su pequeña y la inconsciente Azucena, Fiore se dejó caer en una rodilla, giró sobre ésta y alzó ambos brazos al tiempo que invocaba un escudo para protegerlas a las tres. No duró mucho tiempo, pero fue suficiente para resguardarlas de ese asalto.

Cris se lanzó contra la sombra que las atacó, atrayendo su atención. Estaba haciendo hasta lo imposible, pero era obvio que él solo jamás podría contra tantos oponentes.

Fue entonces que Fiore lo notó, casi sin pensarlo, algo verde… Estaban demasiado cerca de las vías del metro; Fiore no tenía idea de cuándo llegaría el siguiente tren, pero eso no cambiaba el hecho de que estaban en un lugar peligroso. Y lo verde… lo verde venía de debajo del andén, plantas… enredaderas. De pronto Fiore tuvo una idea.

—¡Cris! —gritó ella mientras el plan tomaba forma en su mente—. Trata de guiar a tantas sombras como puedas hacia las vías.

—¿Qué esperas? ¿Que pase el metro y las aplaste o qué? —replicó Cris al tiempo que comenzaba a intentar lo que ella le indicaba.

Una risita casi histérica escapó de los labios de Fiore, pero ella eligió ignorar aquello; en lugar de eso se acostó en el suelo, pegada a la orilla del andén, sujetando las enredaderas con ambas manos, cerró los ojos y se concentró. Imágenes corrieron por su mente: tumbas vacías llenándose de flores, jardines secos floreciendo de nuevo, una rosa blanca en un vaso en su mesita de noche, fresca después de más de una semana…

El efecto no fue del todo evidente en un principio. No hasta el momento en que una de las sombras buscó aprovecharse del punto ciego de Cris para patearlo, y le resultó imposible, su pierna estaba sujeta por una trepadora que seguía creciendo.

Fiore usaba su energía para que la enredadera se estirase, así como guiarla a hacer exactamente lo que ella quería. No tenía idea de cómo estaba funcionando, pero lo hacía, y eso era lo importante.

Cuando Cris descubrió que el número de enemigos estaba reduciéndose y el por qué, eso pareció darle más energía, el darse cuenta de que no estaba todo perdido, aún había manera de ganar la batalla...

Al final lo lograron, no fue fácil, pero lo hicieron. El momento que la hiedra tocó a la última sombra, todas se transformaron abruptamente, de la forma en que estaban acostumbrados. Lo bueno era que, una vez que cambiaban su aspecto, ya no los atacaban, por lo que Fiore pudo soltar la enredadera y poner su esfuerzo en el hechizo de liberación. Cris mantuvo un ojo en la situación hasta que estuvo seguro de que Flor tenía todo bajo control, luego corrió hasta su compañera, quien comenzaba a despertar.

Fiore sonrió para sí misma cuando las últimas almas desaparecieron en un haz de luz, satisfecha de haberles dado la paz que tanto les hizo falta por más años de los que ella podía contar con seguridad. Se giró a tiempo para ver a Cris ayudando a Azucena a levantarse, pero antes de poder dar un paso siquiera, perdió la consciencia.

Azucena parpadeó varias veces, intentando recordar dónde estaba y por qué, especialmente una vez que se dio cuenta que se encontraba semi-recostada contra una columna. El ataque de vértigo que le dio cuando se enderezó de golpe casi la hizo vomitar. Ya en pie, se llevó la mano a la cabeza y sintió algo húmedo, se miró la mano después y la encontró ensangrentada, la sangre estaba en su cabello; lo extraño era que incluso cuando presionó las manos sobre su cabeza y rebuscó con sus dedos, no pudo encontrar herida alguna.

La preocupación aumentó cuando notó a Rosita a su lado, acurrucada con la cabeza en su regazo, aparentemente dormida. Antes de que la chica de ojos ambarinos pudiera decir palabra alguna Cris estaba arrodillado a su lado, manos extendidas; no parecía saber qué hacer.

—¡Elena…! —exclamó él.

—Estoy bien —le aseguró ella con voz calmada.

—Tienes sangre en el cabello, tu sien y tu espalda —señaló Cris, el miedo evidente en su mirada chocolate.

Azucena no pudo evitarlo, giró la cabeza sobre su hombro, buscando la sangre, sólo consiguió ver una ligera mancha rojiza en la parte de atrás de su brazo, aunque no se trataba de una lesión de importancia. Tampoco sentía dolor más allá de lo normal después de expender toda su energía en una batalla tan difícil.

—Pero estoy bien —insistió ella, sin entender del todo qué estaba sucediendo.

¿Acaso ahora estaba sanando todavía más rápido que antes? Había tenido tiempo para acostumbrarse a sus habilidades, y sabía que, más allá de sus ataques de energía, era más rápida, fuerte y ágil que la persona promedio de su edad, Cris también; el curarse súbitamente de sus heridas, al grado de que ni siquiera quedara rastro, era algo nuevo. ¿Tendría algo que ver con la presencia de Flor, o…?

Los pensamientos de Azucena se interrumpieron abruptamente cuando sintió las presencias que acababan de invadir el área. Ella y Cris alzaron la cabeza al mismo tiempo… pero ya era demasiado tarde.

Vieron a seis individuos alejándose a toda prisa, los mismos seis que vieron antes… y uno de ellos llevaba a la inconsciente Flor en brazos.

—¡¡No!! —gritó Azucena desesperada—. ¡Flor!

Ni siquiera podía ponerse en pie de un brinco, no con Rosa en su regazo. Y aunque lo hubiera podido hacer, los otros seis estaban frescos, no exhaustos como ella y Cris, nunca los hubieran alcanzado.

Cris estaba a punto de decir algo, horrorizado por el hecho de que esos seis hubieran podido acercarse tanto sin que él los notara, y no sólo eso, sino que además se llevaron a Fiore. A su amiga… y él no pudo hacer nada por evitarlo. El chico no se dio cuenta de que sus manos estaban tan apretadas que sus uñas se estaban enterrando en sus palmas hasta que Azu le sujetó una, abriéndola con cuidado.

A lo lejos, el sonido de varias sirenas rompió el silencio.

—Tenemos que salir de aquí —declaró la chica de ojos ambarinos con una voz grave.

—Flor… —comenzó Cris.

—La vamos a recuperar, pero no vamos a lograr eso si la policía nos encuentra aquí y nos arresta —señaló Azucena—. Tenemos que salir de aquí, asegurarnos de que Rosa esté a salvo. Flor nunca nos perdonará si le pasa algo a esta nena. Y una vez que estemos seguros de que ella está bien, tú y yo recuperaremos a Flor.

Cris sabía que tenía razón, no le agradaba no ir tras su amiga en ese momento, pero entendía que su prioridad debía ser Rosa, y salir de la estación antes de que la policía los encontrara. Así que tomó a la pequeña en brazos y se levantó.

Azucena se puso en pie lentamente para evitar otro ataque de vértigo; estaba exhausta por la batalla, pero no sentía dolor, pese a la sangre que ya había notado en su ropa. Al final eligió ignorar ese detalle y, tras recuperar el bolso de Fiore del lugar donde ella lo dejó caer durante la batalla, fue tras Cris.

Ambos tenían experiencia en evadir autoridades, y les resultó bastante fácil salir de la estación sin que la policía, o alguno de los mirones en el área, los notara. Evitaron el transporte público y las calles concurridas, lo que menos necesitaban era gente preguntando sobre la sangre chorreada en sus cuerpos y sus ropas, o la niña inconsciente. Tenían que llegar al departamento, asegurarse de que Rosa estaría bien, y después planear cómo iban a encontrar a Fiore y recuperarla. Simplemente no tenían otra opción.

Les tomó dos días dar con Flor. El resto del sábado Cris y Azu lo pasaron en su departamento; comiendo, durmiendo y asegurándose de que Rosa no se preocupara por la ausencia de "Mami Flor". El domingo consiguieron convencerla de quedarse con una de sus vecinas, Rita, quien tenía tres hijos. Ella aceptó creyendo que la madre de Rosa estaba en el hospital por el "horrible accidente" ocurrido en la estación del metro el día previo. Las autoridades no tenían idea de qué había sucedido en realidad; y aunque algunos insistían en llamarlo un golpe criminal por parte de alguna banda, la gran mayoría estaba segura de que lo que aconteció fue un accidente de algún tipo; después de todo, la estación era algo vieja. Otras personas también fueron a parar en los hospitales del área, nada grave afortunadamente, pero ayudaba a que los vecinos creyeran su historia y no hicieran demasiadas preguntas.

Tras pasar todo el día recorriendo varias colonias de la capital de arriba a abajo, la pareja seguía sin tener ni la menor idea de dónde podría encontrarse su amiga. Y ni siquiera podían rastrearla efectivamente, no cuando había rastros de la energía de Fiore en muchas partes de la ciudad, y ni siquiera era sólo en los lugares donde lucharon, sino en una variedad de parques, jardines, cafeterías. La chica de ojos ambarinos no tenía idea de cuál se suponía que era la conexión de todos esos sitios, aparte de que Fiore estuvo ahí en algún momento.

Al final del día no pudieron más que concluir que mientras que Fiore no usara sus poderes, no tenían forma de seguirle el rastro de manera efectiva. Cris dudaba incluso de eso puesto que no tenían idea de cómo la energía de los otros seis podría interferir con la habilidad de Azucena de rastrear a Flor; y aunque ya lo habían intentado, no podían seguir el rastro de ellos; no le dijo eso a su compañera, no quería aparecer negativo, y una parte de él seguía creyendo que, de una manera u otra, encontrarían a Fiore.

Ninguno de los dos contaba con que la clave fuera Rosa.

Comenzó la mañana de ese lunes, cuando la pequeña declaró que quería ver a su mamá. Azucena intentó por todos los medios de disuadirla, sin admitir que no tenían ni la más remota idea de dónde estaba su mamá. Incluso intentaron distraerla con una visita a un nuevo jardín de rosas que acababa de ser abierto al público, a unas cuadras del departamento. Ni ella ni Cris se lo esperaban cuando la chiquilla, en lugar de caminar en la dirección que ellos indicaban, se giró y comenzó a ir en dirección opuesta.

—*Pero nena, el jardín es por acá* —trató de convencerla Azucena.

—*Yo no quiero flores, yo quiero a* Mami Flor —insistió Rosa en un tono que casi podía llamarse imperioso, aunque absolutamente tierno para alguien de su edad—. *Y ella está por acá.*

Les tomó a los dos muchachos varios segundos para comprender las implicaciones. Cris fue el primero en reparar en ellas, corriendo hasta la niña y ofreciéndole su mano.

—*Muy bien* —anunció él con una sonrisa—. *Vamos entonces, ¿por qué no nos llevas tú?*

Rosa sonrió ampliamente, de seguro sintiéndose orgullosa de que sus amigos quisieran que ella los guiara.

Fue decisión de Cris irse en las motocicletas. Eran viejas, pero bastante buenas, él y su mejor amigo las restauraron juntos. Jerry nunca tuvo la oportunidad de manejarlas, un problema del corazón que ninguno de los dos supo que tenía lo mató días antes de que recibieran las piezas faltantes para terminarlas. Eso fue antes de que conociera a Azucena, la chica alterada por todo lo que ella vivió hasta ese momento. Conocerse les cambió la vida, y no sólo por la magia y la forma en que ésta los conectaba, sino también porque consiguieron sanarse el uno al otro. Azucena le había ayudado a Cris a terminar las motos, y él le insistió que ella tomara la que fue de Jerry; fue él mismo quien le enseñó a manejarla.

Cris, siendo el más experimentado, fue quien subió a Rosa con él, asegurándola contra sí de manera que la pequeñita no se fuera a caer. Y entonces se pusieron en marcha.

En una vieja casa restaurada en el Estado de México, la tensión era tal que casi podía cortarse con un cuchillo. Belladona y sus compañeros trataron todas las técnicas que conocían para hacer "entrar en razón" a Fiore, pero la joven se negaba a ceder. No había pronunciado palabra alguna desde que despertó en la cama de una gran habitación que parecía haber sido restaurada en un estilo colonial, aunque estaba decorada con piezas artísticas claramente prehispánicas, o al menos réplicas de éstas.

No era como que Fiore se estuviera torturando a sí misma, comía lo que le ofrecían, caminaba cuando se cansaba de estar sentada, ni siquiera intentó encerrarse en la recamara que le fue asignada, o huir; aunque hubiera podido hacerlo una vez que recuperó su energía. Sabía que sus amigos estarían preocupados, pero no podía irse así nomás, no hasta que hubieran aclarado la situación. Si sólo se marchaba nunca podrían hablar seriamente de las cosas. Además, Fiore no tenía duda de que la encontrarían.

Su único signo de rebelión era su silencio, sin importar cuántas veces cada uno de los habitantes de la casa fuera donde ella, intentase convencerla de que ellos tenían la razón, ella permanecía en silencio, sin afirmar o negar sus declaraciones. La última vez Belladona la increpó por su actitud, su insistencia en negarse a aceptar lo inevitable. La mujer realmente pensaba que Fiore estaba siendo infantil, que peleaba contra lo imposible… no tenían idea. Fiore todavía no empezaba a luchar.

Y entonces sonó el timbre.

La sorpresa fue absoluta, los siete habitantes de la casa se encontraban en la sala principal en ese momento, y todos parecían completamente admirados… todos, excepto Fiore, quien sólo los observaba.

—Nadie se mueva —indicó Belladona cuando pasaron unos segundos—. No esperamos visitas.

—Si no obtienen respuesta se irán —Eduardo estaba de acuerdo con la idea.

Pero el timbre siguió sonando. Por un minuto entero. Y entonces paró. Por un minuto más nadie pronunció palabra alguna, como si todos esperaran algo más.

Fiore fue la primera que lo percibió, la esencia que comenzaba a forzar la entrada. Pudo notar el momento exacto en que otros se percataron: Jacinta y Julián se enderezaron abruptamente, mientras que David se puso en pie de un salto, sin duda con toda la intención de investigar qué estaba ocurriendo. Fiore sabía que ese era el momento de actuar, y lo hizo.

Tomó un par de segundos para que los seis jóvenes se percataran de que no podían moverse, unos cuantos más en descubrir el por qué. Al mismo tiempo, la puerta del frente fue abierta a la fuerza, el choque de la perilla con la pared haciendo eco en toda la casa.

Hubo un murmullo, una voz femenina que parecía estar dando indicaciones, las cuales fueron prontamente ignoradas por el pequeño misil que entró disparado a la sala…

—¡Mami Flor! —gritó la pequeña, corriendo hacia ella.

—*Rosita, cariño* —Fiore se dejó caer de rodillas justo a tiempo para atrapar a la chiquilla en un abrazo—. *¿Cómo te la has pasado con Azu y Cris?*

—*Bien* —contestó Rosa de inmediato—. *Pero te extrañé.*

—*Yo también te extrañé, preciosa* —le aseguró Fiore, poniéndose en pie con la niña aún en sus brazos; cambió a español al agregar—: ¿Todo bien Azu, Cris?

Azu asintió, aparentemente sin palabras mientras observaba a los otros seis individuos en la sala.

—¿Qué pasó aquí? —preguntó Cris al cabo de un rato, viendo a todos de arriba abajo.

Y es que existía una razón muy buena por la que ninguno de los otros seis logró siquiera acercarse a cerrar la puerta, o al menos evitar que Azucena, Cris y Rosa entraran, estaban todos inmovilizados… por plantas.

Quince minutos después, todos estaban sentados en la sala. Azucena no podía evitar soltar una risilla de vez en cuando, y aunque Cris torcía los ojos cada vez que lo hacía, ni él ni Fiore pretendían evitar que lo hiciera. Era bastante gracioso en realidad. La forma en que Belladona y los demás le dieron tanta libertad, siempre y cuando se limitara al interior de la casa, nunca se imaginaron que ella pudiera usar eso para atacarlos. Que pudiera volver las plantas en su contra… lo cual era absolutamente ridículo, ¿no habían sido ellos los que la llamaran hechicera? ¡¿La Hechicera de las Flores?!

—Es bueno ver que de ser necesario puedes defenderte —declaró Cris con satisfacción.

Todos estaban en calma, Fiore les dejó muy claro cuán rápido podía contenerlos a todos si se les ocurría comenzar otra pelea. Aunque era difícil saber con seguridad si esa advertencia era lo que los mantenía tranquilos, o el hecho de que Belladona y los suyos seguían perplejos, tratando de adivinar quién era la pequeña acurrucada junto a Fiore.

—Hubiera podido salir de aquí de ser absolutamente necesario —admitió la muchacha de cabellos negros, encogiéndose un poco de hombros—. Pero es importante que hablemos, todos, y este lugar es tan bueno como cualquier otro para hacerlo.

—¿Hablar? —Azu arqueó una ceja ante el tono serio que su amiga adoptó—. ¿De qué?

—De lo que estamos haciendo, y de lo que haremos a futuro para evitar que algo como lo que ocurrió hace dos días suceda otra vez —explicó Fiore con calma.

El efecto fue inmediato, todos empezaron a hablar a la vez, cada uno defendiendo sus acciones, después condenando las de otros. En poco tiempo Cris y Azu también estaban involucrados en la discusión. Fiore los dejó seguir por un par de minutos, hasta que la manita de Rosa comenzó a apretar su costado, la joven podía casi sentir las emociones de la pequeña en ese momento, la discusión la estaba poniendo nerviosa, quizás incluso temerosa. Fue entonces cuando la de cabellos azabaches decidió que ya había sido suficiente.

—Silencio.

No hicieron falta gritos ni ademanes duros, la sola palabra, dicha en un tono firme y lleno de autoridad, fue más que suficiente. Se hizo el silencio.

—Voy a hacer unas preguntas, quiero que las contesten con sí o no, y solamente eso, ¿me explico? —anunció Fiore en el mismo tono severo pero calmado.

—Sí —la respuesta fue unánime.

Estrictamente hablando, las preguntas iban para todos, pero Fiore se enfocó en Belladona, sabiendo que ella era la líder del grupo.

—¿Ustedes dicen ser sacerdotisas y guardianes?

—Sí.

—Dicen ser seguidores y protectores de la hechicera Xochiquetzal, la presunta diosa de las flores.

—Sí.

—También dicen que yo soy la reencarnación de esta hechicera.

—Sí.

—Eso significa que ustedes me deben lealtad y respeto. Son mis súbditos.

—Así es, Mi Señora.

Fiore decidió no señalar que ya habían ido en contra de sus indicaciones. No importaba, porque lo siguiente era algo a lo que no podían replicar con un sí o un no.

—Si es así, ¿qué les hace pensar que tienen el derecho de secuestrarme? ¿Separarme de mis amigos a la fuerza, estando yo inconsciente y ellos heridos y exhaustos tras una ardua batalla? Sin contar con que fue al menos en parte culpa de ustedes que la pelea se complicara tanto.

—¡¿Y por qué iba a ser nuestra culpa?! —demandó David, molesto por la acusación.

—Porque sólo a ustedes se les ocurre ir tras las sombras sabiendo que no pueden liberarlas —espetó Azucena—. Debieron dejarnos el asunto a Flor y a nosotros.

—¿Por qué nos va a interesar liberar a esos monstruos? —inquirió Magnolia—. Deben ser destruidos.

—Porque no son monstruos, son inocentes atrapados —señaló Cris, torciendo los ojos.

—No puedes matar a un muerto, y no puedes destruir un alma —puntualizó Fiore—. Pero poniendo discusiones teológicas a un lado, eso no responde mi pregunta: por qué se creyeron con la autoridad de sacarme de ahí sin mi permiso, o siquiera mi conocimiento.

—Nuestro deber es protegerla —trató de explicar Eduardo.

—¿Y mis amigos? —lo cortó Fiore—. ¿Los que sí estuvieron conmigo? ¿Los que entienden y respetan lo que hago? ¿Ellos no se merecían ayuda? ¿No fueron ustedes quienes dijeron que todos ustedes son iguales?

—Los quieres más a ellos que a nosotros… —masculló Julián entre dientes.

Fiore casi rio ante eso, en verdad sonaba como un niño. Azu apenas pudo ahogar su propia carcajada, a Fiore no le hubiera sorprendido ver a Cris tapándole la boca con la mano para lograrlo, o algo similar.

—Ellos están conmigo —señaló Fiore—. Me apoyan, me respetan. ¿Qué han hecho ustedes, excepto intentar forzarme a ser alguien más, a ser un símbolo? Tienen que tomar una decisión. Olvídense de leyendas antiguas, de reencarnaciones y deberes sagrados. Elijan por ustedes mismos. Si quieren estar de mi lado, eso significa estar a mi lado, no acosarme y presionarme, sino apoyarme, respetarme, ser mis iguales. Si no aquí es donde nuestros caminos se separan. Necesito saber con quién puedo contar, porque no podemos repetir algo como lo que pasó hace dos días, la próxima vez le podría costar la vida a alguien.

—¿Por qué a veces hablas como si supieras exactamente quién, y qué eres, y otras veces como si no creyeras ni una palabra de lo que te hemos dicho? —preguntó Jacinta, curiosa.

—No lo sé —admitió Fiore con una leve exhalación. *Quizás es que a veces no tengo idea de quién soy en verdad…* pensó y luego negó con la cabeza, optando por no revelar esa parte—. No tienen que decidir ahora, pueden tomarse un tiempo para pensarlo, discutirlo entre ustedes.

—Nosotros nos vamos —agregó Azu seriamente.

Fiore asintió. Había dicho todo lo que era necesario decir, lo siguiente estaba en manos de Belladona y los suyos.

Estaban casi en la puerta cuando Eduardo los llamó:

—¿Quién es la pequeña? —inquirió él, curioso.

Fiore en verdad no tenía ganas de explicar toda la historia de Rosa y cómo terminó con ella a su cuidado; así que dio la respuesta más corta:

—Es mi hija —dijo sencillamente.

Jamás hubiera podido imaginar la revolución que esas palabras causarían.

Capítulo 14
Violeta

Las cosas salieron bastante bien las siguientes semanas, Fiore y Rosa seguían viviendo en el *penthouse* de Jess por el momento, aunque Fiore sabía que tendrían que mudarse más temprano que tarde. El problema era que no tenía idea de a dónde se irían. Existían pocos lugares disponibles en el área, y aún esos pocos eran demasiado caros para que pudiera pagarlos. Tuvo tanta suerte cuando Jess le ofreció vivir juntas, de alguna forma la chica de cabellos negros no se dio cuenta de eso antes.

Libraron un par de batallas contra las sombras, las cuales no fueron para nada difíciles, en algún punto Fiore se acostumbró a todo el asunto. Además, si bien volvieron a ver a Belladona y su grupo, aún no tenían respuesta al ultimátum que les dio Fiore.

Otra cosa que seguía sucediendo eran los sonidos de animales que aterraban a Rosa, Fiore no tenía ni la más remota idea de cómo ayudarla, y la situación la estresaba más que las mismas sombras. Esas ella sabía cómo combatir, pero lo de los animales… no tenía idea.

Era principios de enero y Fiore se hizo del hábito de llevar a Rosa al parque o jardín más cercano de cualquier colonia donde hubieran ido a ver departamentos. A la chiquilla le encantaba esa parte de sus pequeñas salidas, no importaba que la mayoría de los parques tuvieran poco más que pasto seco y flores a medio marchitar aquí y allá. No importaba porque, como pronto descubrieron, Rosa tenía el mismo don que Fiore para restaurar plantas, haciéndolas florecer de nuevo. En cierta forma su don era aún mayor que el de la joven, puesto que la mayor necesitaba que hubiera algún brote o retoño para hacer que las plantas crecieran otra vez, como si les estuviera dando un empujón nada más; Rosa, por su parte, podía deshacer completamente cualquier daño que las plantas hubieran recibido, mientras existiera la más mínima señal de vida ella podía devolverlas a la perfección, y disfrutaba mucho haciéndolo.

Una parte de Fiore se preguntaba qué pensarían los otros de lo que hacían. No sólo aquellos como Cris y Azucena, quienes sabían lo que hacían Fiore y Rosa en su tiempo libre y lo veían tan sólo como un juego para entretener a la pequeña. La joven se preguntaba qué pensarían aquellos sin habilidad, sin magia, al ver todos aquellos parques y jardines secos en sus respectivas comunidades de pronto completamente florecidos. Era mitad del invierno y con todo... Y ni siquiera era sólo la estación, sino que en su mayoría esos jardines no estuvieron verdes por mucho tiempo, y de pronto los vecinos despertaban un día y los encontraban preciosos, con todos los colores adornando lo que antes fue un terral sin vida. A Fiore le gustaba imaginarse que a la gente le agradaba, que disfrutaban de la belleza que ella y Rosa compartían con ellos; aunque una parte de ella se preguntaba si quizás fuera excesivo, si a algunos pudiera parecerles demasiado extraño. No todos aceptaban transformaciones súbitas en sus vidas, ni siquiera cuando esos cambios pudieran ser buenos.

Probablemente fue todo más fácil en tiempos antiguos, se dijo a sí misma, *cuando las personas creían en poderes especiales, y en aquellos que los poseían, creían en dioses...* Xochiquetzal, la princesa de la cual Belladona y su grupo estaban convencidos ella era reencarnación, fue considerada una diosa por derecho propio en tiempos antiguos, así como sacerdotisa y hechicera; también estuvo comprometida en secreto ni más ni menos que con Ce Acatl Topiltzin Quetzalcóatl, quien fue guerrero, sacerdote, rey, dios... dependiendo de la fuente que uno escogiera leer. A veces le parecía absurdo, más que eso tal vez, una locura... pero incluso siendo consciente de ello, un rincón de su mente de vez en cuando le decía que no estaba loca, ella tenía el poder, después de todo, igual que las demás. ¿Y si había un rey al que ella se suponía debía ayudar? ¿Y si su propia alma gemela estaba por ahí, esperando, quizás hasta buscándola? Fiore no estaba segura cuál de esos prospectos la aterraba más.

No eran las siete aún, pero entre el *smog* y las nubes que permanecían tras la lluvia tempranera no se podía ver el sol. Fiore decidió dar por terminada su pequeña excursión puesto que se encontraban en una colonia con pocas lámparas de calle y en ella de pronto se posó un mal presentimiento…

Fiore y Rosa acababan de dejar el pequeño parque cuando los sonidos comenzaron, la mezcla de ladrido y maullido que sonaba peor que nunca. Rosa chilló de miedo, y mientras una parte de Fiore quería detenerse, arrodillarse y explicarle a su pequeña protegida que no tenía nada que temer, que todo estaría bien… sus instintos le dijeron que sería un error, porque las cosas no estarían bien. No tenía idea de dónde venía ese pensamiento, pero estaba segura de ello, como lo estuvo la primera vez que pronunció las palabras que liberaron a las almas torturadas detrás de las sombras. Así que, con eso en mente, alzó a Rosa en brazos y echó a correr.

Corrió casi tres cuadras antes de aceptar que correr no sería suficiente. Lo que fuera que estuviera tras ella, y ella sabía que en verdad había algo, podía sentirlo, la oscuridad acercándose, menos acechante que las sombras, pero no menos peligrosa; no podría ganarles la carrera. Estaba a punto de comenzar a golpear en la puerta más cercana, con la esperanza de que alguien se apiadara de ella y su niña antes de que lo que sea que las estaba siguiendo les diera alcance, cuando escuchó un zumbido, el cerrojo de una puerta eléctrica al liberarse.

Al principio todo lo que pudo ver fue el frente de un gran edificio de oficinas, ya cerrado por el día, y un par de edificios de lo que parecían apartamentos, con el tipo de puertas que requerían llaves especiales. Y entonces lo notó, justo al final de uno de esos edificios se veía una segunda puerta, y ésta estaba apenas abierta. El sonido de gruñidos acercándose empujó a Fiore a tomar una súbita decisión, apretó a Rosa más contra su pecho al tiempo que abrió la puerta y entró, asegurándose de cerrarla tras ella.

Escaleras, eso fue lo primero que Fiore vio, al menos dos pisos de escaleras. Aun así, ella no pasó el primer escalón por un rato. Escuchó algo estamparse contra la puerta de hierro, al mismo tiempo que Rosa gemía quedamente contra su cuello. Y luego vino el sonido de algo, ¿uñas? ¿garras? arañando esa misma puerta sin efecto alguno. Siguió por un buen rato, hasta que Fiore estuvo segura de que había más de un animal allí afuera.

...y luego vino la música...

Sonaba como una flauta, aunque no como las flautas normales que a veces escuchaba tocar a los estudiantes de secundaria, o las que tocaban en orquestas, como la que dio un concierto en el auditorio de la universidad una vez; pero una flauta, al fin y al cabo. Fiore se sintió tan hipnotizada por la melodía que le tomó casi medio minuto darse cuenta de que ya no escuchaba arañazos ni gruñidos. Los animales se habían ido. Estaba comenzando a contemplar consigo misma si debía intentar salir o arriesgar subir, cuando hubo un pequeño zumbido, seguido de la voz de una mujer desde el pequeño interfono que la chica de cabellos negros no notó hasta ese momento:

"Puedes subir... si quieres".

Fiore nunca supo decir con seguridad qué la hizo hacerlo, pero subió.

No esperaba lo que encontró ahí arriba. El lugar se veía tan vacío, ni una silla a la vista y apenas un par de mesas, una que tenía una computadora portátil y un florero de cristal cortado con alrededor de media docena de flores blancas y rosas adentro. Había otras dos puertas, una estaba abierta y daba a una pequeña cocina con todas las superficies más bajas de lo estándar; la segunda puerta estaba cerrada, aunque Fiore asumió que daba a una recámara o quizás un baño. Lo que resultaba más evidente era la falta de alguna persona ahí.

Fue la música la que atrajo su atención a la tercera puerta. Una que no estaba hecha de madera sino de vidrio, deslizable, completamente abierta, que iba a dar a un balcón rodeado de flores en varias macetas. En el centro del balcón se encontraba sentada una mujer en sus cuarentas o cincuentas, su cabello era de un café muy oscuro y llegaba hasta sus hombros, llevaba puesta una falda amplia de manta cruda con lo que parecían flores rosadas pintadas aquí y allá, su blusa era de manta cruda también, excepto por el hilo rosa delineando las mangas, el cuello y la orilla inferior.

Estaba tocando lo que parecía una pequeña flauta hecha de alguna clase de madera vieja. Se trataba de una tonada inquietante, casi mágica.

La tonada ciertamente parecía haber calmado a Rosa, lo suficiente como para que la niña permitiese que Fiore la bajara en lugar de seguirla sujetando, como había estado haciendo desde que los gruñidos comenzaran. Fiore tomó ventaja de eso para satisfacer su curiosidad, acercándose a la orilla del balcón, apenas lo suficiente para mirar abajo. Estaban exactamente sobre la puerta por donde entró, y justo delante de ésta estaban cuatro animales moviéndose en círculos cerrados; ya no arañaban la puerta, pero tampoco se marchaban. La joven de cabellos negros notó una cosa más también:

—Esos no son perros… o gatos… —murmuró en voz alta.

No obtuvo respuesta, pero hubo un ligero cambio en la tonada, al cual los animales parecieron reaccionar; se agazaparon, como esperando un ataque que no venía. Entonces la música llegó a su final, un momento antes de que un puñado de una planta verde con rojo, así como unas florecillas blancas, cayera desde el lado de Fiore y sobre los animales esperando abajo. Hubo un poco más del sonido anterior, esa mezcla de gruñido y maullido, y después se marcharon.

Fiore los siguió con la mirada por varias cuadras, hasta que desaparecieron en las sombras de un gran edificio de oficinas. Después se volteó, encontrándose con la mano blanca de la persona que dejó caer las plantas, no era el blanco de los extranjeros, como veía muchas veces en la universidad, sino más bien como un bronceado pálido… como el de alguien cuya piel se supone que sea oscura, pero ha pasado tanto tiempo fuera del sol que el color se ha aclarado un tanto. Después siguió esa mano, el brazo y hasta su dueña. La otra mano de la mujer estaba en su regazo, todavía sostenía la flauta que estuvo tocando y miraba a Fiore con una extraña mezcla de contento, curiosidad y algo muy cercano a la tristeza.

—¿Qué está sucediendo? —las preguntas comenzaron a salir de la boca de Fiore instantáneamente—. ¿Qué eran esas cosas? ¿qué fue lo que les arrojaste? ¿Por qué estaban tras nosotras de todos modos? ¿Por qué nos ayudaste? ¿Y… quién eres?

—Tranquila… —la mujer murmuró en una voz suave, reconfortante—. Responderé tus preguntas en orden. Estaban siendo cazadas; esos animales no eran perros, aunque supongo que podrías llamarlos felinos, en cierta forma… son jaguares; les arrojé gaultería y flores de limón, para cubrir sus aromas y que así se marcharan; les ayudé porque necesitaban mi ayuda y estaba en posición de dárselas; y mi nombre es Camelia.

—¡¿Jaguares?! —la voz de Fiore atravesó una octava o dos al exclamar aquella palabra; de lo dicho por la mujer, eso era lo que le causó más impacto—. Escaparon del zoológico o…

—No, que estuvieran tras ustedes no fue un accidente, las estaban cazando —señaló Camelia con calma.

Fiore entendía el ser cazada. Excepto que una cosa era ser cazada por sombras que resultaban ser almas torturadas que necesitaban que ella las liberara… y otra diferente por animales… no tenía idea de cómo se suponía que debía manejar la amenaza de ser cazada por animales salvajes, panteras… y luego su mente cayó en la cuenta de algo más que su salvadora dijo:

—Camelia… —No podía ser coincidencia, no con su vida siendo lo que era, no existían coincidencias para ella.

—Me preguntaba si lo notarías —la mujer mayor puntualizó con una pequeña sonrisa.

—No vas a empezar a llamarme Mi Señora ni nada de eso, ¿verdad? —preguntó Fiore, un dejo de histeria en su voz—. Porque mi tarde ya es bastante bizarra.

—No, no te voy a llamar así —le aseguró Camelia con una ligera risa—. Prefiero llamarte sobrina.

Eso debería haber sido mejor… pero no lo era.

—¿Sobrina…? —Fiore no tenía idea de qué otra cosa decir.

—Tercera o quizás cuarta, pero sí, somos familia hasta cierto grado —Camelia asintió—. Y realmente nuestra familia siempre fue muy unida, todos los primos viéndose unos a otros como hermanos…

—Si es así, ¿por qué estoy sola? ¿Por qué crecí con nadie excepto mi abuela desde la muerte de mis padres?

—Esa… es una historia muy larga. Una que no sé si estás lista para escuchar.

—No lo sabría, aunque algo me dice que lista o no, esto es algo que necesito saber.

—Quizás así es —Camelia asintió, más para sí misma—. Vamos adentro, ¿sí?

Fue hasta ese preciso momento, cuando la morena se giró para hacer exactamente eso, que Fiore se dio cuenta que no estaba sentada en algún tipo de banca, como asumió desde donde estaba parada; no, estaba en una silla de ruedas.

Pronto Fiore se encontró a sí misma en uno de los pocos lugares para sentarse en la habitación principal donde ingresaron las tres: una mecedora de madera. Rosa se acomodó en su regazo y no tardó en dormirse mientras la joven de ojos chocolate pasaba sus dedos por entre los cabellos de la pequeñita de forma rítmica y reconfortante. Camelia desapareció en el interior de la cocina por un breve intervalo, eventualmente regresando con una bandeja sobre sus piernas, en la que llevaba un par de tazas de lo que la joven reconoció como té de manzanilla, así como un poco de leche, limón y miel.

—Sé que la mayoría de la gente del pueblo prefiere beber su té natural, pero yo siempre he preferido el mío con una probada de leche, y no tengo idea de tus preferencias —Camelia murmuró mientras colocaba la bandeja sobre la mesita de café vacía, señalando hacia los contenidos.

—Lo prefiero con un poco de miel, por favor. —Fiore inclinó la cabeza un tanto.

Con Rosa en su regazo no podía moverse lo suficiente para preparar su propio té, ni siquiera para tomar la taza, pero Camelia pareció notar eso, haciéndose cargo de las preparaciones y ofreciendo la taza con una servilleta de tela para no arriesgar que alguna de ellas se quemara.

—Gracias —susurró Fiore suavemente mientras probaba el té.

No era tan bueno como el que su abuela acostumbraba preparar, pero lo suficiente, sobre todo en ese momento. Ciertamente mucho mejor que los tés comerciales que encontró en las tiendas cuando recién decidió volver a tomar té, pero descubrió que necesitaría comprar las flores y secarlas ella misma si quería que saliera bien.

—Así que… familia… —la pelinegra exhaló las palabras a la larga, no estaba segura qué más decir.

—Nuestro linaje, jovencita, es uno muy antiguo —Camelia explicó pensativamente—. Se remonta hasta la época de los toltecas, una cultura que precedió a los aztecas, la cultura prehispánica mejor conocida en nuestro país. Su ciudad principal una vez estuvo donde es ahora Tula, Hidalgo. Aunque su territorio se extendía alrededor. La mayoría eran gente normal, sin dones especiales, sin magia… pero existían unos cuantos que eran diferentes. Mujeres en su mayoría, eran la Señora Xochiquetzal, suma sacerdotisa del Templo de las Flores, y sus protegidas. Cuatro chicas, criadas por la propia Xochiquetzal como sacerdotisas, ellas podían influenciar la efectividad de las plantas en la curación, y otros usos menos comunes. El Señor Quetzalcoatl, rey de los toltecas, se dice tenía su propio poder; también asignó a cuatro de sus mejores guerreros a servir a Xochiquetzal, protegiendo su templo, y especialmente a sus chicas. Se dice que fue ella, con la intervención de los poderes supremos, quien les concedió la habilidad de influenciar los elementos.

Si bien todo el asunto era bastante interesante, Belladona y las demás le dijeron que se suponía que ella era Xochiquetzal, sacerdotisa, casi-diosa, y lo-que-sea, pero nadie le explicó quién se suponía que era Xochiquetzal, o había sido, exactamente. Aun así, ella no tenía idea qué tenía que ver todo eso con su familia, y Camelia parecía poder leer eso en su expresión.

—Se dice que cuando el Templo de las Flores y todos en él se perdieron, hubo una sobreviviente, una pequeña niña —continuó Camelia—. A veces las niñas huérfanas se quedaban en el templo por un tiempo, cuando nadie más las reclamaba. La mayoría servían como sirvientas a cambio de comida, un lugar donde vivir, ropa y una educación, a la larga dejando el templo para tener sus propias vidas. Había sólo una niña en el templo cuando ocurrió la caída, y a ella la enviaron fuera antes de que la batalla en verdad comenzara. Fue acogida por una pareja cualquiera, sin hijos propios, y la hicieron pasar como suya. Ella creció y tuvo hijos propios, todas hijas, todas con dones. Se creía que la propia Xochiquetzal la bendijo, dejándole la tarea de portar el poder, de manera que siempre hubiese una sacerdotisa de las flores y, algunos creen, para que algún día ella misma pudiera volver...

—¿Y ese se supone que es nuestro linaje? —Fiore no terminaba de creerlo.

—¿Nunca te has preguntado por qué podemos hacer las cosas que hacemos? —inquirió Camelia—. Yo puedo hipnotizar animales a través de mi música; Cattleya puede predecir lo que viene, no precisamente con visiones, simplemente lo sabe; Caléndula podía sanar moretones, cortadas y otras heridas leves.

—Cal... ¿mi madre? —Fiore no sabía qué pensar ante esa revelación.

—El pequeño pueblo sin nombre donde tú y yo crecimos... se encuentra donde el Templo de las Flores una vez se alzó. Algunos de nosotros creemos que es por eso que no está en ningún mapa, por lo que sólo los que hemos vivido ahí podemos encontrar el lugar siquiera...

—Porque la magia de Xochiquetzal aún protege el lugar...

—Exactamente. La pequeña niña... nadie recuerda su nombre ya... sus descendientes y las familias de ellas fundaron el pueblo tras la caída de los toltecas. Querían un lugar donde sus niñas con dones pudieran estar a salvo. Y suficiente tiempo había pasado desde la caída que pensaron que estarían bastante seguras ahí, estaban en lo correcto. Por más de mil años nuestro linaje se encontró a salvo ahí. Nunca hubo muchas de nosotras, pero eso no importaba, cada generación nos veíamos las unas a las otras como hermanas, sin importar cuán lejanas fuéramos. Éramos parte de líneas matriarcales, tan diferentes de la forma en que el mundo a nuestro alrededor había evolucionado... La mayoría nunca dejaban el pueblo, y éramos lo suficientemente felices así.

Especialmente con las guerras, de Independencia, y la Revolución... era peligroso andar fuera durante esos tiempos. — Negó con la cabeza y dejó salir un suspiro—. De todos modos, había cinco de nosotras en nuestra generación: Cattleya, Caléndula, Ivy, Verbena y yo. Sólo Cattleya y Caléndula eran hermanas de nacimiento. Pero nosotras igual nos veíamos todas como hermanas, como familia...

—Si es así, ¿por qué crecí con nadie más que mi abuela?

—Yo... yo no sé cómo explicarlo con precisión, excepto decir que algo sucedió hace años. Comenzó hace casi dos décadas. Cada cierto número de años una o dos personas dejarían el pueblo para viajar por el país, descubrir más sobre él, y sobre el mundo en sí, para después llevar las noticias de vuelta a los demás en casa. Para que pudiéramos mantenernos al tanto de los cambios fuera de nuestro pequeño santuario. Verbena insistió en ser la que se iba ese año... nunca regresó. Varios más salieron a buscarla, sólo uno regresó, con historias sobre bestias y monstruos, cacerías... Fue entonces que las ancianas de nuestro pueblo decidieron cerrarlo, que estábamos más seguros dentro. Funcionó por un tiempo y luego... luego tuvimos visitantes. Vera... ella técnicamente era parte de nuestro linaje, aunque nunca había vivido en nuestro pueblo. Nació del otro lado del mar, y tomó un esposo europeo, tuvo un hijo con él: un varón, el primero en nacer de nuestro linaje. Ella no era del pueblo pero se consideraba una de nosotros; ese día venía a visitarnos, a presentarnos a su familia, ella quería ser parte de la familia... pero nunca llegó al pueblo. Yo fui la que recogió al niño de su hotel en la capital, fue una fortuna que no estuviera con ellos en el auto cuando aquel horrible accidente sucedió, el mismo que tomó la vida de Caléndula y su esposo...

El *shock* fue tan grande que Fiore no podía hablar, apenas podía respirar mientras las imágenes pasaban por su mente rápidamente. La vieja mujer que le informó a su nana sobre la pérdida de sus padres, el funeral, y el niño... el niño que estuvo a su lado mientras los cuerpos eran colocados en sus tumbas, mientras eran cubiertos de tierra, y cuando ella los lloró... el niño a quien después se llevaron, dejándola sola...

—No terminó ahí —siguió Camelia, ya fuera sin darse cuenta de la sorpresa de Fiore, o eligiendo no prestarle atención—. En los siguientes años, cada vez que cualquiera de nosotros dejaba el pueblo por cualquier razón, éramos cazados. Llegó al punto en el que no dejábamos los límites del pueblo a menos que fuera absolutamente necesario, aunque a veces no podía evitarse. A veces eran necesarias cosas que la villa simplemente no tenía... perdimos a Ivy, Cattleya perdió a su esposo, y después decidió marcharse con su hija pequeña. Creo que encontró un buen hombre, se casó y tomó su nombre, esperando que eso le permitiera a ella y a su niña evadir a nuestro cazador. Y por mi parte... tuve la suerte de sobrevivir, aunque, no lo hice del todo entera. —Obviamente se refería a sus piernas paralizadas—. Para cuando tenías siete años Cattleya y yo éramos las únicas de nuestra generación que aún quedaban, y yo la única en el pueblo; aunque yo también me marché eventualmente. Esperando poder echar raíces en algún otro lugar, donde pudiera ser de más ayuda cuando llegara el momento de pelear. Y de la generación anterior sólo quedaba mi madre: Gardenia.

—¿Qué hay de mi nana? ¿Azalea?

—Ella no era parte del linaje, no realmente. Se cambió el nombre, eligió una flor para ella misma, cuando Caléndula se casó con su hijo, pero no era en realidad de nuestra sangre. Descendiente de creyentes, más bien.

La propia Fiore le señaló a su nana que ella no era en realidad una flor; aunque en ese entonces la muchacha no entendió lo que eso significaba. El verdadero peso de esa afirmación, esa verdad. Aún había tanto que no comprendía, como por qué alguien, quien sea, se dedicó a cazar a su familia por los últimos veinte años, por qué entonces y no antes, por qué hacerlo a fin de cuentas. ¿Eran los mismos que la estaban cazando en ese momento? Las sombras... los felinos salvajes... aparecieron por mera coincidencia, ¿o existía alguien detrás de todo aquello? No tenía ni idea de cuál pudiera ser la respuesta a esas preguntas, ni tampoco cómo hacerlas. Camelia estaba exhausta, Fiore podía darse cuenta de eso; quizás algún otro día se atrevería a preguntar. Pero no esa noche, no cuando recién se conocían. Suficiente información había sido compartida por el momento…

Capítulo 15
Alhelí

    Fiore y Rosa pasaron un tiempo considerable visitando a Camelia en las siguientes semanas. A Fiore le gustaba aprender sobre su familia, en especial acerca de su mamá, todas las cosas que no llegó a conocer y nunca se atrevió a preguntarle a su nana. Para su sorpresa, Camelia nunca preguntó sobre Rosa; Fiore le platicó que estaba cuidando a la niña por el momento, y la mujer solamente asintió, sin cuestionar a Fiore o sus elecciones.

    Fue también Camelia quien ayudó a Fiore a encontrar una solución para su situación sobre el departamento. Le contó acerca de un edificio, no muy lejos de la universidad, donde padres solteros, o viudos, vivían con sus hijos; eran un grupo muy unido e incluso tenían desarrollado un sistema entre ellos que les permitía cuidar a los niños y al mismo tiempo mantener sus trabajos o sus clases en la escuela. Camelia conocía a varias familias de ahí, ya fuera de su tiempo en la universidad, o sus años como flautista en la orquesta. Cuando preguntaron, se enteraron de que un apartamento de dos recámaras en el tercer piso acababa de quedar libre, ya que el padre soltero y sus dos hijos se mudaron a Monterrey por su trabajo.

    Tomó muy poco tiempo para que las otras familias le dieran la bienvenida a Fiore y Rosa a su grupo. Una de ellas sabía náhuatl, pero sólo lo básico, aunque los demás estaban dispuestos a aprender lo suficiente como para poder comunicarse con la pequeñita. Cuando se mudaron, Fiore le dejó una carta a Jess, agradeciéndole por todo, y colocó encima su juego de llaves. No era como que nunca fuera a ver a la pelirroja de nuevo; las probabilidades eran que se encontrarían, y más de una vez, pero cursaban su último semestre, y luego estaba Rosa, y la situación con las sombras, y los gatos salvajes, y quienquiera que estuviera detrás de ellos... era una locura. Fiore podía ver que las cosas estaban cambiando tanto y tan rápido, y que era bastante probable que esto sucedería con mayor frecuencia en el futuro; así que, bajo esas circunstancias, no podía en verdad hacer un pronóstico correcto acerca de las amistades que se veía obligada a dejar atrás.

Camelia le contó todo lo que sabía, aunque eso podía resumirse en su mayor parte a los contenidos de algunos viejos mitos y un nombre: Tezcatlipoca. Lo cierto es que nadie sabía con exactitud qué sucedió en la primera mitad del décimo siglo, cuando primero el Rey Quetzalcoatl y después la Señora Xochiquetzal desaparecieran, justo antes de que el Templo de las Flores fuera arrasado hasta sus cimientos, con todos los que lo habitaban. Las leyendas contaban tantas versiones diferentes de la historia... ¡y la mayoría no hacía mención alguna de Xochiquetzal, su templo o sus seguidoras!

Así que, en el mejor de los casos: un loco psicópata tenía algo en contra de su linaje, personas con dones en general, o quizás simplemente creía demasiado en ciertos mitos y quería matarla a ella y era bastante probable que a toda su familia también. En el peor de los casos: existía un verdadero hombre-dios en alguna parte del país, posiblemente de la ciudad, quien la quería muerta, había estado cazando a su familia en general y a ella en particular... ¡por al menos veinte años!

Lo único de lo que Camelia parecía no saber nada era acerca de las sacerdotisas, Belladona y las otras, y quizás Azucena también. Estaba de acuerdo con la posibilidad de la reencarnación, aunque ninguna de ellas mencionó de quién se suponía que lo era; pero no tenía idea de dónde venían ellas, en ninguna de las vidas. Gardenia, la madre de Camelia confirmó por teléfono que no existía registro de niñas nacidas en el pueblo con ninguno de esos nombres; y no sólo eso, de todos los niños que nacieron en la villa en los últimos veinticinco años, Xóchitl y su prima eran las únicas que nacieron como parte del linaje... y si alguien recordaba el nombre de la hija de Cattleya, nadie lo decía, y todos los archivos parecían haberse quemado, era factible que por su propia seguridad.

Tantas preguntas, no suficientes respuestas, y Fiore no tenía idea en dónde se suponía que las encontraría.

Fiore estaba tan distraída con todo lo que ocurría en su vida, que se le olvidó por completo que debía ir a la universidad para inscribirse en sus clases. Fue entonces algo bueno que su tutor la llamase para recordarle, dándole la oportunidad de ir el viernes. Debido a que era su último semestre, tenía pocas materias pendientes. Notó que no tenía muchas opciones respecto a profesores, a diferencia de otros semestres, donde se inscribió el primer día; pero no le prestó mucha atención a esas cosas, en el fondo no le parecía importante, no con todo lo que venía sucediendo con ella, Rosa, Camelia, Azucena, Cris, las sombras, las fieras, Belladona y su grupo, leyendas y mitos y destino… Tenía temas definitivamente más importantes de qué preocuparse que quién sería su profesor de Relaciones Extranjeras.

A pesar de los contratiempos, el día de matrícula salió bastante bien. Fiore se anotó para las clases, recogió su horario esa misma tarde y el sábado estaba de vuelta en la librería del campus, adquiriendo sus libros. Una cosa que no esperaba era encontrarse con el profesor Solís ahí; y no estaba solo. Con él estaba la profesora Magdalena López Nayal, ella era una mujer de entre cuarenta y cinco y cincuenta y cinco años, con la tez de un bronceado cobrizo, ojos oscuros, largo cabello lacio y negro en una trenza gruesa que casi siempre sujetaba en una corona alrededor de su cabeza; solía usar blusas flojas con bordados de flores, pantalones de vestir y zapatos abiertos de tacón bajo. La mujer aparecía como una curiosa mezcla de precolombino y moderno; una herencia mixta, como lo eran muchos en México. Y la joven de cabellos negros sabía cuán cierto era eso, si bien nunca en el pasado le presentaron a la mujer, la había visto antes, durante su año en Yucatán; en ese entonces ella era una de las que enseñaban la lengua maya.

Fiore acababa de correr su tarjeta de estudiante, la cual con su beca le permitía llevarse los libros sin tener que pagar. Estaba por marcharse cuando el profesor Solís la vio y la llamó:

—¡Señorita Fiore!

La muchacha en el fondo no quería acercárseles, pero tampoco quería contrariarle, así que caminó hacia ellos.

Se le ocurrió entonces a Fiore preguntarse si el hombre siquiera sabía su apellido. Siempre se refería a ella como señorita Fiore. Mientras se dirigía a todos los demás estudiantes por su apellido, con ella usaba el nombre de pila; de alguna forma nunca se detuvo a considerar eso antes.

—Profesor Solís —Fiore lo saludó estoicamente, antes de girarse para saludar a la mujer—. Profesora López.

—Señorita... Fiore, ¿cierto? —La mujer le ofreció su mano en saludo.

—Es correcto —la muchacha asintió, devolviéndole el saludo antes de girar su atención de nuevo al hombre—. ¿Me necesitaba para algo?

—Sí, puedes ayudarme a explicarle a López que México tiene la derrota, la rendición, en la sangre —sentenció el hombre—. El país la tiene, todos los nacidos en éste la tienen. Es nuestra maldición, terrible e inevitable. Pero López se rehúsa a aceptarlo.

—Porque no es verdad —el tono de voz de López mostraba que era un argumento que llevaba un buen rato, y comenzaba a cansarse de aquel.

Por un momento Fiore consideró dar una respuesta genérica, quizás incluso algo que alguna de sus compañeras hubiera dicho la última vez que el maestro decidió sacar el tema a colación; tal vez algo que no fuera en verdad una respuesta, el tipo de frase a la que el hombre se aferraba cuando quería creer que todos estaban de acuerdo con él. Y entonces la imagen de Rosa entró en su mente, chillando de terror cada vez que escuchaban a los jaguares acechando, haciéndose bolita lo más pegada posible a ella, sabiendo que estaba segura con Fiore... Azucena y Cris, peleando contra las sombras, manteniendo la lucha mientras eran golpeados, heridos y azotados contra una pared o el suelo; incluso cuando estaban sangrando y con dolor, nunca se rendían... pensó en Camelia en su silla de ruedas, moviéndose en su piso, contándole a Fiore sobre su familia, y a la pequeña Rosita historias sobre su juventud y leyendas de tiempos antiguos… todos ellos se rehusaban a darse por vencidos. ¿Entonces de dónde sacaba Solís la idea de que ellos tenían la rendición en las venas?

—No —la joven de cabellos negros no notó del todo el momento en que la palabra pasó sus labios, no hasta que los otros dos se giraron a verla, ambos bastante sorprendidos.

—Fiore… —comenzó Solís, y había un dejo de advertencia en su tono.

—No estoy de acuerdo con usted maestro —dijo Fiore tranquilamente—. Entiendo su posición, pero no estoy de acuerdo.

—Todos saben que tengo la razón —Solís insistió—. Si nuestro país no estuviera maldecido con la derrota no dependeríamos tanto de otros para sobrevivir. Sólo hay que mirar los números: exportaciones contra importaciones, la deuda nacional, el número de adultos jóvenes que eligen irse a vivir y trabajar a otros países en lugar de aquí; ¡porque saben que no hay esperanza para ellos en México!

—Esa es su elección —señaló Fiore, más serena de lo que esperaba estar—. Si se rehúsan a creer en sus propias oportunidades aquí, para ir a otro lado. Esa es su elección. Así como es su elección el creer lo que cree, y enseñarles a otros a hacer lo mismo, en lugar de retarlos a hacer algo mejor, a pelear por ellos y por este país. Todos hacemos nuestras propias elecciones y eso no es culpa del país, ni de nuestros padres, ni de nadie más; no es responsabilidad de nadie más que de nosotros mismos.

—¡Es nuestra cultura! —espetó Solís—. ¡La forma en que hemos sido criados!

—¿Eh? —Fiore no tenía idea a qué se refería entonces.

La estudiante se giró a ver a la profesora López, quien torcía los ojos en dirección a Solís en ese mismo momento, aparentemente teniendo una idea de lo que decía. Sin embargo, antes de que pudiera explicar, Solís estaba hablando otra vez.

—Sólo necesitas pensarlo un poco, todas las cosas que nos enseñaron en nuestra infancia —elaboró él—. Como llamar a los adultos "señor", tratarlos de "usted", ser supuestamente respetuosos, decir "disculpe" al llamar a alguien en lugar de sólo

decir lo que necesitamos. Y todo ese "mande" y "para servirle…"
¡esas son todas muletas diseñadas para hacernos menos!

—Esas son formas de ser cortés —López intervino,
obviamente molesta—. Y no es como que seamos el único país que
puede ser educado. Si otros eligen no serlo… eso no es nuestro
asunto.

—No entiendo —Fiore admitió suavemente, cabeza
inclinada hacia un lado en contemplación—. Digo, ser cortés no es
lo mismo que ser sumiso. Igual que ser solícito no significa ser un
sirviente. Puedo llamarle señor, hablarle de usted, puedo
preguntarle a usted o a otro profesor o a cualquier otra persona qué
se le ofrece, cómo puedo ayudarlo… pero eso no significa que sea
su sirvienta o su esclava. Sólo significa que soy amable, que soy la
clase de persona que le gusta ayudar, y mientras eso puede tener
algo que ver con cómo fui criada, sería lo mismo si eso hubiera
sido en este país o en cualquier otro. Y eso no me haría mejor o
peor que cualquier otra persona en este país, o en cualquier otro —
exhaló—. Debe ser lindo poder culpar a algo o alguien por lo que
sale mal, pero eso no lo hace bueno, o siquiera cierto. No es culpa
de México si las cosas no van bien, es culpa de todos nosotros. Mía
y suya y de todos los demás. Yo reconozco mis fallas, las cosas
que pude haber hecho mejor y no lo hice; y usted debería hacer lo
mismo. Porque culpar a otros, o a todos, por lo que está mal, no
resuelve nada.

—No tienes idea de lo que hablas —replicó Solís.

—Quizás no la tengo… quizás sí. —Fiore se encogió de
hombros un poco, estaba a punto de retirarse cuando algo más se
le ocurrió—. Ha pasado años dándole el mismo discurso a todas
sus clases. ¿Ha cambiado algo? ¿Ha hecho mejores las cosas? No
lo creo. Pero me pregunto qué hubiera pasado si en lugar de
hacernos a todos, incluido usted mismo, sentirnos menos, si
hubiera intentado retarlos a ser mejor, a hacer mejores cosas…
¿quién sabe? Podría hasta sorprenderse a sí mismo.

Solís no respondió, Fiore ya no lo estaba mirando, pero
López sí y ella no podía creer la expresión de total estupefacción
que veía en el rostro del hombre en ese momento.

Magdalena López escuchó hablar de Fiore antes; estaba al corriente de las historias, sobre la líder no-oficial del pequeño grupo de chicas populares en la universidad; sobre la forma en que vestía y caminaba y que vivía con una estudiante rica… también notó otras cosas, como el hecho de que nadie parecía saber que era una estudiante becada, ni siquiera cuál era su apellido, todos la conocían simplemente como Fiore… hasta los maestros. La profesora López sabía todo eso, y se tenía formada una imagen en su cabeza acerca de quién era Fiore: la chica popular, pobre, que escondía su pasado, a su familia, porque quería encajar. Y con un apellido como el de ella, Yolotl, había al menos unas cuantas cosas que la muchacha mantenía ocultas. Definitivamente parecía ser el tipo de chica que haría lo que fuera por ser aceptada, el tipo que nunca se plantaría en su propio pie por miedo a ser rechazada… y, sin embargo, ese no era el tipo de muchacha… de mujer, que vio frente a ella unos segundos antes. Lo que ella observó fue a una joven que expresó su desacuerdo con Francisco Solís en medio de la librería de la universidad, frente a docenas de personas, quien rechazó cada uno de sus argumentos, y después incluso se atrevió a retarlo a cambiar. López se preguntó si de verdad juzgó a Fiore Yolotl con tanto desacierto, si todos en la escuela lo hicieron, o quizás algo cambió recientemente. Al final era imposible saberlo.

Fiore no tenía idea de qué la hizo decir todas esas cosas en la librería, era una locura, apenas unos meses antes no podía haberse imaginado pensando algo así, mucho menos haciéndolo; sin embargo… no pudo contenerse. Era como si… ella había sido honesta, todo lo que le expresó al profesor Solís, realmente lo creía; pero antes nunca hubiera tenido el valor de hacerlo. Siempre le pareció más fácil seguir la corriente, hacer lo que otros esperaban de ella; pero ya no podía hacerlo más, no cuando el mero pensamiento se sentía como un ataque a Cris y Azu y Camelia… y Rosita. Personas que ella respetaba, que amaba, no lo podía soportar.

No tenía forma de saber cuáles serían ser las consecuencias de sus actos, y Fiore entendía que habría consecuencias. Pero difícilmente sería peor de lo que ya estaba pasando, con las sombras y las fieras... ese pensamiento, así de loco, la reconfortaba.

El resto del sábado e incluso el domingo pasaron para la pelinegra casi en un sopor; estaba ansiosa, como si una parte de ella estuviera esperando algo, aun cuando ella no tenía ni la más remota idea de qué era exactamente. Algo se acercaba, ella lo sabía, y sus instintos nunca se equivocaban.

Llegado el lunes, Fiore llevó a Rosa al departamento de Alondra, en el cuarto piso, era el turno de la viuda madre de dos de cuidar a los niños. Las clases no empezaban hasta el martes, pero los padres en el edificio convencieron a Fiore de tomarse el día para ella, especialmente cuando descubrieron que su cumpleaños lo celebraría haciendo un mundo de cosas por ser el inicio del semestre. Alondra incluso insistió en quedarse a Rosa por la noche.

Así que Fiore se tomó el día; primero disfrutando de una larga caminata en un hermoso jardín que acababa de abrir a cinco cuadras, luego con un almuerzo perfecto en su restaurante favorito, en la tarde se consintió con un masaje con alguien que Simón en el sexto piso le recomendó, y de allí pasó a un largo baño en tina con una mezcla de aceites que Camelia preparó en exclusiva para ella.

Después de su baño, Fiore estaba sentada en la orilla de la cama, secándose el cabello con una toalla, cuando notó la caja de cartón en la esquina de su habitación. Pensó que había terminado de desempacar todo, pero aparentemente no. Así que, dejando la toalla sobre la cama, se levantó y caminó hasta esa esquina, para encontrar una única cosa dentro de la caja: un pequeño cofre con piedras semi-preciosas engarzadas... el cofre de su nana. Por instinto, Fiore se llevó una mano al dije que pendía de su cuello, el que nunca se quitaba

Sin pensarlo, Fiore sacó el cofre y lo llevó consigo de vuelta a la cama, colocándolo en su regazo. Lo abrió, aspirando el aroma de las pequeñas flores y pétalos, una parte de su mente preguntándose cómo podían seguir viéndose y oliendo tan bien cuando era obvio que estuvieron ahí por un largo tiempo. Y entonces notó algo, algo que de alguna forma se le pasó la primera vez que abrió el cofre: una bolsa de papel medio escondida debajo de las flores, un tanto oscurecida y endurecida por el tiempo. Crujió cuando ella la abrió, extrayendo primero un pedazo de papel amarillento; aunque la verdadera sorpresa vino cuando sacó una rosa de té de un amarillo claro, perfectamente fresca, como si hubiera sido cortada de su arbusto hacía menos de cinco minutos… era imposible.

Desdobló el pedazo de papel entonces, y eso triplicó el *shock*, había una única frase escrita en él: *Cuando estés lista para recordar, sabrás qué hacer*. La parte más asombrosa: era su letra, sólo que ella no recordaba haber escrito esa nota jamás…

Fiore hizo el cofre a un lado, sentada en la cama, con la rosa de té en una mano y la nota en la otra por lo que pareció una eternidad. Sin importar cuántas vueltas le diera al asunto en su cabeza, ella no tenía idea cómo pudo haber escrito esa nota, mucho menos hecho algo más y no recordarlo… excepto que el mensaje parecía implicar no sólo eso, sino que existía una forma de que ella evocara lo hecho, y quién sabe qué más… cuando estuviera lista.

¿Estaba lista? ¡Ni siquiera sabía qué era lo que se suponía que debía rememorar! ¡¿Cómo podía saber si estaba lista?!

Y entonces pensó en su conversación con Solís y López el sábado, en todo lo que pasó por su mente cuando decidió abrir la boca y por primera vez ir en contra de algo que el profesor decía. Pensó en todo lo que estaba sucediendo… ¿podrían sus memorias "perdidas" tener algo que ver con eso? ¿Con las sombras y las fieras y Xochiquetzal…? Y si así era, ¿estaba verdaderamente lista para ello? ¿Podía arriesgarse a no saber la respuesta?

Ella no tenía idea de qué era lo que debía hacer, todo lo que sabía era lo que podía hacer, y entonces lo hizo. Sin permitirse pensarlo mucho o arriesgarse a no atreverse a hacerlo, Fiore cerró su puño alrededor de la rosa de té, estrujándola entre sus dedos. Una parte de ella esperaba terminar con un puñado de pétalos y quizás un poco de salvia y polen en sus dedos… en lugar de eso, la rosa pareció convertirse en ceniza que resbaló entre sus dedos. Ni siquiera tuvo la oportunidad de contemplar aquello, porque un momento después la pelinegra sintió una corriente recorrer todo su cuerpo y entonces se colapsó en la cama, inconsciente.

Capítulo 16
Romero

Estaban sentados cara a cara, en lo que podría considerarse su salita privada; junto a una ventana que apuntaba al jardín, y con suficientes arbustos afuera de ésta para permitirles observar a los que esperaban en la parte exterior sin que ellos supieran que estaban siendo vistos. Había tazas medio llenas de té, su propia mezcla especial de diferentes flores y hierbas, frente a ellos, casi olvidadas mientras discutían. Sus voces no eran fuertes ni duras, pero era claro que estaban riñendo.

—Sólo son niñas —declaró ella en un tono cercano al horror.

—Son ofrendas de sus pueblos —señaló él sin emoción.

—¿Rehenes políticas? ¿O un intento de futuras alianzas? —preguntó ella, inclinando su cabeza hacia un lado mientras consideraba las implicaciones.

—Ninguno —él negó con la cabeza, bajando la mirada mientras agregaba—: Creo que esperan que se conviertan en sacrificios...

—¡Pero sólo son niñas! —la voz de ella pasó una octava o dos cuando sus emociones se salieron de control—. Niñas pequeñas, nada más...

—Y tú sabes que yo no justifico el sacrificio humano —le recordó él para estar seguro—. Cualesquiera que hayan sido las costumbres de mis predecesores, no son las mías. Por supuesto que sé que son niñas. No les deseo más daño que tú... es por eso que las traje aquí.

—No entiendo.

—Las niñas no fueron las únicas enviadas. Hubo niños también. Pero ellos son mayores, los he mandado a ser entrenados

con nuestro grupo de reclutas más jóvenes, para ser futuros guerreros, como ha sido siempre mi elección cuando se trata de niños huérfanos. Las niñas son diferentes. Ninguna familia en la capital está interesada en acogerlas, no como hijas, ni siquiera como esposas para sus hijos; y aún si lo estuvieran, con la situación como ha estado no puedo estar seguro de que vayan a tratar a esas niñas como nada mejor que invitadas indeseables en el mejor de los casos, y prisioneras en el peor. Cualquier razón que pudieran haber tenido los gobernantes de sus pueblos para mandarlas, merecen algo mejor.

—Y entonces las trajiste aquí, a mí.

—Confío en ti para que hagas lo correcto por ellas. Tú sabes que confío en ti por encima de todos, yo...

—Lo sé —ella lo interrumpió, apartando la mirada para no encontrarse con la de él al mismo tiempo que luchaba por suprimir su sonrojo—. ¿Tienes algún plan para ellas?

—Ninguno. Supongo que el tiempo dirá.

—Así será.

Habiéndose puesto de acuerdo, los dos terminaron su té antes de salir de la habitación, y el templo, volviendo a donde el par de guardias aguardaba, junto con tres pequeñas niñas con la piel bronceada, cabello castaño y ojos cafés, que parecían tener unos siete años de edad, más o menos, y llevaban vestidos simples de color arena y los pies descalzos.

Tras dirigir una última mirada al hombre, quien parecía haber decidido mantenerse al margen para permitir que ella estuviera al mando de la situación, la mujer se acercó a las niñas. Tenía unos veintitantos, una estatura promedio, cuerpo esbelto, facciones suaves, piel de un bronceado dorado, con ojos del color de las semillas del cacao y una cabellera larga, lacia y gruesa, tan oscura como el ébano; iba en su mayoría cubierta por un delicado velo blanco tejido, llevaba una túnica larga hasta el suelo, de manga corta, hecha de manta blanca y sus pies estaban tan descalzos como los de las niñas.

—Hola —saludó a las tres pequeñas con su sonrisa más amable—. Les doy la bienvenida a mi hogar. Este es el Templo de las Flores, y yo soy Xochiquetzal...

Xochiquetzal despertó en medio de la noche con el murmullo de advertencia en un susurro que sólo ella podía escuchar. Sus niñas mejoraban todos los días, pero aún eran jóvenes, no tenían la conexión con las plantas, con la tierra misma, que ella tenía. Nunca la tendrían. Ella podía hacerlas sacerdotisas, podía interceder con los Poderes Supremos para concederles dones maravillosos, pero nunca serían ella, y eso estaba bien.

La hechicera salió de su cama, echando un rebozo de color marfil sobre su ropa de dormir y, con los pies aún descalzos, puesto que sólo usaba sandalias cuando dejaba los terrenos del templo, caminó silenciosamente fuera de su habitación y por el pasillo. Se aseguró de no despertar a sus protegidas cuando por fin salió del templo, recorriendo el camino serpenteado, pasando toda clase de flores. No se detuvo sino hasta llegar al final del camino, donde el bosque comenzaba. Los bosques en verdad no eran parte del templo o sus terrenos, pero su poder era tal que se extendía un poco a éstos; los árboles le respondían, y ella a éstos...

—Sé que estás ahí —murmuró suavemente—. No necesitas decir una palabra. Mi nombre es Xochiquetzal y este es el Templo de las Flores, mi templo. No sé qué te ha traído aquí a mitad de la noche, pero sé que tienes miedo. Y no debes tenerlo. Lo que sea que te haya traído aquí, te prometo, aquí estarás a salvo. Todo lo que necesitas hacer es confiar en mí.

No hubo respuesta, pero Xochiquetzal realmente no esperaba una. Sólo se giró y volvió al templo. Caminó hasta la cocina, donde sacó un par de rebanadas del pan que les habían llevado apenas esa mañana, junto con algo de leche. Toda la comida del templo la obtenían intercambiando flores, hierbas, o de personas a las que había ayudado, y aquello que los ricos les donaban. El rey enviaba algunas cosas cada semana con la excusa de que ella proveía un servicio al criar y enseñar a tres niñas que él dejó a su cuidado siete años antes.

Colocó la comida sobre el mostrador y se alejó caminando. Apenas estaba volviendo a entrar a su habitación cuando escuchó el suave sonido de pasos mientras una pequeña figura se escabullía al interior del templo. Ella no volvió atrás, no se detuvo; había hecho lo que podía para ayudar, lo demás dependería de su visitante.

La mañana siguiente, la niña aún estaba ahí.

No era precisamente una niña, mayor de lo que Iris, Clavel y Acacia fueran cuando llegaran al templo, unos once o doce años; una niña en el umbral de la madurez. También era un casi-sacrificio.

No fue fácil conectar todas las piezas. La chiquilla estaba sin duda bastante nerviosa y casi histérica, además de que se la pasaba hablando en una mezcla de lenguas, y Xochiquetzal no estaba familiarizada con todas. Ella tuvo una educación privilegiada, y un don para los lenguajes, pero al menos una de las lenguas era de una de las tribus en el lejano norte, más allá del desierto, y no estaba educada en ella. Aún entonces, pudieron entender que ella era la hija más joven de una familia trabajadora, sus padres la vendieron para ser usada como sacrificio; pero su hermano intervino, la rescató y envió lejos. Él la salvó, y eso le costó la vida. Una vez libre, la niña corrió casi sin detenerse durante semanas, evadiendo villas tanto como le fuera posible, pues temía que alguien la encontrara y la enviara de vuelta, o incluso la matara. Un día de pronto se encontró lo suficientemente cerca del Templo de las Flores como para que Xochiquetzal detectara su presencia.

Fue bastante fácil para Xochiquetzal convencer a Quetzalcóatl de que la niña debía quedarse en el templo, y que ellos crearan una tapadera para ella, para asegurarse que nunca sería descubierta por aquellos que la querrían muerta. En lo que al rey concernía, la chica merecía una nueva vida, ciertamente había luchado por esta, y el conseguir cruzar el desierto sola y sin provisiones era nada menos que un milagro. Ella nunca les dio su nombre, declarando que ya no era más de ella, pero estaba feliz de tomar uno nuevo cuando le dieron la oportunidad; eligió ser llamada Lirio.

La parte del milagro se volvió aún más evidente cuando descubrieron que la niña tenía un don, y no del tipo que Xochiquetzal podía invocar con rezos. Iris, Clavel y Acacia cada una fueron bendecidas de maneras diferentes, con habilidades que se ganaron después de que Xochiquetzal rezara por ellas. La chica nueva... ella era diferente, su don era fuerte y, en cierta forma, con más potencial para la violencia que los de cualquiera de las otras.

No fue fácil dejar que una nueva niña se les uniera, pero se adaptaron. Al final Xochiquetzal las amaba a todas por igual y ellas lo sabían.

Xochiquetzal se echó hacia atrás, sentada en sus talones y parpadeando lentamente, mientras su mente intentaba comprender lo que acababa de suceder. No se dio cuenta del todo cuando se llevó dos dedos a sus labios, su mente dando vueltas, intentando procesar lo que acababa de pasar. Quetzalcóatl por su parte no dijo una palabra; sólo permaneció sentado en el suelo de tierra, esperando con paciencia su reacción.

Quetzalcóatl había llegado de visita, como lo hacía como mínimo cada dos semanas. Siempre daban un paseo por los terrenos del templo, hablaban de lo que sea que estuviera sucediendo. Confiaban el uno en el otro por completo, se contaban todo. Era debido a esa intimidad que ella se decidió a contarle acerca de sus preocupaciones de que alguien pudiera intentar llevarse a una de sus niñas por la fuerza; lo cual hizo que él decidiera enviar a cuatro de sus mejores guardias a que se quedaran por siempre en el templo. A veces él pedía su consejo cuando tenía algún problema, y ella hacía lo mejor posible por ayudarlo, ya fuera dándole ideas, o simplemente siendo su apoyo. Había llegado al punto en el que todos en el territorio sabían que ellos eran cada uno el confidente del otro y ella era reconocida de manera oficial como uno de los consejeros del rey.

Ese día en particular Xochiquetzal decidió mostrarle algunas de sus flores más nuevas. Eran rosas, pero con un poco de jardinería cuidadosa y un pequeño impulso con su don ella consiguió crear unos hermosos nuevos colores; hasta tenía una que mostraba dos colores al mismo tiempo. Él parecía muy interesado en las flores, y en cierto momento su atención se desvió hacia el único arbusto que tenía flores completamente blancas. El único que ella no trató de cambiar. El arbusto era importante para *ella, y él podía verlo, las flores blancas siempre tuvieron un significado especial para ella... ¡aunque eso no explicaba cómo pasaron de hablar de rosas blancas a él besándola!*

—Sacnité... —comenzó él.

—Topiltzin... —replicó ella en un susurro.

Nunca hacían eso, o al menos casi nunca; el usar sus nombres de pila. Complicaba las cosas. Ellos eran amigos, habían sido amigos por un largo tiempo, la mayor parte de sus vidas de hecho; desde antes de ser Quetzalcóatl y Xochiquetzal, rey y hechicera... estaban conectados en formas que ni ellos entendían a veces. Formas que los atemorizaban, aunque quizás no por la misma razón.

—No puedo ser tu novia —fue lo primero que dijo sin pensarlo.

Quetzalcóatl abrió su boca, a punto de decir algo, pero Xochiquetzal no se lo permitió, siguió hablando:

—Soy muy vieja, y demasiado independiente, y muy terca... —dijo a la carrera—. El consejo apenas si soporta que sea una de tus consejeras, tu confidente... nunca me aceptarán como tu novia, tu reina...

—Sigue siendo mi elección... y la tuya —finalmente él tuvo la oportunidad de decir su parte—. No me importa tu edad, me agrada que seas independiente, y que no tengas miedo de expresar tu opinión; no serías la mujer que conozco si no hicieras esas cosas. El consejo se puede quejar todo lo que quiera, pero no pueden forzar sus elecciones sobre mí, o sobre ti, no si no se los permitimos —hizo una pausa, extendiendo ambas manos, palmas hacia arriba, como si realizara una ofrenda—. Te amo Sacnité, mi hermosa flor, con cada aliento en mis pulmones y cada latido de mi corazón, cada centímetro de mi alma... la pregunta es, ¿sientes lo mismo por mí?

Al final, ella no tenía que pensarlo tanto. Las dudas aún estaban ahí, sí, pero no eran sobre él, nunca lo fueron. Si existía algo de lo que ella estaba segura, era de lo que moraba en su corazón...

—Sí... —exhaló ella—. Yo también te amo...

Los días pasaron, y las semanas, meses, años... al principio el amor entre los dos era tal que cada día parecía estar coloreado por una paleta de colores perfectos, como ver el mundo a través de un prisma que hacía que todo luciera más brillante. Con el tiempo esa sensación pasó: no fue que los dos se amaran menos, sino más bien que comenzaban a entender que las cosas no eran tan simples como desearían. Por mucho que se amaran, simplemente no estaban listos para lidiar con todo lo que vendría si anunciaran su amor, si se casaran frente a los ojos de su nación. Y no era sólo el consejo o los nobles, era la gente misma, quienes podrían no estar listos para una reina como Xochiquetzal. Además, ella no creía que sus niñas estuvieran preparadas del todo para valerse por sí mismas, y no sentía que fuera correcto dejar el templo hasta que así fuera.

Así que el tiempo siguió pasando, y poco a poco la relación perdió su intensidad, su pasión. El amor aún estaba ahí, siempre lo estaría, pero los dos ya no idealizaban un futuro, estaban muy conscientes de que cosas tanto buenas como malas vendrían una vez que se unieran, y si bien seguían completamente enamorados y dispuestos a enfrentar lo que pudiese traerles el futuro, no estaban tan ansiosos como para no hacer todo en su poder para asegurarse de que las cosas salieran tan bien como fuera posible, y especialmente que aquellos que amaban estuvieran bien.

Las visitas continuaron, y los paseos y las pláticas. La pareja se tomaba de las manos y a veces hasta se besaban, asegurándose de estar en donde nadie los viese. No era que no confiaran en aquellos en el templo, las niñas eran casi como hijas de Xochiquetzal después de todo, y el propio Quetzalcóatl eligió a los atlantes. Otras niñas llegaron y se fueron como protegidas de Xochiquetzal y su templo, pero sólo las primeras cuatro se quedaron, por su propia decisión, después de cumplir la mayoría de edad.

Su parte favorita del jardín era el área de las rosas, estaba pasando una vuelta en el camino y lo suficientemente lejos del templo como para que estuvieran fuera de la vista de los que lo habitaban. Les permitía una privacidad de la que carecían la mayor parte del tiempo. Incluso así, sería impropio si alguien los descubriera, o sospechara siquiera que existía más que amistad entre ellos. No podían arriesgarse a algo así; no, cuando ellos en verdad querían hacer las cosas bien, no cuando él todavía la amaba, quería hacerla su novia, su reina...

Ese día en particular la pareja estaba en un espacio con flores particularmente coloridas. Era un área que su más reciente protegida, la pequeña Margarita, cuidaba. Las flores no estaban tan bien arregladas como las que las cuatro sacerdotisas vigilaban, y ciertamente carecían del aura de otro mundo que poseían aquellas con el toque de Xochiquetzal; pero aun así eran hermosas, y una señal de lo que la pequeña representaba para todos en el templo. La esperanza de una joven vida, todas las cosas que podían y debían ser nutridas...

Xochiquetzal estaba hincada entre las flores, con su rey y amante de pie a menos de un metro de ella. El rey tolteca eligió ese preciso momento para sacar algo que cargaba entre sus ropas, colocándolo en las manos de Xochiquetzal, quien se movió para recibirlo sin darse cuenta del todo.

—Es hermoso... —murmuró ella, viendo el objeto con admiración.

—Es para ti —señaló él.

—¿Para mí? —la joven mujer pareció de pronto muy sorprendida—. No estoy segura de merecer algo obviamente tan valioso.

—Mereces esto y mucho más —le aseguró él poniendo una rodilla en el suelo—. Ningún regalo es demasiado para "la flor más hermosa".

—Oh mi Señor...

—Te lo he dicho muchas veces, Xochiquetzal, no me llames así por favor.

—Pero eso es usted, mi Señor, mi Rey.

—No creo que ignores que mis intenciones para contigo van más allá que las de un rey con su consejera.

Por supuesto que no podía estar ignorante al respecto, hablaron de ello antes... incluso si en el último año las pláticas de matrimonio pasaron a segundo plano era porque ambos estaban tan ocupados; ella, intentando asegurarse de que sus niñas pudieran estar sin ella; él, buscando garantizar que su pueblo le diera el respeto, la admiración y la lealtad que él estaba convencido ella merecía, y no sólo porque era quien él eligió, sino por todo lo que ella hizo durante años por él y por su nación. Parecía ser una clase de pacto silencioso, que no hablarían de matrimonio otra vez, hasta que finalmente estuvieran listos para ello.

—Lo sé —suspiró ella—. Aunque aún no estoy convencida de que yo sea digna de sus afectos, o del puesto que me ofrece.

Era natural. Ni siquiera era que dudara de su amor, porque ciertamente no lo hacía. Pero pasaban días, días oscuros, cuando parecía que el momento en que ellos verdaderamente estarían juntos nunca llegaría. Esos días la hacían, los hacían a ambos, desesperar; y después estaban los días buenos, cuando la esperanza volvía, cuando ellos creían otra vez que el momento llegaría, para que ellos estuvieran juntos, para que el mundo supiera que se amaban el uno al otro y siempre lo harían. Sí, ese día llegaría.

—No existe cosa de la que tú no seas digna. Sean sentimientos, una corona, o cualquier otra cosa. Es por eso que hoy te he traído este obsequio; para que sirva como prenda de mi promesa.

—¿Promesa?

—Bien sabes que, aunque quisiera anunciar ahora mismo lo que siente mi corazón, la situación actual no me lo permite.

—La cercanía de aquel campamento de guerreros nómadas tiene a todos en la ciudad bastante tensos.

Sí, ese era el problema actual, la más reciente razón para que ellos no anunciaran su relación; y era algo que los preocupaba a ambos, no sólo por la nación en sí, sino también por el templo. Después de todo, incluso con todos sus dones y bendiciones, ¿cómo podían nueve personas y una niña esperar sobrevivir a un ataque sin cuartel si los nómadas llegaban a decidir hacer tal cosa?

—*Pero eso no es algo que vaya a durar para siempre. Por eso yo te hago entrega hoy de este obsequio, con la promesa de que llegará el día en que yo vendré por ti, tú entrarás a Tula de mi brazo, como la reina que siempre has sido en mi corazón y que serás para mi pueblo. Eso es, si tú me aceptas.*

—*Será para mí un gran honor.*

Entonces la joven mujer tomó el obsequio y se lo puso, decidida a jamás quitárselo, sellando así la promesa hecha ese día.

No tenía idea de lo que venía, ninguno de ellos la tenía...

Ese fue el último día que Xochiquetzal vio a su amante. Siguió habiendo mensajes, cortos, enviados con un mensajero cada semana. Aunque él no podía visitar, quería asegurarse de que su amada supiera que estaba en sus pensamientos. Y luego un día no hubo mensaje. Dos días después el mensajero llegó, no llevaba mensaje escrito, en lugar de eso estaba ahí para informar a Xochiquetzal sobre la desaparición del rey.

La estupefacción causada por la noticia fue tal que la hechicera no pudo contener su grito, lleno de agonía con la posibilidad de lo que el mensajero frente a ella estaba sugiriendo; sus rodillas se doblaron debajo de ella y se enroscó en sí misma, perdida por un rato mientras su mente intentaba comprender lo que su corazón se rehusaba a aceptar.

—*Se dice que un hombre llegó buscando hablar con él hace dos noches, dijo llamarse Tezcatlipoca —escuchó vagamente al mensajero explicar la situación a sus protegidas—. El Señor Quetzalcóatl aceptó acompañarlo, hablar con él, desde entonces no se les ha visto a ninguno de los dos. Corren rumores de que quizás nuestro rey esté muerto.*

—*¡¡No!! —el nuevo grito ahogado que abandonó los labios de la hechicera pareció estrujar los corazones de todos los presentes.*

—*¡Mi Señora! —exclamaron las sacerdotisas y guardianes con alarma.*

¡No podía estar muerto! ¡No podía! Y ella lo sabría si realmente se hubiera ido, ¿o no? Lo sabría por dentro, en su corazón... en su alma, ¡ella lo sabría! Entonces él no podía haberse ido, no podía haberla dejado, no en ese momento, no después de todo por lo que pasaron ya, el futuro que siempre soñaron... ¡¡¡Él le prometió un futuro!!!

—Rompió la promesa... —empezó a murmurar Xochiquetzal entre sollozos—. Aseguró que vendría por mí cuando todo hubiera terminado, que estaríamos juntos, que él sería mi rey y yo su reina. Pero ya no será así, ya nunca volverá. ¡Ha roto la promesa!

Cuando se movió ni siquiera lo pensó, en momentos ella estaba de pie y corriendo, huyendo del templo. Ni siquiera notó cuando la delicada cadena y el dije que estuvo aferrando con fuerza en su mano durante su negación, el regalo que su amado colocó en sus manos la última vez que lo vio, se deslizó entre sus dedos para quedar olvidado en el suelo.

—¡Mi Señora! —volvieron a exclamar los presentes.

Ella no escuchó a ninguno de ellos, ya estaba demasiado lejos, en cuerpo, pero en especial en su mente, para escuchar cualquier voz. No lo sabía entonces, pero nunca volvería a poner pie o a fijar su vista en el Templo de las Flores otra vez... no en esa vida al menos.

Cuando sus ojos se abrieron de nuevo ella no sabía cuánto tiempo estuvieron cerrados, tampoco sabía cómo terminó en ese lugar, donde quiera que eso fuera. Cuando se alejó del Templo de las Flores no tenía plan alguno en mente. Después de una hora o dos corriendo casi sin parar, sin preocuparse por los moretones y cortadas leves en las plantas descalzas de sus pies, se le ocurrió intentar rastrear a su amado, pero mientras podía encontrar rastros de su energía, éstos estaban oscurecidos por algo... humeante. Estaba comenzando a volverse loca con su inhabilidad para encontrarlo cuando... algo pasó. No tenía idea de qué acaeció, sólo sabía que algo la noqueó y despertó para encontrarse donde estaba en ese momento.

El suelo era de piedra, no, de tierra, duro y frío y más allá de su habilidad para sentir o de su influencia. Lo cual era de seguro la razón por la que estaba ahí. Quienquiera que estuviera tras ella, que la había atrapado, sabía del poder que tenía, de lo que ella era capaz, más allá de hacer plantas florecer y mezclar tés. Considerando que la única persona que se suponía que supiera eso era su amante desaparecido... eso no era algo bueno.

No distinguió ventanas, ni puertas, todo a su alrededor era roca, menos una pared que parecía estar hecha de algo parecido al vidrio, excepto que mucho más resistente, y ella no podía ver lo que había del otro lado. Xochiquetzal no se hacía ilusiones sobre lo que podía estarle esperando, y pasó un lapso de lo que supuso sería una hora, meditando, preparándose mentalmente para lo que sea que viniera. Cuando por fin percibió movimiento del otro lado de la pared de cristal y entendió que el momento estaba allí, ella pensó que estaba lista, que podía manejar lo que sea que viniera. Cuán equivocada estaba...

Xochiquetzal no supo al principio lo que estaba sucediendo. Había un hombre del otro lado de la pared transparente, cubierto de pies a cabeza de negro, y ella no podía distinguir su rostro, no podía distinguir mucho de él, de hecho; como si algo lo volviera borroso a sus ojos. Él agitó la mano y de pronto el cristal comenzó a mostrar colores, los cuales se solidificaron en imágenes... era el Templo de las Flores... de noche... y estaba siendo atacado.

La hechicera no supo cuánto tiempo estuvo gritando, aunque de hecho fue mucho, suficiente para que su garganta doliera, su voz se volviera ronca... pero no importaba nada de eso, era inútil, nada que hiciera o dijera cambiaba las cosas. Ellos seguían estando en ese lugar, peleando... muriendo... su gente... ¡sus chicos!

—¡¡¡No!!! —ella chilló, golpeando con rabia el suelo con sus puños, hacía mucho que sus piernas habían dejado de sostenerla—. ¡No te atrevas a lastimarlos! ¡Déjalos solos! ¡Déjalos! ¡¡Mis niños!! ¡¡¡No lastimes a mis niños!!!

No había nada que pudiera hacer, y eso le dolía más que cualquier cosa que el bastardo del otro lado del vidrio pudiera haberle hecho a ella.

Xochiquetzal no se dio cuenta cuando comenzó a sangrar. Con todo lo que estaba pasando no parecía ser tan importante. Para ella, su vida entera estaba perdida...

Todo pareció llegar a su final una hora antes del amanecer. La pelea en el Templo de las Flores terminó, el subsecuente incendio arrasó con todo lo que quedaba, dejando atrás sólo algunas flores, valientemente intentando alzarse entre las cenizas y la sangre. Era una imagen espantosa para todos, pero muy en especial para la mujer que fue forzada a ser testigo mientras cada persona a la que llamaba familia, sus niñas y sus protectores, fueron asesinados. Sólo quedaba una esperanza, la única figura que no vio durante la pelea... pero no dijo una palabra al respecto. Si tal milagro era posible... ella no la revelaría. Era su única esperanza... o quizás no la única.

—Está hecho —una voz masculina, oscura y seseante anunció con una terrible dicha.

—¿Hecho...? —la hechicera estaba tan horrorizada que no podía procesar lo que decían.

—Tu reino está a mis pies ahora —podía sentir una obvia satisfacción en las palabras de la figura ensombrecida—. Y es sólo el comienzo. Llegado el momento, todos los pueblos se arrodillarán ante mí.

—No lo harán —ella se rehusaba a creerlo—. Alguien peleará. Siempre.

—¿Quién supones que lo hará? ¿Quién sabrá siquiera que necesitan hacerlo? Tu querido rey ya no está, los mocosos están muertos... y pronto tú también lo estarás. He ganado.

—No... ¡No! —No podía terminar así. Todas las pérdidas, tanta muerte... ¡no podía ser todo por nada! ¡No podía!

—Acéptalo de una vez, princesa. Has perdido.

—¡¡No!! —Ella no lo aceptaría, no lo haría. Incluso si no tenía la menor idea acerca de qué podía hacer... se rehusaba a creer que todo había terminado.

—¿Qué puedes hacer? Tus mocosos están muertos, tu rey vale lo mismo que si lo estuviera también, tú te habrás ido muy pronto de igual forma, y no quedará nadie que me desafíe. Nadie sabrá que existo... La historia los olvidará a todos...

—Yo no olvidaré. ¡Nunca olvidaré!

—Estarás muerta.

Lo dijo con finalidad, como si ese fuera el final de la discusión, y debería haberlo sido excepto... excepto que la muerte no tenía que ser el fin, y eso ella lo sabía.

Xochiquetzal no sabía cuánto tiempo estuvo jugando con la pequeña nuez redonda que tenía en su mano en ese momento. Fue un regalo de un mercader del Oeste. Él viajó desde su villa hasta el templo, buscando su ayuda con una enfermedad que su esposa padecía. Ella lo auxilió como pudo, y todo salió bien. Él no tenía mucho con que pagarle, pero no importaba. Al final le regaló algo de su mercancía, incluyendo esa pequeña nuez, una semilla de una planta extranjera... ella estuvo planeando dónde plantarla, el hombre aseguraba que era una planta de agua... la hechicera no tenía ni idea de por qué llevaba la nuez consigo cuando abandonó el templo, pero quizás eso no era tan importante a fin de cuentas. Esa pequeña semilla era la única planta a su disposición y no era mucho pero quizás... quizás sería suficiente.

Ya había una cuchilla dentro de su celda, una hecha completamente de piedra, dura y fría. Y la razón era bastante simple: Tezcatlipoca, porque ella sabía que detrás de ese humo era él, el mismo individuo que buscó a su rey, que era responsable por su desaparición, por su muerte... Ella lo sintió morir, poco antes de que el ataque en el templo terminara, fue como si algo dentro de ella reventara; su corazón, ya sangrando con todo el horror y la pena y la tragedia que fue obligada a atestiguar, se rompió en pedazos. No tenía idea de qué podía haber destruido a su amante, pero no podía haber sido bueno. Y algo debía haberlo devastado, porque de otra forma no estaría muerto. Era la misma razón por la que ese cuchillo fue colocado ahí.

Aquellos como su amor y ella, y sospechaba que Tezcatlipoca también, no podían simplemente morir, porque no eran precisamente humanos, no del todo. Se requería de un gran poder para en verdad matarlos, pero incluso así podían recuperarse de la mayoría de las cosas; a menos que murieran por su propia mano. Ese era el propósito de la cuchilla, y de todo el macabro espectáculo, Tezcatlipoca la estaba empujando y esperando que cayera suficientemente hondo en la desesperación para elegir la muerte sobre su existencia actual. Ella ya estaba en ese punto; sin embargo, se negaba a darse por vencida.

Estaba jugando con fuerzas peligrosas, la hechicera entendía eso. Sin importar lo que algunas personas eligieran creer, Quetzalcóatl no fue un dios, y ella tampoco lo era. Pese a que no eran completamente humanos, no eran divinos tampoco… aunque sí tenían acceso a poder, y ella iba a hacer uso de él, con la esperanza de que fuera suficiente para, un día, corregir las cosas. Algún día habría justicia para todas las vidas que se perdieron esa noche, y las que se perderían en los días, meses, años por venir, en el desenfrenado deseo de poder de Tezcatlipoca.

Una vez que actuó, se movió rápido, sabiendo que Tezcatlipoca intentaría detenerla si siquiera sospechaba lo que estaba haciendo, pero ella no iba a permitir eso, no podía. Aunque estaba exhausta y hastiada, tenía suficiente poder en ella para realizar un hechizo… respirando hondo Xochiquetzal se abrió la palma de la mano con el cuchillo, esperó a que la sangre se acumulara en el centro de su palma y después colocó la semilla ahí. Otra inhalación profunda y conjuró hasta la última chispa del poder que existía en ella para hacerla florecer.

Era una flor hermosa. Más o menos del tamaño de su mano abierta, con muchos pétalos grandes curvados hacia arriba y afuera, casi como una estrella… y era obvio que la flor debía ser blanca, pero con el toque de su sangre salió en una sobrenatural mezcla de blanco y rojo… Xochiquetzal no se detuvo a admirarla, en lugar de eso empezó a recitar, llamando por algo que debía estar más allá de su poder, y es que ella todavía tenía la esperanza… por sus protegidas, por su niña, por su amor, por su gente… tenía la esperanza.

Al poco rato Tezcatlipoca se percató de lo que estaba haciendo, pero para entonces ya era demasiado tarde. Ella sólo escuchó su lejano rugido de furia al mismo tiempo que la pared de *cristal estallaba en pedazos. Sabiendo que el tiempo se acababa, Xochiquetzal terminó su rezo al mismo tiempo que giró la cuchilla en su mano libre y después la usó para apuñalarse en el corazón. Lo último que vio fue la flor en su mano izquierda aparentemente licuándose y escurriendo entre sus dedos flojos, al mismo tiempo que sentía el poder elevarse.*

Estaba hecho.

Capítulo 17
Anémona

Lo primero que notó Xóchitl cuando despertó fueron las lágrimas frescas resbalando por las orillas de sus ojos cerrados para perderse en su cabello. Esas eran lo suficientemente reales. Podía medio sentir una humedad en sus dedos, aunque ella sabía que éstos estaban secos; también podía casi sentir un dolor fantasmal en su pecho pese a que estaba bastante segura de que no tenía ninguna herida de puñal ahí... una parte de ella quería girarse sobre un lado, enroscarse tanto como pudiera sobre sí misma y olvidar que el mundo a su alrededor existía, pero no podía hacerlo. Ya no tenía seis años, era una adulta, y tenía responsabilidades.

Y la primera de éstas se presentó un momento más tarde, cuando escuchó el timbre sonar. La joven ni siquiera tuvo que pensarlo, secó su cara con el dorso de sus manos y se apresuró a la puerta, abriéndola de inmediato. Como pensaba, era Alondra del otro lado, con Rosa junto a ella. Rosa... su querida Rosita...

Fiore no tenía idea de lo que la viuda debía haber pensado sobre los ojos rojos de la muchacha o su falta de plática... asumió que creía que ella estaba cruda o algo así. No importaba. La hechicera reencarnada consiguió controlarse suficiente tiempo para que dijeran sus despedidas, cerrar la puerta, y con suerte suficientes segundos para que Alondra estuviera fuera de rango y no pudiera escucharlas... entonces Xóchitl se dejó caer de rodillas, envolvió a la pequeña en sus brazos y rompió en llanto una vez más.

Rosa nunca preguntó por qué su mamá lloraba, o por qué la sujetaba con tanta emoción; la pequeñita sólo la abrazó. Sólo dos palabras cruzaban los labios de Xóchitl de vez en cuando:

—*Mi bebé...*

Fiore todavía tenía que asistir a clases en la tarde. Afortunadamente para entonces había conseguido controlarse lo suficiente. Dejó a Rosa con Will, el joven padre soltero de un niño de cuatro años que vivía en el mismo piso que ella; era su día libre y su turno de cuidar a los niños esa tarde.

El primer par de clases salieron bien, la pelinegra se mantuvo alejada de los demás. Nadie se le acercó. No hasta que estaba al final de su descanso, de camino a su tercera y última clase del día.

—¿Fi…? ¡¿Fiore?!

Le tomó a la muchacha un par de segundos darse cuenta de que era a ella a quien le hablaban. Con los recuerdos recién recobrados y, antes de eso, las semanas que pasó con personas que solían llamarla Xóchitl, o Flor… personas que la conocían en formas que sus profesores y compañeros nunca lo harían. Una vez que se detuvo se dio cuenta de que se trataba de Jessica llamándola, y no estaba sola; con ella estaban Ximena, Marlene y al menos la mitad de su grupo. Y todas miraban a la joven de cabellos negros como si acabara de salirle otra cabeza.

—¿En verdad eres tú, Fi? —Keiko, la petisita mitad mexicana mitad japonesa, preguntó en un tono de voz un tanto chillón.

No se le pasó por la cabeza a la muchacha sino hasta entonces, cuán diferente sus compañeros probablemente la encontraban. Que quizás la razón de que nadie le hablara esa tarde no era porque de pronto no les agradaba, sino porque hasta ese momento nadie se dio cuenta de que en verdad era ella. Y es que Xóchitl ya no llevaba puestos sus lentes de contacto, no los usaba desde el inicio de las vacaciones de invierno; su cabello estaba recogido en un moño estilo francés un poco desaliñado, aunque algunos mechones rebeldes de cabello consiguieron escaparse, y eran suficiente para que otros notaran que su cabello no era para nada enrulado. Después estaban sus zapatillas de piso, había dejado de usar tacones por completo; mientras que el resto de su ropa era la misma que usaba antes, todo lo demás hacía que su imagen fuera bastante diferente.

—Soy yo —respondió simplemente.

—¡No te reconocí! —exclamó Keiko en un tono un tanto odioso—. Te ves tan… cambiada.

—He cambiado —dijo Fiore, encogiéndose de hombros un poco.

—Te mudaste —comentó Jessica, en un tono más bajo del que acostumbraba usar. Era como si no supiera cómo reaccionar a los cambios de Fiore.

—Era necesario —Fiore respondió con sequedad, no quería mencionar a Rosa y arriesgarse a que alguien dijera algo negativo sobre ella.

No esperó a ver qué más una de ellas podría decir, decidió que ellas no eran su problema. Ya tenía bastantes de esos, y nada de espacio para más.

Esa tarde Azucena y Cris las visitaron, llevando la cena. Insistieron en ello, tomando como excusa la celebración del cumpleaños de Xóchitl. Tomó toda la fuerza de voluntad que la muchacha mayor poseía para no arrojar sus brazos alrededor de la chica de cabello corto, sujetarla fuerte, nunca dejarla ir… aunque le hubiera sido imposible explicar su comportamiento sin también tener que decirles sobre sus recién recobradas memorias, y eso es algo que Xóchitl no deseaba hacer.

Lo tenía resuelto desde antes de la comida. Recordar esa vida, especialmente el final… era una carga pesada para llevar, toda la sangre, las lágrimas, la pena, el dolor… de ninguna manera iba a poner ese tipo de peso sobre nadie más, y menos en una de sus niñas. Así que se contuvo, recibió a los dos como si fueran sólo amigos, tal y como lo eran dos días antes, todo el tiempo rezándole a los poderes supremos para que le dieran la fuerza para hacer lo que tuviera que hacerse.

Para cuando tuvo lugar la siguiente batalla, el jueves, Fiore era más capaz de mantenerse a sí misma bajo control; asegurarse de que nada que hiciera llamaría la atención de Azu, de Cris, y ciertamente no la de Belladona o cualquiera de los otros.

Para el sábado, sin embargo, Xóchitl comenzó a aceptar que no podía ignorar el hecho de que las cosas habían cambiado y no podía manejarlo ella sola. Necesitaba a alguien en quien pudiera confiar, alguien con quien se pudiera desahogar, y que estuviera en posición de ser su apoyo, si alguna vez lo requería. Escogió a Camelia.

—Recuerdo.

Esas fueron las primeras palabras que salieron de la boca de Fiore apenas estuvieron solas las dos mujeres, con Rosa tomando una siesta en un tapetito después de que Camelia tocó varias melodías para ella.

La mujer mayor no dijo nada, sólo esperó con toda la paciencia del mundo a que Xóchitl estuviera lista para decir más que esas dos palabras.

—Mi vida… como Xochiquetzal… la recuerdo.

Eso era mucho más claro, aunque Camelia no tenía idea de qué decir. Ella notó que algo molestaba a su sobrina desde el momento en que las chicas llegaron; aún entonces, de todas las cosas que imaginó pudiera tener en mente, esa nunca se le ocurrió. ¡Ni siquiera sabía que era posible!

—Querías… ¿tú querías recordar? —Camelia ni estaba segura de cómo formular esa pregunta en particular. ¿Fue un accidente o a propósito?

—Yo… eso supongo, sí —Fiore exhaló.

No tenía idea de lo que pasaría con exactitud, pero sin duda rompió ese hechizo por su voluntad. Y la verdad era que, aun y con lo estresada que todo el asunto la ponía, y pese a todos los sueños y los nervios que no podía evitar, no se arrepentía de su decisión. No sólo porque sabía que necesitaría esos recuerdos tarde o temprano, sino porque comenzaba a darse cuenta de que ella en verdad era Xochiquetzal tanto como era Xóchitl/Fiore.

—No esperaba que las cosas fueran… que hubieran sido… así —Xóchitl explicó un poco más—. Pero sí, elegí recordar.

Le explicó un poco las cosas a Camelia. No todo, y por supuesto ninguna de las partes más personales, pero suficiente para que la mujer al menos comenzara a entender por qué el obtener esas memorias estaba afectando tanto a la muchacha.

—Hay una cosa que me he preguntado —comentó Camelia tras un rato—. ¿Siempre has sabido con certeza que tú eres Xochiquetzal o lo descubriste con estos recuerdos? ¿O en algún otro momento?

—Esa es una pregunta complicada, y una respuesta aún más… —la joven respondió en tono bajo—. No lo sabía, no con seguridad. Cuando las sombras comenzaron a cazarme y conocí a Azucena y Cris, me di cuenta de que tenía poder. Algunas cosas siempre las pude hacer, como mezclar tés, hacer crecer plantas… sólo que nunca le presté atención a nada de eso. Después descubrí mi magia y eso… se sintió natural, sin esfuerzo. Después Belladona y su grupo aparecieron, ellos fueron los primeros en llamarme Señora, y Xochiquetzal y… fue como si una parte de mí supiera que estaban en lo cierto, pero quedaba una parte aún más grande… aunque… tenía miedo de abrazar esa verdad. Así que mientras no lo negué, tampoco lo acepté. Comencé a cambiar, sin embargo, de la persona que inventé cuando vine a vivir a la capital en… no tanto mi antiguo yo, pero quizás a una versión más saludable de mí misma. Después de que Rosa entró en mi vida, la aparición de las bestias, conocerte… creo que estaba aceptando la verdad poco a poco, incluso antes de recuperar mis recuerdos. Eso fue tan sólo la última pieza del rompecabezas. Como si todo encajara, por fin.

—¿Qué hay de los demás? ¿Tus sacerdotisas y sus protectores? —inquirió Camelia—. ¿Les dirás lo que has recordado? ¿Intentarás recobrar sus recuerdos?

—¡¡No!! —la respuesta de la hechicera reencarnada fue más fuerte de lo que ella esperaba—. No, nunca les haría eso a ellos. —Tembló de sólo pensarlo—. Reconoceré quién soy, y quiénes son ellos, pero eso es todo. Si hacen preguntas consideraré darles respuestas, pero hay cosas que en realidad no necesitan saber. Y sobre sus propios recuerdos… no, mientras de mi dependa no haré eso. Esa es una carga de la que merecen ser libres.

Camelia no entendía del todo, pero a fin de cuentas ella no era una reencarnación, así que no había forma de que lo hiciera; y respetaba a Xóchitl lo suficiente, tanto como quien era en su vida actual, como quien fue, para no insistir.

No fue sino hasta el siguiente lunes que Fiore estuvo en contacto con Draco por primera vez desde su desastroso casi-beso antes de las vacaciones de invierno. Una parte de ella quizás notó los detalles en sus recuerdos, pero no fue por completo consciente de ello; no hasta que lo vio pasar y entonces recibió todo el impacto, tan fuerte que se quedó sin aliento. Su mano se cerró de forma compulsiva sobre su dije al mismo tiempo que ella se giró de golpe y se alejó lo más rápido posible sin llamar demasiado la atención.

Era él... ¡Era Él! Draco Yao Tamay era la reencarnación de Ce Acatl Topiltzin Quetzalcóatl. Su rey... su amante... suyo...

De pronto algunas cosas tenían mucho sentido. Los sentimientos e instintos que tuvo hacia él desde el comienzo; su mutua atracción... ¡hasta su rechazo! No estaba segura si debía sentirse honrada de que después de tanto tiempo, siglos y vidas enteras, él todavía mantenía su promesa; o espantada de que él permitiera que una promesa de hace mil años le evitara tomar sus propias decisiones. Por otro lado, ella llevaba puesto su collar, no se lo había quitado ni un solo momento desde que lo encontró en aquella caja de madera. Y después de averiguar la verdad, éste sólo se convirtió en algo todavía más preciado para ella.

Así que no, quizás no estaba espantada, quizás estaba honrada... incluso así no tenía ni idea de cómo se suponía que debía manejar todo el asunto. ¡Él ni siquiera la reconoció! ¿Era ella tan diferente de como fue alguna vez? Sus chicos parecían poder ver a través de su fachada sin problema, pero el hombre que se suponía que era su alma gemela la miró a los ojos, casi la besó, y después se alejó como si nada. ¿Cómo se suponía que debía interpretar eso?

Los días pasaron, uno por uno, y Xóchitl podía sentir dentro de ella el cambio de las estaciones, la forma en que el hielo y la nieve del invierno se derretían para dar paso a las flores de primavera. Podía sentirlo tanto con sus sentidos humanos como con los mágicos y era un precioso regalo el poder re-descubrirlos y a sí misma de tal manera. Mientras que el Templo de las Flores poseía suficiente magia, tanto suya como de los poderes supremos, para mantenerse en primavera eterna, y con las plantas floreando sin cesar, Xochiquetzal siempre tuvo gran apreciación por el paso de las estaciones. Amaba la forma en que el mundo cambiaba, y especialmente la forma en que la tierra a su alrededor cantaba sobre esos cambios.

El tiempo seguía avanzando y, de alguna forma, la hechicera reencarnada consiguió adaptarse a sus cambios sin llamar demasiado la atención hacia sí misma. Azucena y Cris sí se dieron cuenta de lo obvio, de que algo estaba pasando; pero así como respetaron sus secretos en el pasado, hacían lo mismo en el presente.

En algún punto Fiore trajo a Cris y Azu a conocer a Camelia y todos se llevaron de maravilla. No se hizo mención de Xochiquetzal, aunque como todos compartían dones tenían mucho de que hablar. Además, Cris convenció a Camelia de salir con ellos, en lugar de quedarse siempre en el departamento. Él la cargaba para bajar las escaleras, mientras las chicas llevaban su silla y bolso, después la sentaban de nuevo e iban a pasear por algún parque, un invernadero o incluso un par de galerías. Ni siquiera se limitaban a la colonia. Camelia les dijo el primer par de ocasiones que no se molestaran, pero de a poco los jóvenes consiguieron convencerla de que no era una molestia, que les encantaba salir con ella, ver lugares nuevos, y escuchar sus historias.

Un día cualquiera a mediados de marzo estaban todos visitando un zoológico de animales acariciables cerca de Xochimilco. Rosita estaba encantada, tomando turnos para alimentar y mimar a todos los animales que veía. A Camelia ni siquiera le importaba cuán difícil era maniobrar su silla en la grava, tan sólo ver la dicha en los ojos de la pequeña era suficiente para que cualquier dificultad valiera la pena.

Les tomó casi dos horas llegar hasta el lado opuesto del zoológico, donde se quedaron por un rato, haciendo un pícnic con su almuerzo y observando los patos por un rato. Rosita en particular se la pasaba riendo mientras veía a dos patos pelear por un pedazo de galleta que les arrojó. Incluso los adultos reían un poco; ya fuera por los patos o por la dicha infantil de la chiquilla.

Y luego vino el rugido.

Nadie dijo una palabra por uno o dos segundos.

—No hay gatos salvajes en este zoológico —dijo Azucena de improviso—. ¡Revisé!

Por supuesto que lo hizo antes de salir de casa. Ella sabía que Rosita se aterraba de los gatos salvajes, y con buena razón. Pero allí seguía ese rugido… y hasta los animales del zoológico comenzaban a verse un tanto nerviosos. Sólo podía significar una cosa.

Xóchitl no esperó a que nadie hablara, en un instante alzó a Rosa en vilo y se giró a los demás.

—¡Corran! —les gritó.

No eran los únicos corriendo. Los rugidos habían aumentado, y se habían multiplicado. Ninguno de los visitantes al zoológico sabía qué estaba sucediendo, aparte de quizás ellos, pero todos entendían que no podía ser bueno. Y era por eso que todos corrían.

Pronto la escena se convirtió en absoluto pandemonio. Sabiendo que la silla de ruedas era un inconveniente Camelia no dudó en el momento que Cris se acercó: sólo arrojó sus brazos alrededor de su cuello, permitiéndole que la tomara en brazos, y él empezó a correr tan rápido como podía.

Luego vino el verdadero problema. Había tanta gente corriendo, cosas siendo aventadas, y aquellos que se caían, que eran atropellados… en un intento por no pisar a un pobre hombre que acababa de caer frente a ellos Cris terminó perdiendo el balance por completo, apenas sí pudo girar en el aire lo suficiente para no aplastar a Camelia debajo de él; lo cual tuvo el efecto secundario de hacer que su cabeza chocara contra una roca, noqueándolo.

—¡Cristóbal! —Azucena chilló en pánico.

Los rugidos seguían aumentando en volumen y en cercanía.

Azu se quedó de pie ahí, congelada, sin saber qué hacer. Fiore y Rosa iban bastante adelante y por ello no notaron lo que sucedió. Rosita era la prioridad de Xóchitl, claro que sí, como debía ser … aunque eso sí dejaba a Azu en un dilema que odiaba.

Camelia respiró hondo, enfocándose antes de fijar su vista en Azucena.

—No lo pienses demasiado —le ordenó con una extraña mezcla de serenidad y profunda autoridad—. Tómalo y corre.

—¡¿Qué?! —la jovencita no podía creer lo que la mujer mayor acababa de decir.

—Dije: tómalo y vete —Camelia insistió.

—Pero Cam… —Azu comenzó.

—¡Es bastante simple, niña! —la mujer paralizada anunció—. No nos puedes cargar a ambos, y lo necesitas. Lo que es más importante, ¡Xóchitl los necesita a ambos!

—Te necesita a ti también. ¡Eres su tía! —Azucena espetó.

Y ustedes son sus chicos… ella no los puede perder, no de nuevo, pensó Camelia para sí misma, pero no lo dijo en voz alta.

—Ella los necesita más —dijo en lugar de eso—. Ahora agárralo y vete. ¡Date prisa! ¡No hay tiempo que perder!

Azucena detestó esa orden, casi se odiaba a sí misma en ese preciso momento, pero en lugar de internarse en sus emociones hizo lo que se le dijo. Tomó a su compañero y lo alzó sobre su hombro en una cargada del estilo de los bomberos y se levantó. Estaba a punto de decir algo más cuando un movimiento captado de reojo llamó su atención. Giró la cabeza y entonces lo vio, un hombre, en pantalones de mezclilla oscuros, enlodados y un tanto rasgados, botas gruesas de piel curtida y una chaqueta café de piel sobre una camiseta interior blanca; no parecía tener pelo en su cabeza y sus ojos eran como ámbar sólido. Azucena perdió el aliento por completo con solo verlo.

—¡¡¡Corre!!! —Camelia le gritó a la chica, sin tener idea de qué la hizo inmovilizarse de esa forma, de improviso.

El grito de la mujer la despertó, obligándola a apartarse, Azucena hizo lo que se le dijo: corrió.

Camelia por su parte respiró hondo y se dispuso a esperar. Tomó un momento para acomodar sus piernas y su falda un poco; un esfuerzo sin sentido quizás, pero le daba algo que hacer mientras esperaba... no que creyera que tendría que esperar mucho tiempo.

Sin embargo, cuando el momento llegó... no fue como se lo esperaba.

Azucena alcanzó a Fiore en el área del estacionamiento, la gente se apresuraba a sus autos, autobuses, cualquier transporte que pudieran usar. De hecho, la joven aguardaba por ellos en la puerta del autobús, por lo visto consiguió convencer al conductor de esperarlos. Sus ojos oscuros se dilataron cuando se percató de que Azucena cargaba a un inconsciente Cris, y Camelia no estaba con ellos. Tantas preguntas vinieron a su mente, pero no podía encontrar las palabras para pronunciar siquiera una; menos cuando Azu la miró, ojos ámbar llenos de lágrimas, mientras negaba con la cabeza.

Xóchitl presionó una mano contra su boca. Por un loco demente segundo ella consideró saltar del autobús e ir directo de vuelta al zoológico para buscar a Camelia. Quería creer que podía llegar a tiempo, ¿pero entonces qué? Si lo hiciera, las probabilidades de ganarle a los jaguares no eran muy buenas, y ella dudaba que el autobús las fuera a esperar. Además, si la mataban en el intento todos estarían enojados y, peor aún, decepcionados, Camelia en especial. Sin embargo, la razón principal para no hacer algo así se volvió obvia cuando una pequeña mano se sujetó de su ropa con fuerza. Ella había sentado a Rosa, pero la niña se negaba a dejarla ir del todo; como si una parte de ella temiera que su mamá fuera a irse... y entonces Fiore supo que no podía hacerlo, no podía dejar a Rosa. Así que en lugar de eso sólo miró a Azu mientras ella corría los últimos metros hasta el autobús, intentando comunicar tanto en una sola mirada: su comprensión, su aceptación, resignación, orgullo... e incluso alivio. Porque Azucena estaba bien, Cris estaría bien, habían sobrevivido... y un día harían justicia por Camelia.

Un día la hechicera haría justicia por todos ellos. Lo juraba.

Capítulo 18
Crisantemo

—Vi a Esteban… en el zoológico… estaba ahí…

No era la primera vez que Azucena decía esas palabras desde que el grupo regresó de Xochimilco; al menos después de que lograron hacer a un lado el estupor por la pérdida de Camelia. Fiore seguía sin comprender del todo el significado de eso; aunque lo cierto es que para ello se reunieron.

Estaban en el departamento de Cris y Xóchitl había preparado una de sus mezclas especiales de té, a insistencia de ellos; una que se suponía los ayudaría a mantener la calma. Eso al menos era suficiente para decirle que lo que venía sería duro.

—Hay secretos que no compartimos, todos estamos conscientes de eso, todos respetamos eso —comenzó Azucena, vaciando su voz de toda emoción, haciendo lo mejor posible por distanciarse de las cosas—. No digo esto para presionarte, Flor, sino porque uno de mis secretos, quizás el mayor secreto de todos, se ha vuelto relevante. Más de lo que esperé que pudiera ser algún día.

—Ya veo. —Fiore asintió con serenidad—. No te juzgaré Azu, espero que sepas eso.

—Lo sé. —La chica de ojos ambarinos asintió con una pequeña sonrisa—. No sé si sepas esto, pero, Azucena no es mi verdadero nombre… o al menos no mi nombre de nacimiento. Yo nací siendo Elena Susanne Norwood Valle, la única hija de la amante de un hombre rico. Él vivía en un rancho en el sur de Nuevo México. Siendo las cosas lo que son, es posible que su familia todavía viva ahí. Él cruzaba a Chihuahua cada dos semanas por trabajo, y para ver a mi madre. —Azucena negó con la cabeza—. Ella murió cuando yo era pequeña, de cinco años más o menos. La familia de mi madre no me quería, siendo que era una hija ilegítima, me veían como nada más que el fruto de un pecado… —dejó salir un suspiro—. No estoy segura cómo es que terminé viviendo con mi padre, sólo sé que así fue. La señora Norwood me odiaba, igual que sus hijas, pero el mayor, su hijo… yo le agradaba, él me amaba. Esteban era… bello, todo lo que un hermano mayor debe ser. Era siete años mayor que yo y en absoluto perfecto. Él me servía el desayuno y luego caminaba conmigo a la escuela cada mañana, después me recogía en las tardes; algunos días íbamos por una malteada en el camino de regreso. Después me ayudaba con mi tarea, siempre era tan paciente cuando no entendía algo, o cuando el idioma me daba problemas. Hasta me defendía de mis hermanas cuando ellas eran malas, incluso me protegía de su mamá. Y en las noches leíamos un nuevo capítulo de algún libro antes de arroparme en mi cama.

Sí, en definitiva, el mejor hermano mayor en la historia. Xóchitl podía ver que ella lo amaba; eso no explicaba qué estaba sucediendo en ese momento…

—Más o menos por las fechas en que me gradué de la secundaria, la señora Norwood por fin se hartó de mí —la muchacha de cabellos cortos siguió—. Quería mandarme a un internado. A decir verdad, quiso hacerlo desde que llegué a esa casa… y entonces mi padre murió. Él era el único que la detenía; y sin él, ella decidió deshacerse de mí del todo. Sus hijas me contaron todo tipo de cosas, y yo nunca supe qué planeaba hacer en realidad; ellas decían que me iban a sacar de la casa, enviarme a un orfanato, venderme… al final decidí que prefería no averiguarlo. Empaqué una maleta y hui. —Negó con la cabeza dejando entrever cierta tristeza—. Desde luego yo no tenía ni la más remota idea de a dónde ir o cómo vivir por mi cuenta. Esteban me encontró dos días después, intentando dormir en una banca del parque. Me dijo que conversó con su madre y que nunca la perdonaría por ser tan cruel conmigo; y además que él me prefería a mí… ¡me escogió por encima de su madre y sus hermanas!

Lágrimas empezaron a caer por las mejillas de la sacerdotisa, y su amiga, en verdad quería abrazarla, pero sabía que no era buena idea, Azucena/Elena necesitaba desahogarse. Cris por su parte sólo frotó la espalda de su compañera, comunicando todo su apoyo, entonces y siempre.

—Fue su idea venir a México —la de ojos ambarinos continuó—. Él pensó que era el lugar perfecto para un nuevo comienzo. Compró boletos para ambos con destino a Ciudad Juárez, Chihuahua, de donde era mi madre. Cruzamos la frontera sin problema, y después fuimos al hotel. Queríamos esperar unos días para decidir a dónde iríamos después, y es que yo no quería quedarme en Juárez de manera permanente. Nunca esperamos que alguien intentara secuestrarme justo al día siguiente. —Se estremeció sin querer—. Había escuchado las historias, por supuesto. ¿Quién no? Pero nunca imaginé ser un objetivo de aquella maldad. Esteban llegó justo a tiempo, me salvó, pero sabíamos que el hotel no era seguro, así que nos fuimos. La idea era encontrar un autobús o algo y llegar al menos hasta Chihuahua… pero algo salió mal. Nos asaltaron, un hombre intentó violarme; cuando Esteban me defendió, lo golpearon, y antes de entender qué sucedía yo ya estaba a mitad del desierto, corriendo, sin tener idea de a dónde ir. Lo último que escuché de Esteban fue que me gritaba que corriera.

La chica aún podía recordar sus exactas palabras:

—No mires atrás hermanita, sólo corre ahora… ¡¡¡corre Azucena!!!

—Él me llamó Azucena, porque mi flor favorita son los lirios, y él dijo que esa era una forma más bonita y elegante de llamar a esas flores —la muchacha de cabello cobrizo murmuró en voz baja—. Me tomó tiempo, pero salí del desierto. De alguna forma conseguí evadir todo el estado de Chihuahua también y llegué a un pequeño pueblo en Coahuila… viví en las calles por varias semanas, y después conocí a Cris. También fue en el desierto que descubrí mis dones, son probablemente la única razón por la que sobreviví.

Al principio Fiore no podía terminar de creer lo que escuchaba. Las similitudes de la historia de Azucena con… bueno, con la de Lirio, eran increíbles. No estaba segura si era coincidencia, ironía o destino, y no estaba segura de querer saberlo. La reencarnación ya era un tema delicado, la posibilidad de que la historia se repitiera… la mera idea la llenaba de miedo y la más terrible desesperación.

—Conocí a Azu varias semanas después de su llegada a Coahuila —Cris se encargó de seguir la historia—. Al principio no quería dejar que ella se me acercara tanto. Las sombras habían estado apareciendo en fechas recientes, siempre tras de mí, y no quería ponerla en riesgo… ¡y después la vi lanzando rayos de sus manos! —Se rio de sí mismo ante el recuerdo—. Nos volvimos buenos amigos después de eso y comenzamos a pelear juntos contra las sombras. Fue idea de Azu el espiarlas, intentar averiguar de dónde venían, así fue como terminamos aquí, en la capital, donde te conocimos a ti Flor…

—¿Sabían, antes de venir aquí, sabían sobre… Xochiquetzal y todo este asunto de la reencarnación? —Xóchitl preguntó con voz queda.

—No. —Ambos negaron con la cabeza.

—Aunque… —Azu agregó después de un momento—. He estado teniendo sueños. Sobre mí, excepto que con cabello largo y otras chicas, y chicos y… y tú en un vestido blanco y con un velo sobre tus cabellos, caminando con un hombre en ropas de lino y piel.

Mientras que vestido quizás no era la mejor forma de describir las ropas de su vida pasada, la hechicera reencarnada no tenía duda de que en verdad se trataba de ella, y de todos los demás. Azucena realmente recordaba.

—Aunque, no comencé a tener los sueños sino hasta después de conocerte —la sacerdotisa reencarnada agregó de pronto.

Ninguno de ellos mencionó que, por primera vez, Fiore estaba hablando de manera abierta sobre las cosas, sobre quién era. Sin importar que no lo dijo en forma directa, todos lo entendían.

No hablaron por varios minutos, los tres adultos sólo se sentaron ahí, bebiendo su té. La mente de Fiore seguía dándole vueltas a la historia de Azucena; quería tanto ayudar a su amiga… pero sabía que no podía hacerlo en ese momento, no con todo lo que sucedía, pero quizás una vez que se hubieran encargado de Tezcatlipoca…

—Espera un momento —algo se le ocurrió a la hechicera justo entonces—. ¿No dijiste que viste a tu hermano en Xochimilco? ¿Cómo...?

—Sí... lo vi —la sacerdotisa asintió, tensa—. Flor... —tragó—. Él era quien controlaba a las fieras...

De todas las cosas que Xóchitl esperaba escuchar... no vio esa venir.

En otro sitio, Camelia abrió sus ojos. Desde el principio supo que algo extraño sucedía, pues lo último que esperaba luego de aquel ataque era encontrarse con vida... y entonces recordó...

Camelia se había quedado donde Cris la dejó: sentada sobre tierra y piedras, falda enlodada y un poco rasgada, le faltaba uno de sus zapatos, aunque no se dio cuenta sino hasta ese momento. No que importara mucho, podía escuchar a los jaguares acercándose, y estaban de cacería...

Y luego vino otro sonido, más fuerte que los gruñidos, era una motocicleta, hizo un medio giro alrededor de ella antes de detenerse a menos de dos metros de distancia. El hombre en ella ni siquiera se quitó el casco, saltó de la moto, la alzó en brazos y la sentó en la parte de atrás de la moto antes de volverse a subir y arrancarla de una patada.

—¡Sujétese! —le gritó él con brusquedad.

Ella lo hizo instintivamente, arrojando ambos brazos alrededor de la cintura del hombre un segundo antes de que arrancaran a toda prisa, rocas y polvo volando en una estela detrás de ellos.

Camelia no estaba segura de cuándo perdió la consciencia, o cuándo llegó a... donde quiera que se encontrara en ese momento. Y no estaba sola. En las siguientes horas vio a muchachas en ropas casuales y rebozos ir y venir, a veces entraban en la habitación para revisarla; si la veían despierta le preguntaban cómo estaba, si algo le dolía, si tenía hambre, sed, etc; pero nunca hacían esfuerzo por conversar con ella, o explicar quiénes eran y dónde estaba. Tras varias horas Camelia perdió la compostura.

—¡¿Cuándo va alguien a explicarme qué, por la Tierra, está pasando aquí?! —demandó ella en su tono más feroz.

—Para eso estoy aquí —anunció una nueva voz desde la puerta.

Viéndola, Camelia de inmediato supo que era diferente de todas las otras chicas que observó todo el día. Ojos color chocolate y cabellos casi del todo lacios de un castaño claro y recogido desordenadamente con un *clip*; llevaba puestos *jeans* ajustados y una playera gris de manga larga, además llevaba un rebozo de color marfil con detalles en azul y violeta en el borde. Camelia supo de inmediato que ella era diferente, más que cualquiera de las otras muchachas; y no era sólo el rebozo, el cual usaba como chal y era más ancho que cualquiera de los que usaban las otras. Existía algo más en la joven, algo en la forma como se manejaba a sí misma, su propia aura la delataba… la mujer lo entendió entonces.

—Hola sobrina…

La siguiente semana fue un poco frenética. Tantas clases con sus lecturas y tareas, y Fiore hacía lo posible por encontrarse con Cris y Azu al menos cada dos días. Escuchaban a los gatos salvajes en la distancia todas las noches, pero no los volvieron a ver, o al hermano de Azucena. No se dieron más ataques de las sombras tampoco, pero todos ellos podían sentir la tensión, una amenaza crecía.

Para el viernes, Fiore estaba más que exhausta. Su único consuelo era saber que ya no tenía clases los sábados. Puesto que ya había obtenido todos sus créditos de lenguaje, sus sábados estaban completamente libres; lo cual compensaba un poco el que tuviera una clase tarde los viernes lo cual le hacía imposible cenar con Rosa.

Iba de camino a esa última clase cuando Draco la abordó.

—Señorita Fiore… —la saludó él en tono quedo.

—Sólo Fiore está bien —murmuró ella sin voltear a verlo.

—¿Me has estado evitando? —le preguntó él, un tanto brusco.

—¿Qué...? —ella no se esperaba esa pregunta—. ¡No! ¿Por qué pensarías eso?

—Quiero decir... sé que fui muy grosero ese día, antes de las vacaciones de invierno... —empezó él, frotando la parte de atrás de su cuello, excusándose.

—No m... Q... T... Draco... —Xóchitl requirió de toda su fuerza de voluntad para no pronunciar el nombre equivocado.

Quizás sí lo estuvo evitando... ¡pero no por la razón que él pensaba! La verdad era que ella tenía miedo de hacer algo mal, y no se trataba sólo del nombre. ¿Y si en verdad no la recordaba? Incluso si ella sabía que él recordaba la promesa, o al menos así parecía, eso no significaba que recordara todo. Si ese fuera el caso, la recordaría a ella, ¿cierto?

—Es sólo que he estado muy ocupada este semestre —agregó ella para reforzar su respuesta—. Te prometo que no es nada en contra tuya, y de hecho no tiene nada que ver con nuestra charla en el parque antes de las vacaciones.

Dicho así no era una mentira.

—Ya veo. —Se podría equivocar, pero su tono de voz sonaba como que no le terminaba de creer—. Supongo que siendo tu último semestre las cosas pueden ponerse locas.

—Definitivamente. —Asintió ella, ¡y después estaba todo lo demás de lo que no le iba a contar!

Ella sabía que él tenía el derecho a saber. Era parte de todo tanto como ella, después de todo; Tezcatlipoca no estuvo sólo tras ella antes, sino de él también. Sin embargo, si él en verdad no recordaba... ¿cómo podría esperarse que ella le explicara la situación? Su historia... su amor... ¡la creería chiflada sin duda!

—Cena conmigo.

Fiore casi tropezó entonces.

—¿Qué...? —¡¿De dónde demonios había salido eso?!

—Bien, tal vez esa no era la mejor forma de invitarte a salir —admitió él de forma autocrítica; entonces, aprovechando que por fin dejaron de moverse, se paró frente a ella y de manera muy formal dijo—: ¿Me haría la hermosa dama el honor de acompañarme a cenar en esta perfecta noche?

La hechicera sintió su boca seca, mientras un recuerdo cruzaba por su mente; esas eran las exactas palabras que su amado usaba para invitarla a cenar cada vez… incluso antes de que la besara por primera vez.

—¿Señorita Fiore…? —inquirió él, confundido.

La joven parpadeó una vez, dos, y al final permitió que sus ojos, oscuros como el cacao, se cruzaran con los de él, iguales a la noche. Podía sentir dentro de ella su alma estremecerse, como si una pieza de su corazón y de su espíritu, fragmentos de lo más profundo de su ser se extendieran para alcanzar algo… luego él parpadeó y el momento pasó.

Él aún la miraba, esperando, y todo lo que atinó a hacer ella fue asentir. Ese momento, esos breves segundos, le robaron del habla por completo. ¡Y no tenía idea de cómo se suponía que iba a sobrevivir ir a cenar con él!

Para su sorpresa, la estudiante de último semestre tuvo otro encuentro inesperado justo al terminar la clase. Draco permaneció en el salón la mayor parte del tiempo, hasta que una secretaria lo llamó; al parecer alguien lo buscaba. Le dejó una nota a Fiore pidiéndole que se encontraran en el estacionamiento cuando ella terminara su clase. Con la maestra tardándose demasiado en explicar el ensayo que esperaba que los estudiantes escribieran para su siguiente clase, la joven ya iba retrasada; lo que la hacía menos dispuesta a detenerse y platicar con cualquier persona. Sólo la identidad de la chica que se aproximaba la hizo detenerse en seco, y eso debido a que nunca la hubiera esperado: era Verónica Reséndiz.

—Necesito hablar contigo —la estudiante de Publicidad anunció sin siquiera saludar.

—Me temo que no me puedo quedar a platicar ahora —declaró Fiore al tiempo que se echaba el bolso al hombro—. Me están esperando y ya voy tarde.

Una parte de ella se preguntaba qué haría que la mujer más joven la buscara, si era importante lo que venía a decir; pero la mayor parte de su mente estaba ocupada con pensamientos acerca de Draco, y cómo manejar la cena que venía sin decir más de lo que debía y terminar revelándose.

—Realmente necesito hablar contigo —Verónica insistió—. Es un asunto serio.

—Puedes decirme en el camino —Xóchitl decidió al tiempo que guiaba a la otra chica fuera del salón—. Necesito llegar al estacionamiento y, como te expliqué, ya voy tarde.

—Lo que necesito decirte va a tomar bastante más que dos minutos. —Era obvio que a la chica más joven no le agradaba que le prestaran tan poca atención. Es complicado y necesitamos hablar en privado.

—En verdad que no tengo tiempo ahora —Fiore insistió—. ¿Por qué no te busco antes de mi primera clase el lunes y entonces hablamos?

Verónica se iba a rehusar, a insistir que la otra mujer se quedara y hablara con ella; pero ya sabía que era inútil, quizás todo el asunto fue inútil desde el comienzo. Al menos lo intentó.

—Seguro —dijo al cabo de unos momentos, una parte de ella preguntándose si a Fiore se le ocurrió que no tenían clases el lunes, toda la semana la tendrían libre gracias a las vacaciones de Semana Santa.

—¡Te veo entonces! —declaró la estudiante mayor antes de alejarse a toda prisa por el pasillo.

Verónica no respondió a la despedida de inmediato, en lugar de eso observó en silencio a la pelinegra alejarse; fue sólo cuando ella hubo cruzado las puertas que tres palabras salieron de los labios de la de cabellos castaños claros:

—*Buena suerte princesa…*

Xóchitl llegó al estacionamiento corriendo. Ni siquiera trató de pasar por su casillero para dejar los libros que no necesitaba, y es que no quería retrasarse ni un poquito más. Pero Draco no estaba ahí. Podía ver a algunos otros estudiantes subiéndose a sus vehículos y marchándose, pero ninguno de ellos era Draco. Temiendo lo peor, ella buscó su coche, pero éste estaba justo ahí, donde siempre lo estacionaba, y no estaba en él, ni en ningún lugar cercano.

Al final Fiore decidió que la razón por la que lo llamaron cuando estaban en clases seguro causó su retraso, así que eligió darle un tiempo para que llegase. Se sentó en una banca cerca del auto y se dispuso a esperar.

Pasó casi una hora antes de que ella admitiera que quizás él la plantó. Por accidente o a propósito. Podía haber habido alguna clase de emergencia, una reunión inaplazable o simplemente no tuvo la oportunidad de decirle que no llegaría; quizás sólo se olvidó de ella. Poco probable como parecía ser la última opción, ella no estaba segura de cuán bien conocía a su viejo amante en la actualidad. Seguía descubriendo cosas nuevas sobre sus chicos, así que ¿por qué no acerca de él también?

En cualquier caso, no podía esperar toda la noche por él. Era tarde, y si bien Lulú había prometido hacer la cena para Rosita y meterla en la cama, Fiore no podía justificar dejarlas solas por mucho tiempo más. Rosa era su hija después de todo.

La hechicera reencarnada tropezó sobre su propio pie al levantarse de la banca, chocando contra el carro de Draco, apenas sí consiguió usar su mano izquierda para evitar golpearse la cabeza contra la orilla de la puerta. Maldiciendo su torpeza, Fiore levantó su bolso y empezó a cruzar el estacionamiento en dirección a la salida del campus más cercana.

Una vez en casa, encontró a Lulú cabeceando en el sillón, una comedia romántica en la televisión, el volumen bajo para no molestar a Rosa mientras ella dormía. Le agradeció a la muchacha, la hija mayor del padre de más edad que vivía en el edificio, le pagó por su tiempo de niñera y después decidió irse a dormir. El plan era descansar un momento, luego cambiarse, comer algo e irse a dormir; pero era tarde y estaba tan cansada que la joven terminó quedándose dormida vestida apenas su cabeza tocó la almohada.

Capítulo 19
Flor de Ajo

Xóchitl sintió una extraña tensión cuando despertó; tenía problemas para respirar, como si el aire a su alrededor estuviera más pesado de alguna forma, y no tenía idea del por qué. Se frotó debajo de los ojos y en la punta de la nariz con las manos, intentando aliviar la tensión de alguna forma, pero nada funcionó. Estaba a punto de ir al baño, esperando que echarse un poco de agua en la cara fuera más efectivo, cuando la puerta se abrió y un pequeño torpedo corrió dentro, saltando a la cama y prácticamente a su regazo:

—¡*Mami, mami, mami!* —la chiquilla exclamó entre risitas alegres.

—¡*Rosita, Rosita, Rosita!* —la joven replicó en el mismo tono cantado.

La pequeña parpadeó una vez antes de soltar una sonora carcajada.

—¿*Cariño…?* —Fiore estaba confundida sobre lo que ocurría.

—¡*La mitad de tu cara está negra mami!* —explicó la niña, riendo aún más.

Confundida, la pelinegra se bajó de la cama y caminó descalza hasta el baño. Mirándose al espejo pudo ver que Rosa tenía razón, el lado izquierdo de su cara se veía negro en varias partes, con líneas y manchas, como si se hubiera frotado algo. Inmediatamente giró su vista a su mano izquierda, y ahí estaba, la mitad inferior de su palma estaba negra, aunque para nada podía comenzar a adivinar por qué.

—Esto parece… —murmuro para sí misma, girando su muñeca hacia un lado y otro, intentando ver mejor la mancha—. ¿Es esto hollín?

Vino a su mente entonces, el recuerdo de la noche previa, el momento en que había tropezado, alzado su mano para evitar que su cabeza se estrellara contra la puerta… utilizó su mano izquierda para sostenerse, ¡precisamente la mano manchada de negro!

La hechicera maldijo. Era completamente anormal en ella, pero en verdad creía que la situación lo merecía. Al menos Rosa no entendía mucho español aún, por lo que era improbable que entendiera lo que Xóchitl acababa de decir.

La pelinegra tomó varios segundos para mirarse a sí misma el espejo, observando la comprensión llenar sus ojos, mientras sus manos se cerraban en puños y ella comenzaba prácticamente a vibrar con lo que probablemente era el comienzo de un ataque de pánico. Aunque no permitió que la dominara. Se dio a sí misma esos cinco segundos para abrazar sus sentimientos, la mezcla de inquietud, creciente horror y algo cercano a la desesperación; después los tomó y los empujó tan hondo como pudo, forzándose a enfocarse en lo que necesitaba hacer.

Casi sin pensarlo la hechicera creó un pulso de magia fuerte, sabía que sería lo preciso para dar inicio a todo.

Una mirada más en el espejo fue lo único que necesitó para decidir que lavarse la cara no sería suficiente, así que se metió en la regadera para darse un baño rápido y después volvió a su recámara a vestirse. Rosa aún la estaba esperando, sentada en su cama; o no sintió el pulso o simplemente no veía razón para cuestionarlo. Fiore sólo sonrió y le dijo que era tiempo de desayunar. No le iba a explicar el reverendo desastre en el que estaban a punto… en el que técnicamente ya se encontraban, a la pequeña… a menos que tuviera que hacerlo.

Xóchitl estaba guardando los recién-secados trastes del desayuno cuando sonó el timbre. El rostro de Rosa se iluminó, como siempre lo hacía cuando recibían visitas, y se apresuró a abrir la puerta. La pelinegra la dejó, sabiendo que la seguridad del edificio era tal que sólo las personas que venían invitadas podían entrar; además, podía sentir a las personas detrás de la puerta, estaban todos ahí.

—¡*Hola!* —Rosita los saludó alegremente.

—¡*Hola Rosita!* —Azu le dirigió una sonrisa brillante.

Cris la saludó también, mientras que los demás sólo agitaron la mano; tal parecía que Belladona y los otros todavía no sabían qué decir o hacer con respecto a la niña. Jacinta de hecho mencionó en algún momento su inhabilidad para "ver" cualquier cosa sobre la pequeña, ella era invisible para su don de videncia; algo que parecía molestarle no sólo a ella, sino a todos en su pequeño grupo.

Todavía dentro de la cocina, de pie, apenas fuera de la vista de los recién llegados, la hechicera reencarnada se tomó un momento para observarlos en silencio. Si bien no era la primera vez que los veía desde que recuperó sus recuerdos, no tuvo la oportunidad antes de simplemente mirarlos… su pecho dolía como si una fuerza invisible la hubiera golpeado en los pulmones, dejándola sin aliento, y estuviera intentando estrujar su corazón, todo al mismo tiempo. Esas personas en la otra habitación… no eran sólo sacerdotisas y guerreros, no eran sólo subordinados; de hecho, ella nunca los vio así; eran suyos… sus chicos. Finalmente, después de tanto tiempo, sus chicos estaban de vuelta con ella… y de nuevo estaban en peligro. En ese momento la joven no quería nada más que ir con ellos, abrazarlos con todas sus fuerzas, besar cada una de sus frentes, decirles cuánto los amaba, cuánto los había amado siempre… pero no podía, no podía hacerlo, era demasiado riesgoso. Esta vez, en esta vida, ella los protegería, no les fallaría en esta ocasión.

Al momento que Fiore entró a la sala todos se enderezaron abruptamente, como si algún tipo de fuerza los obligara a prestar atención. Todos la estaban mirando, y le tomó a Xóchitl un momento darse cuenta de que era la primera vez que todos, excepto Cris y Azu, la veían sin ninguna clase de maquillaje o peinado. Ahí, con sus ojos cafés como el cacao y su largo y lacio cabello negro azabache cayendo sobre su espalda como cascada… si alguno de ellos tenía recuerdos de su vida pasada probablemente estaban sorprendidos al darse cuenta de cuánto se veía realmente como su viejo yo.

—¿Qué está sucediendo? —Cris quería saber, curioso.

—Fuimos invocados aquí. —Julián señaló, inclinando su cabeza hacia un lado en contemplación—. ¿Por qué?

—No hay una manera fácil de decir esto, así que seré franca —declaró la hechicera, respirando hondo antes de decirles—. Se han llevado a Quetzalcóatl.

Estaba siendo probablemente más brusca de lo necesario, pero no encontraba una manera fácil de explicar las cosas, y no tenían el tiempo para largas explicaciones.

—¡¿Qué?! —Aunque al parecer alguna clase de explicación sería necesaria, puesto que la sorpresa era tan grande.

—¡¿El rey es… se lo llevaron?!

—¡¿Sabes dónde está… estaba?!

Era difícil saber en cuál de esos dos puntos los jóvenes frente a ella estaban más enfocados; sin prestar atención a tratar de resolver aquel dilema, la reencarnación de Xochiquetzal buscó ser breve en su explicación.

—Sí, sé quién es en esta vida, lo he sabido por varias semanas. —Y lo había sospechado hace tiempo, o al menos la parte de ella que no se enfocó en la falta de evidencia concluyente que demostrara que ella era Xochiquetzal lo intuyó—. No lo mencioné antes porque no era relevante.

—¿Y ahora lo es? —Azucena arqueó una ceja.

—Por supuesto. —Fiore asintió—. Se lo llevaron en algún momento anoche, antes de las diez, del campus de la Universidad Mater. Lo sé porque se suponía que se iba a reunir conmigo después de terminar mi última clase. Lo esperé por un buen rato, pero nunca apareció.

—¿Si todo esto pasó anoche por qué nos estamos enterando hasta ahora? —quiso saber David.

—Porque anoche estaba demasiado cansada, no me di cuenta de lo mal que estaba todo. —No había notado la mancha de hollín en su mano, no sabía lo que significaba—. Esta mañana lo entendí. Se lo llevaron.

—¿Quién lo hizo? —demandó Eduardo.

—La misma persona que la última vez —respondió Xóchitl sombría—. Tezcatlipoca. No tengo idea de quién podría ser en esta vida, o cómo se ve… —Una súbita comprensión vino a ella, junto con el recuerdo de un abogado que conoció una vez, meses antes—. Sé que está aquí. Tiene dinero e influencia.

—¿Cómo sabes eso? —preguntó Belladona en tono de recelo.

Fiore no quería ni imaginar lo que podrían decir si llegasen a saber que ella en efecto vendió los terrenos de su viejo templo a Tezcatlipoca, así que eligió callarse eso. No era que el hombre pudiera poner pie en el lugar de todos modos, existía una razón por la cual envió a un secuaz. Incluso después de más de mil años la magia en el lugar seguía siendo demasiado fuerte para que él pudiera profanarla; era la misma razón por la que en su otra vida fueron humanos los que atacaron. Además, él disfrutaba de manipular a otros para hacer su trabajo sucio… excepto en lo que concernía a Quetzalcóatl y ella. Él sabía que si en verdad quería destruirlos, tenía que encargarse él mismo. No que ella planeara permitírselo. Podría no haber sido capaz de mucho en su vieja vida, nada más que garantizar que algún día tuvieran una oportunidad en todo caso, pero ella ya no era la persona que fue entonces. Ella era… más, en algunas maneras. Más dispuesta a ensuciarse las manos, en todo caso. También estaba más consciente de los riesgos que aquellos a quienes quería corrían. Lo que sucedió en Xochimilco la tomó por sorpresa, no había nada que pudiera hacer por Camelia, pero antes muerta que permitir que sus chicos murieran, otra vez.

—Eso no es importante —le dijo finalmente a Belladona—. Lo que es importante es encontrar a Quetzalcóatl.

—¿Puedes hacer eso? —Cris quiso saber, y echando un vistazo rápido al otro grupo agregó—: Cuando ellos te llevaron tuvimos dificultades para encontrarte.

—Porque nuestras auras son bastante similares para que las de ellos enmascaren la mía con un poco de esfuerzo, y los rastros que hay míos por toda la ciudad no les hicieron las cosas más fáciles en lo absoluto —la hechicera reencarnada señaló con amabilidad—. Esto es diferente, en todos los sentidos. Mientras que Tezcatlipoca tiene el poder de enmascarar otras auras, al hacer eso mostraría su aura lo suficientemente fuerte para que yo la notara. Y si no enmascara… eso sólo hará aún más fácil para mí rastrear al rey. A diferencia de mí, él no ha estado aquí por mucho tiempo, ni siquiera seis meses, su aura no se habrá filtrado en la tierra tanto. Puedo encontrarlo.

—Muy bien, ¿cuándo nos vamos? —Azucena quería saber.

—Me malinterpretan. —Fiore negó con la cabeza—. No los llamé aquí, no les dije esto, para que vinieran conmigo. Sólo para que supieran la situación, para que estuvieran enterados del peligro. Tezcatlipoca está en este tiempo, en esta ciudad incluso, y es muy probable que venga a buscarlos.

—¿No irás tras el rey? —demandó Belladona en tono acusatorio.

—¡Por supuesto que sí! —Xóchitl prácticamente le espetó—. Eso no significa que los voy a llevar a ustedes conmigo.

—¿Por qué no? —demandó Eduardo entonces.

—¡Porque no quiero que ustedes mueran otra vez! —La hechicera reencarnada finalmente exclamó, perdiendo toda compostura sólo por un segundo.

—¿Qué…? —ellos nunca esperaron eso.

—¡*Mami!* —Rosa exclamó, reaccionando a la angustia de Fiore.

La reacción de la pelinegra fue instintiva, envolvió a la pequeña en un abrazo con un brazo, haciendo lo mejor posible por darle seguridad, incluso mientras mantenía sus ojos fijos en sus chicos. Necesitaba hacerlos entender.

—Fracasé en protegerlos una vez, fracasé en entender el peligro en el que estaban todos esos años atrás, el hecho de que Tezcatlipoca fuese tras ustedes —hizo lo mejor posible por explicarles—. Tuve que verlos morir… —su voz se quebró apenas en la mención de aquel recuerdo—. No lo haré otra vez. Yo no… Yo…

—Mi Señora… —Jacinta comenzó, extendió una mano, vacilante.

Era obvio que ninguno de ellos estaba listo para aquella situación.

—Ustedes me dijeron, cuando nos conocimos... se nombraron ustedes, y llamaron a Azucena mi favorita... pero estaban equivocados —dijo Fiore en un susurro—. Tan, tan equivocados. No sé cuánto recuerdan o no de sus vidas pasadas, pero... ustedes eran míos... mis hijos... los amaba como si fueran mi propia carne y sangre... y me obligaron a verlos morir cuando el templo fue atacado. Fui obligada... los vi caer, uno por uno, y eso me destrozó, casi tanto como el sentir morir a mi amado. Perdí la razón, hice algo... llamé a poderes con los que no se debe uno meter. ¡Es la razón por la que estamos aquí en primer lugar! —Negó con la cabeza—. Pero no lo hice para que terminaran muriendo otra vez. Así que no, no lo permitiré. Voy a ir tras Tezcatlipoca y Quetzalcóatl. Y ustedes se van a ir a un lugar seguro, y eso es todo.

No los arriesgaría de nuevo, de ninguna manera.

Lo que Xochiquetzal no sabía es que aquella decisión en realidad no estaba en sus manos...

De alguna forma Fiore consiguió convencer a Azucena y Cris de llevarse a Rosita con ellos cuando el grupo se separó, minutos después. No quería dejarla sin alguien que pudiera protegerla, en caso de que Tezcatlipoca averiguara acerca de ella, intentara ir tras su niña con la intención de lastimar a Xóchitl. La hechicera reencarnada no tenía idea de que sus ex-protegidos planeaban dejar a la niña con alguien más y después salir a buscarla, ya que no estaban dispuestos a dejarla sola con el mero ser que ya en el pasado fue responsable de las muertes de todos ellos.

Al final ambos planes fueron inútiles. Cuando Fiore abrió la puerta del edificio hacia la calle un auto los esperaba. Un auto sin especificaciones importantes, sedán negro, nada especial acerca de él, la pelinegra no hubiera pensado nada sobre él si no hubiera sido porque al momento en que ella salía un hombre en un traje gris bajó del coche y volteó a verla con absoluta seriedad y ni una pizca de emoción.

—Señorita Yolotl —la llamó él sin una pizca de emoción.

—Señor Ahumada —replicó ella en el mismo tono.

Ella no le preguntó qué hacía ahí en ese instante, la respuesta le pareció obvia. Detrás de ella hizo una señal sencilla, esperando que Cris la viera, escogiera ese momento para no pelear con ella, para tomar a Azucena y Rosa y alejarse… Él intentó hacerlo, lo que fuera que pensara acerca de sus decisiones, al menos valoraba a Rosita lo suficiente para intentar salvarla, pero no estaba destinado a ser. Antes de que pudiera dar un solo paso, Ahumada le estaba bloqueando el camino.

—Ustedes irán en la camioneta —les informó en un tono que dejaba muy claro que no era una pregunta.

—¿Eso haremos…? —comenzó Belladona, un dejo de reto en su voz.

—Alto —Cris tomó el mando entonces—. No podemos arriesgar tener una pelea aquí. No podemos exponer vidas inocentes así. Eso no es lo que hacemos…

No, eso era lo que Tezcatlipoca hacía, lo cual explicaba por qué envió a su secuaz en ese momento, de esa manera… al darse cuenta, Xóchitl maldijo nunca haber considerado tal posibilidad antes. Era a ellos a los que les importaban los inocentes, ese no era el caso con Tezcatlipoca… a él le importaría muy poco matar transeúntes, y a todos en el edificio detrás de ellos: Alondra, Lulú, Miguel, todos… padres e hijos, inocentes. Ellos no podían permitir eso.

—Súbanse a la camioneta —dijo ella con tanta ausencia de emoción como le fue posible.

Por dentro le dolía. Le dolía porque sabía el peligro en que los estaba poniendo a todos al dar esa orden. El hecho de que existiese una probabilidad de que todos murieran la sacaba de cuadro, iba en contra de su naturaleza… pero dejar de cumplir la orden de Ahumada sólo pondría a más gente en peligro. Si decidía ir contra ellos en ese instante y no funcionaba, Tezcatlipoca no dudaría en atacar a otros, ¿casas, negocios, una escuela? Le importaba muy poco las vidas de otros. Y por mucho que amara a sus chicos, ninguno de ellos, y ni siquiera la misma Xochiquetzal, valían vidas inocentes.

Así que fueron.

Afortunadamente Azucena decidió mantener a Rosita con ella. De alguna forma consiguió evitar que ella llamara a su mami mientras el grupo abordaba la camioneta; la propia Fiore esperando hasta que todos hubieran subido antes de entrar en el auto negro. Y entonces arrancaron.

Capítulo 20
Rododendro

Estuvieron en la carretera alrededor de siete horas. Xóchitl pudo medio percibir cuando pasaran a varios kilómetros de los terrenos del antiguo templo, después Tula; y muy poco después de eso, algo desconocido, nunca había estado en esas tierras y por lo tanto no las conocía, ni su esencia. Más o menos notó cuando entraran a la reserva, la naturaleza llamándola en cierta forma. Fue una vez que sintió su propio, muy viejo rastro en la tierra, que entendió en dónde era que se encontraban: Las minas…

La hechicera no pudo evitar el violento estremecimiento que recorrió todo su cuerpo cuando el vehículo fue directo a uno de los túneles. Lo sintió, el momento en el que su lazo con la tierra se tensó, casi hasta el punto de quiebre. Casi, pero no del todo.

Temblaba todavía cuando la puerta se abrió y Ahumada le indicó que bajara. La camioneta se había detenido detrás de ellos y podía ver a sus chicas tambaleándose un poco, sus compañeros haciendo lo mejor posible por ayudarlas sin poner en evidencia que algo estaba mal. Azucena era la que parecía menos afectada; aunque, siendo que estaban en el norte, se encontraban en su territorio, lo cual con seguridad le ayudaba un poco. Además, estaba bastante ocupada sujetando a una llorosa Rosita; la chiquilla estaba sintiendo exactamente lo mismo que Xóchitl, quizás peor aún porque no entendía en lo absoluto por qué estaba sucediendo. Tomó hasta la última gota de voluntad de la pelinegra para no apurarse a donde la pequeña e intentar reconfortarla. Pero no podía hacerlo, no podía arriesgarse a revelar su conexión a Tezcatlipoca o sus secuaces, por el bien de ambas… por el bien de todos.

Fueron guiados por varios túneles, a lo profundo de las minas, hasta que al final terminaron en un espacio abierto, una especie de cámara. Partes de las paredes parecían haber sido talladas intencionalmente de manera que formaran bancas. Además, a mitad de la habitación se alzaba una formación rocosa conformando una especie de trono. Era enorme, hecho de una roca que se veía extraña, mezclando tonos de gris, como los de la plata y el mercurio. Todos fueron guiados a las paredes laterales, excepto Fiore, a quien la hicieron tomar asiento justo frente al trono vacío. Por un momento pareció que Belladona o quizás David retarían la decisión, pero la hechicera reencarnada negó con la cabeza sin levantar sospechas, señalándoles que se calmaran. Las cosas ya eran bastante complicadas, no necesitaban empeorarlas. Además, ella sabía que no tenía manera alguna de desafiarlos; los demás podrían no haberlo notado aún, pero sus dones eran básicamente inútiles tan profundo dentro de la mina. Era la mina de Tezcatlipoca después de todo, y mientras que Xochiquetzal podría ser capaz de llamar un poco de poder si lo intentaba lo suficiente… prefería dejarlo como un último recurso… esperaba que no llegara a eso. No otra vez.

Les ofrecieron comida y bebida en un punto, pero Fiore lo rechazó, y los demás siguieron su ejemplo en silencio. Azu por su parte sacó una barra energética de un bolsillo interior de su chaqueta y se la dio a Rosita. Tenía el hábito de cargarlas y tenía decidido que la pequeña debía comer algo. Xóchitl articuló la palabra "gracias" sin emitir sonido alguno la siguiente vez que la chica giró sus ojos ambarinos en dirección a ella.

Sería imposible saber cuánto tiempo estuvieron todos ahí. Horas. Al final, la mujer de ojos cacao lo sintió antes de verlo; su aura era como una oscuridad invasora a sus sentidos, como una cosa gruesa, viscosa… arrastrándose hacia ella, sofocándola sin siquiera tocarla. Era nauseabundo. Advirtió que nunca le afectó tanto su presencia; ella sabía la razón, por supuesto, y sólo podía rezar que eso fuese ventajoso. Al menos Rosita se quedó dormida en algún punto durante la última hora, y Azucena y Cris estaban haciendo lo mejor posible por mantenerla fuera de la vista, con suerte Tezcatlipoca no tendría razón para volver su atención a ella. Xóchitl moriría, otra vez, antes de permitir que ese monstruo pusiera un sólo dedo sobre su bebé.

—Escuché que rechazaste mi amable hospitalidad, princesa —una voz fluida, sedosa, casi inhumana, llamó.

Todos voltearon su atención en dirección a la voz y vieron entrar a un hombre. Era alto, de espalda ancha, cabello negro cortado al ras y ojos del mismo color de la más pura y brillante obsidiana. Llevaba puesto un traje hecho a la medida, negro azabache, planchado a la perfección, así como zapatos pulidos con terminación de espejo. Entre sus dedos sostenía de manera cuidadosa, casi con elegancia, un cigarro hecho a mano.

Fiore eligió no responder a la provocación y él no insistió. En lugar de eso, el hombre atravesó la habitación para sentarse lenta y gallardamente en el trono. Todos sus movimientos eran pausados, pulcros, perfectamente medidos, bien practicados; el tipo de movimientos que uno esperaría de aquellos nacidos como realeza. Era una fachada que Tezcatlipoca cultivó mucho tiempo atrás, cuando era nadie, pero le gustaba pretender que lo era todo… en un tiempo en que necesitó sacar a ciertos individuos del camino para conseguir lo que quería. En la actualidad… era imposible saber si él en verdad creía que Xochiquetzal y Quetzalcóatl eran tanta amenaza para él, o si quería destruirlos porque sí, para su propia satisfacción, su sentido de victoria; no cambiaba las cosas, a fin de cuentas, aunque la hechicera reencarnada no podía evitar preguntarse por qué no se olvidaba de todo…

—He de admitir que no vi venir esto, no te vi venir —reveló él, enfocándose en Fiore mientras hablaba—. No como eres ahora. Estaba tan seguro de que nos encargamos de ti hace tanto. Después de que firmaste esos papeles, cediendo tu herencia como si fuera nada… no te importaba, estoy seguro de eso. ¿Por qué entonces? ¿Por qué no sólo te alejaste?

Fiore pudo escuchar murmullos desde un lado, mientras Belladona y los demás intentaban entender si las palabras de Tezcatlipoca eran verdaderas, qué quería decir, cuáles eran las implicaciones; pero Xóchitl no les prestó atención. No era importante en ese momento.

—Porque estabas lastimando inocentes, otra vez —le dijo ella de manera escueta—. Aunque, ahora que lo mencionas, yo también quiero saber. ¿Por qué no te alejaste? A decir verdad, si no hubieras venido tras de mí, eso hubiera sido todo. No tenía razón para buscarte, para provocar una confrontación. ¿Así que por qué enviar a las sombras tras de mí?

Ya sabía la respuesta por supuesto, o al menos tenía una muy buena idea de cuál era: mientras que para ella vivir era suficiente victoria, bastante para hacerla feliz, dejarla satisfecha; Tezcatlipoca no permitiría nada menos que la completa destrucción de sus enemigos. No estaba en su naturaleza conformarse con menos.

—Es tiempo de terminar con esta pequeña guerra nuestra, princesa —dijo él, a fin de cuentas—. Después de mil años, el tiempo ha llegado, ¿no lo crees?

—No podría estar más de acuerdo —asintió ella con serenidad.

Por supuesto, cada uno tenía ideas diferentes de cómo debía terminar aquella guerra.

—Rompe tu encantamiento —ordenó él, en un tono de alguien que espera ser obedecido sin retraso o vacilación.

—Sabes que no puedo hacer eso —respondió ella con absoluta serenidad.

Tezcatlipoca chasqueó los dedos y en el siguiente instante aparecieron dos hombres jaloneando a una Magnolia que forcejeaba, sacándola del grupo, pugna que terminó abruptamente cuando una navaja de piedra fue presionada contra el lado de su cuello.

Tomó toda la fuerza de voluntad en la reencarnación de Xochiquetzal para no gritar su rabia. Pero sabía que no podía hacer eso, por la seguridad de Lía, de todos. Necesitaba mantenerse enfocada, calmada, en control.

—Sabes que si matas a uno nos tendrás que matar a todos, y entonces tendremos que hacer este incómodo baile otra vez desde el comienzo —le recordó ella en su voz más nivelada—. Deberías saberlo ya, Tezcatlipoca, matar a mis chicos no hará que me doblegue a tu voluntad, nada lo hará. Ya sea en esta vida, la próxima, o dentro de una docena, un día voy a tener éxito, nosotros tendremos la victoria, habrá justicia.

—¡¿Qué demonios está sucediendo?! —rugió David.

Los demás hombres apenas sí podían retenerlo.

—Oh… ¿quieres decir que su princesa no les ha dicho? —el malvado brujo declaró de manera provocativa—. Ésta no es la primera vez que hacemos todos este baile.

—¿Qué…? —la confusión era evidente en todos.

—¿Qué significa eso? —demandó Eduardo.

—Significa que ésta no es nuestra primera reencarnación —anunció con calma Jacinta.

—¡¿Tú lo sabías?! —todos sus compañeros se giraron hacia ella.

—Lo sospechaba, no lo sabía con seguridad. —Se encogió de hombros un poco.

—¿Realmente creyeron que nos tomaría mil años regresar? —preguntó Azucena con un bufido—. ¿Qué? ¿Como que los planetas se alinearon y eso nos permitió volver precisamente ahora?

Era ridículo, visto de esa forma, Azucena tenía razón. No existía motivo para creer que nada era diferente en ese momento de lo que lo fue en los últimos mil años. Ninguna explicación para que ellos hubieran reencarnado entonces y no en otro punto en el tiempo… excepto que eso había sucedido, y más de una vez. Sólo que no recordaban, o al menos la mayoría de ellos no recordaban, no debían hacerlo.

—¡¿Tú sabías?! —demandó Belladona de la más joven de las sacerdotisas.

—Tengo vagas recolecciones, nada concreto. —Azucena se encogió de hombros ligeramente—. No parecía importante. No cambia nada. Además, ésta es mi vida ahora, ¿por qué me han de importar las que he dejado atrás?

Incluso en su vida original. No era como que no creyera que fuera importante, pero lo cierto es que aún si nunca hubiera tenido esos sueños sobre Xochiquetzal, eso no hubiera evitado que viera a Flor como una amiga, que la quisiera casi como una hermana mayor. Ella era quien era, y si bien era lindo saber que siempre podía contar con alguien como Flor, y por supuesto Cris; aun si no hubieran sido parte de su pasado, eran parte de su presente, y eso era lo único que le importaba. Lo mismo que con

Rosita. Rosa nunca fue parte de ninguna de sus vidas pasadas, de ninguno de ellos, hasta donde la de ojos ambarinos sabía, eso no significaba que Azucena la quisiera menos en su actual vida.

—¿Cuántas veces? —Belladona quería saber—. ¿Y por qué no recordamos?

—Como media docena de veces para ustedes, más para mí —reveló la hechicera con tan poca emoción como pudo—. Y ustedes no pueden recordar porque no deben hacerlo. Porque ese es un peso que nunca quise que ustedes, ninguno de ustedes, cargase.

—Pero tú recuerdas… —Jacinta murmuró.

—Yo nunca olvido —aceptó Fiore—. Viene con ser la que hizo el encantamiento que nos permite vivir de nuevo, y una de las únicas dos personas que seguían vivas para ese punto; la otra siendo él. —Agitó la mano en dirección a Tezcatlipoca—. Mientras las condiciones del encantamiento no se cumplan, seguiremos haciendo esto una y otra vez.

—A menos que rompas el encantamiento —insistió Tezcatlipoca casi en un siseo.

—No puedo hacer eso —contestó Xóchitl.

—¿No puedes o no quieres? —Un quejido por parte de Magnolia le agregó vehemencia a la demanda de él.

—No puedo —la hechicera reencarnada radiaba honestidad al explicar—. Lo hice de tal forma que no puede ser roto. Reforzado por el derramamiento de más sangre que la mía, mi vida, mi alma misma se fueron en ese hechizo. No puede ser roto, ni por ti ni por mí. Me aseguré de ello. Un día habrá justicia.

—¡Los destruiré a todos! —Tezcatlipoca bramó.

—Y volveremos aquí, a este mundo, a hacer esta misma danza otra vez en un siglo más o menos —Fiore casi arrastraba las palabras.

Era una locura, tomar cosas como la vida y la muerte, la suya y las de otros, las de personas por las que sentía tanto afecto, con tal despreocupación… pero es que ella había muerto y renacido tantas veces… estaba cansada. Una parte de ella creía que si pudiera en verdad romper el encantamiento quizás lo haría, aunque fuera sólo para poder descansar, al fin. Cuando hizo ese hechizo nunca se le ocurrió cuán mal podían salir las cosas. Cuán duro Tezcatlipoca lucharía, cuánto estaría dispuesto a destruir…

—¡Se suponía que yo ganaría esta vez! —gruñó el malvado brujo—. Destruirte a ti, a tu linaje, arrasar tu sucio templo hasta sus cimientos, ¡terminar esta gastada coreografía nuestra de una vez por todas!

—Lo sé —Xóchitl asintió—. Has estado cazando a mi linaje por décadas, pero verás, ese fue tu problema esta vez. Fuiste tras nosotros demasiado temprano; eso o nosotros nacimos demasiado tarde. —No le pasó eso por la mente antes—. Nacimos tarde…

—¿Qué…? —ninguno de los otros lo entendía tampoco.

—Se los dije con anterioridad —declaró Fiore, mirando por encima de su gente, como en un estado de trance—. En nuestra primera vida ustedes fueron mis hijas, mis chicos, todos ustedes. Las crie a ustedes niñas desde que eran pequeñas, cuando Quetzalcóatl me las trajo. Y después envió a los atlantes a que nos protegieran a todos. Ustedes eran míos, mi familia, y Tezcatlipoca se atrevió a llevárselos de mi lado. Y no sólo ustedes sino… —su voz se quebró ante el recuerdo—. Es por eso que usé el encantamiento. Impulsado por sangre, y vida y alma, sacrifiqué todo lo que era, todo lo que me quedaba por una oportunidad. Por justicia… porque nosotros tuviéramos la oportunidad de vivir las vidas que nos merecíamos, las vidas que nos fueron negadas. Es por eso que renacimos, y por lo que seguiremos reencarnando hasta que consigamos esas vidas.

—O hasta que yo finalmente destruya tu linaje —Tezcatlipoca dijo sin expresión—. Estuve tan cerca esta vez… tan cerca…

La hechicera negó con la cabeza. Mientras que el exguerrero estaba en lo correcto respecto a cuan cerca estuvo de destruir su estirpe… el hecho es que no podía hacerse. Mientras al menos una niña de su casta viviera, todo podía reconstruirse… y lo que Tezcatlipoca no parecía entender era que ni siquiera tenía que ser alguien de su sangre. Después de todo, la que comenzó el linaje en primer lugar, Margarita, no era nada suyo, no por carne y sangre; fue su hija en corazón y alma y eso fue suficiente. Incluso si las cosas hubieran sido lo suficientemente malas para que toda su familia de sangre muriera, Xochiquetzal hubiera podido escoger a alguien más, darle su bendición, y la estirpe comenzaría de nuevo.

—¿Por qué no puedes dejarnos ser? —Estaba cansada, tan cansada—. ¿Por qué insistes en continuar esta guerra sin final? ¿No has tenido suficiente?

—Nunca —Tezcatlipoca gruñó—. No hasta que este mundo sea mío.

—¡Ja! —Fiore hubiera podido reír, de verdad—. Este mundo nunca será tuyo, pero eso es por más que sólo nosotros. La humanidad nunca te permitirá ganar, Tezcatlipoca. No lo permitieron hace mil años, y no lo harán ahora —exhaló—. Ya no vivimos en un tiempo en el que las personas adoren a aquellos como tú y yo, como Quetzalcóatl; ya no somos dioses para ellos. Sólo somos personas. Personas con dones, sí, pero tan mortales como el resto de ellos.

—¡Yo nunca seré un mero mortal! —El hombre rugió—. ¡Nunca lo seré! ¡Soy un dios!

—Podremos haber sido más alguna vez. —Xóchitl se encogió de hombros brevemente—. Y tú ciertamente conseguiste aferrarte a aquello que nos hacía diferentes por algunos siglos más que el rey o yo… pero eres igual que nosotros ahora. Renacido en un cuerpo mortal, confinado a limitaciones humanas. Podemos tener poder, pero no es absoluto. Nunca debió serlo. Y mientras en el pasado nuestros dones pueden habernos dado poder, así como una responsabilidad… las personas aún vivas que reconocerían nuestra existencia y lo que nuestra presencia aquí significa, son pocas y están distanciadas. Además, debes saber que nunca te aceptarían a ti.

—Podría obligarlos —Tezcatlipoca anunció con desprecio—. Puedo ser muy… persuasivo… y ellos no te recuerdan.

—Lo sé. —La mujer de ojos cacao asintió de nuevo—. Conseguiste eso al menos. Borrarme a mí y a mis chicos de la historia, como si nunca hubiéramos existido. Pero nunca pudiste borrar a nuestro rey. Y debes saber que las mismas personas que sabrían tu nombre sabrán también el de él. Y siempre lo escogerán a él.

—¡Yo debo ser rey! ¡Yo seré rey!

Fiore no insistió. Una parte de ella se preguntaba cuál era el punto de discutir siquiera; no era como que esperara poder razonar con un hombre como Tezcatlipoca. Él no se comportó de manera honorable mil años atrás; mucho menos lo haría en el presente.

Todos los pensamientos fueron borrados de su mente en un instante, en el momento en que otra figura apareció de súbito en la habitación, postrado frente a Tezcatlipoca, quien estaba en pie frente a su trono, una mano extendida frente a él. Fiore fue la única que reconoció a la figura encorvada en ropas polvorientas y ligeramente dañadas, cubierto en moretones, cortadas y con sangre seca en un lado de su rostro.

—¡Quetzalcóatl! —Xochiquetzal sollozó, incapaz de contenerse.

Se lanzó hacia él al instante, o al menos lo intentó. Sin embargo, antes de que pudiera dar más de dos pasos Tezcatlipoca giró su atención hacia ella. La pelinegra de pronto se encontró a sí misma estrellándose contra la pared de piedra; para caer un segundo después al suelo sin ceremonias.

—Xochi… quetzal… —la voz del rey reencarnado estaba baja, ronca y al borde del quiebre, pero todos podían sentir el poder que yacía en ella.

Sí, Quetzalcóatl definitivamente estaba despierto, en todo el sentido de la palabra; se conocía a sí mismo, y la conocía a ella…

—Estoy cansado de esta situación —anunció Tezcatlipoca en ese preciso momento—. Creo que es tiempo de que terminemos este indeseable baileoteo nuestro, de una vez por todas.

Sí, acabaron las pláticas, la pelea estaba por comenzar… otra vez.

Capítulo 21
Flor de Manzana

Draco Yao Tamay siempre supo que no era normal. En su infancia su madre mantenía un jardín de hierbas, y él estaba seguro de que sabía más de tés y remedios naturales que el herborista local. Además, cuando niño su madre siempre le contaba viejas historias, leyendas, sobre un gran rey guerrero que un día regresaría para salvar a su gente. Al principio él hasta confundió esa historia con la del Rey Arturo... pensó que su mamá eligió cambiar el nombre por alguna razón que escapaba a su mente infantil. Pero luego descubrió la verdad sobre Quetzalcóatl...

Ninguno de sus padres le dijo alguna vez acerca de su destino, no tenían que hacerlo, Draco simplemente lo supo. El momento en que encontró ese libro sobre Quetzalcóatl y leyó el nombre completo del hombre: Ce Acatl Topiltzin Quetzalcóatl... lo supo. No recordaba todo, aunque las imágenes en su mente eran suficientes. Cuando sus padres anunciaron el viaje a México él estaba nervioso y emocionado, sabía que "ella" lo estaría esperando ahí y apenas sí podía esperar... y luego vino el accidente, sus padres murieron, y los de ella también.

Más de una década después, él todavía recordaba cómo se veía ella ese día, en su larga túnica, velo tejido cubriendo sus cabellos oscuros. Nadie se le acercaba, a ninguno de los dos, como si hubiera alguna clase de barrera entre ellos y el resto del mundo. Draco quería quedarse con ella para siempre, para protegerla, como falló en hacerlo antes; no lograba precisar qué fue lo que sucedió, pero la sensación de fracaso estaba ahí, en lo profundo, como una picazón que no se podía quitar.

Al final no estaba en sus manos, él lo sabía, y ella también. Así que se marchó, dejándola sola. Le prometió que volvería... le tomó dieciocho años hacerlo, y para entonces ya era demasiado tarde. Ella se había marchado hacía mucho. Su hechicera, su princesa, se fue y él no tenía idea de cómo encontrarla.

A veces Draco se preguntaba por qué aceptaba el destino con tanta facilidad, por qué no peleaba. Nunca le gustó la idea de tener su vida escrita desde antes de nacer, no era justo, ¿acaso no se merecía tomar sus propias decisiones? Sin embargo, ¿no fue su elección viajar a México la segunda vez? Pudo haber terminado su doctorado a distancia, el internet era una herramienta maravillosa; hubiera sido suficiente. Y es que regresar así era la excusa perfecta, una razón para estar cerca de ella, para intentar encontrarla. No esperaba que no estuviera en el pueblo; la familia entera se había desvanecido y él no tenía ni la más mínima idea de dónde empezar a buscarla.

Estaba viva, al menos de eso estaba seguro. Sabía que, si hubiera muerto, él lo hubiera sentido, porque estaban conectados. Incluso después de más de dieciocho años desde su última reunión, el lazo entre sus almas era fortísimo. Así que decidió terminar sus estudios y tomarse el tiempo para intentar encontrarla. La Ciudad de México era el lugar perfecto, no muy lejos del pueblo, desde allí podía sentir los rastros del poder de su hechicera filtrados hasta lo profundo de la tierra.

Los gatos salvajes fueron una sorpresa; no sólo porque estaban en una ciudad, atacándolo, sino porque se daba cuenta de que no era una coincidencia o un accidente bizarro, estaban cazándolo sin duda. Ese entendimiento trajo otro más: la posibilidad de que él no fuera el único que estaba siendo perseguido. Y si estaban tras de su princesa también, entonces quizás era algo bueno que no pudiera ser encontrada con tanta facilidad.

Si existía algo, alguien, que Draco nunca vio venir, esa era Fiore Yolotl. Esa chica… era como nada que él hubiera podido imaginar alguna vez. Tantas contradicciones… un misterio envuelto en un enigma. Hablar con ella era tan fácil, tan natural; de alguna forma estaba seguro de que, sin importar lo que dijera o hiciera, ella nunca lo juzgaría. Sin importar el hecho de que ella parecía ser parte de un grupo de jóvenes populares y engreídas,

Fiore no era nada como el resto. Era amable, y lista y ocurrente; con un aura que parecía mezclar humildad y serenidad de una forma que él nunca percibió en otra persona. Ella era… fascinante.

Casi la logró besar una vez, en diciembre. No fue planeado, y no estaba seguro qué lamentaba más, casi haberlo hecho, o no haberlo hecho a fin de cuentas. Sabía que estaba mal, le hizo una promesa, dos veces, a una chica, y no podía retractarse de esa promesa; era un hombre honorable y cumpliría su palabra. Con todo, nunca olvidaría la expresión de ella, sus ojos, ese momento, justo cuando sus labios estaban a punto de tocarse… y cuando él retrocedió.

No fue una verdadera sorpresa cuando Fiore comenzó a evitarlo una vez que regresaron a la escuela en febrero. No fue sorpresa, pero igual no le gustó. Una parte de él le dijo que era mejor dejar las cosas como estaban, enfocarse en encontrar a Xochiquetzal, su princesa, a la que le hizo las dos promesas más importantes jamás… sin embargo él simplemente no podía dejar ir a Fiore. Una pequeña voz al fondo de su cabeza incluso comenzó a preguntar si su hechicera podría ser en absoluto como Fiore, porque la muchacha era tan increíble. Y era una locura, la forma en que la joven de cabellos ondulados estaba tan clavada en su mente, cuando él ya le prometió su mano, su corazón, a otra. Alguien a quien había amado por mil años…

La forma en que Fiore cambió le intrigaba y confundía al mismo tiempo. Era bastante obvio que él no era el único que lo notó, pero mientras que para la mayoría sus cambios parecían ser una razón para alejarse, él sólo sentía su fascinación crecer. Además, estaba bastante seguro de que los ojos de Fiore solían ser de un turquesa oscuro pero cuando por fin logró acercársele, verla a los ojos después de meses… éstos eran cafés, como la tierra tras una tormenta o… no, un café cálido, como chocolate.

Cuando la invitó a cenar, o, mejor dicho, insistió en que fueran a cenar juntos, él no tenía idea de lo que estaba haciendo con esa chica. Sin importar cuánto intentó mantenerse alejado, dejarla sola, enfocarse en mantener sus promesas, una parte de él se resistía a dejarla ir. Así que se dijo que sólo era una cena, hablaría con ella, se aseguraría de que no quedaran rencores entre ellos, y después se alejaría. Ese era el plan. Un plan que se volvió inútil cuando él nunca llegó siquiera al restaurante.

Draco no supo que lo noquearon hasta que despertó. Lo cual, él sabía, era señal de que algo estaba muy, muy mal. El hecho de que lo primero que vio al despertar fue el hocico de un jaguar, tan cerca que podía oler su pútrido aliento, sólo empeoró las cosas. Sentía dolor, el tipo de dolor que le decía que no sólo fue jaloneado sino que le dieron una golpiza estando inconsciente.

—¿Estás bien hombre? —una voz con cierto acento americano le preguntó.

Draco giró un poco sus ojos en dirección a la voz; no se atrevía a girar la cabeza o siquiera mover un músculo con la bestia tan cerca.

—Ah, cierto. —El hombre hizo un amago de risa, antes de agregar algo en un idioma que sonaba un poco como náhuatl, pero no lo era.

El efecto fue inmediato, el jaguar lo olfateó una vez más antes de alejarse. Incluso cuando se vio libre del animal, Draco esperó varios segundos antes de rodar hasta quedar de espaldas y después sentarse. Se encontró en lo que parecía una especie de cámara subterránea, quizás una mina; y no estaba solo. El lugar era bastante grande, aunque con alrededor de una docena de fieras acechando se sentía claustrofóbicamente pequeño. Después estaba el hombre que habló antes: se veía en sus veintes, alto, de espalda ancha, musculoso, su piel de un bronceado oscuro, parecía casi no tener nada de pelo en su cabeza, aunque tenía un poco en su cara, mostrando que le faltó rasurarse en al menos unos días, y las sombras dentro de sus ojos ambarinos los hacían verse anormales.

—Entonces, ¿estás bien? —el hombre repitió la pregunta.

—Estoy… estaré bien —Draco corrigió después de que un movimiento sin pensar dio un tirón a un músculo que causó tanto dolor que casi lo hizo gritar.

—Sí, te dieron una buena golpiza hombre —el de ojos ámbar asintió—. Al jefe no le gustó eso, para nada.

—¿Quién es este jefe? —la reencarnación de Quetzalcóatl quería saber, aunque lo cierto es que ya sospechaba la respuesta—. ¿Quién eres tú de hecho?

—Oh, cierto, mi nombre es Steve, Steve Norwood —se presentó él—. Diría que es un placer conocerte… pero creo que nos evitaré el problema y no diré nada de eso.

—Bien. —Draco realmente no se sentía de humor para mentir, sólo preguntó por ser cordial. Aunque, en lo que a carceleros concernía, Steve no era nada de lo que se hubiera esperado—. Mi nombre es Draco Yao Tamay. —Echó un vistazo alrededor y empezó a hacer preguntas—. ¿Qué es este lugar? ¿Por qué estamos aquí?

—Estamos en la mina Humo Blanco, a varios kilómetros de Arroyo Seco, Querétaro —le explicó Steve—. No tengo idea de la razón por la que tú estás aquí. Aunque te trajeron muy temprano esta mañana. Respecto a por qué yo estoy aquí, estoy a cargo de estos chicos. Hizo un ademán a su alrededor, abarcando a las bestias rondándolos, dejando salir una palabra gutural, a la cual los jaguares respondieron con sonidos bajos antes de volver a lo que estaban haciendo.

—Espera, ¿así que tú eres quien los controla? —Draco estaba en *shock* absoluto—. ¡¿Tú eres el que ha estado enviando a esas cosas tras de mí por meses?!

Varios de los felinos dejaron salir un sonido seseante, como si percibieran alguna clase de amenaza contra su domador. Steve pronunció otra palabra, la cual los calmó igual de rápido; con lo cual confirmó que tenía control de los animales.

—No fue mi elección —admitió él tras lo que pareció una eternidad—. Estaba siguiendo órdenes. —Se encogió un poco ante sus propias palabras. —Y ya sé lo mal que suena eso, pero no tuve opción.

—Siempre hay una opción —Draco masculló entre dientes.

—No para mí. —Steve negó con la cabeza, un dejo de profunda tristeza mientras explicaba—: Verás, esto que soy… yo no elegí volverme esto. Fue escogido para mí, y no puedo alejarme. Él no lo permitirá. —Señaló a sus propios ojos, como intentando explicar algo sin decirlo en palabras que se entendieran—. De todos modos no lo haría, desobedecerlo, quiero decir, porque si lo hago, si siquiera pienso en ir contra lo que el jefe ordena, él matará a mi hermanita. Mi Azucena…

Draco no tenía idea de qué se suponía que debería decir ante eso, así que por un buen rato no dijo nada en absoluto. ¿Y qué podría haber dicho de todos modos? ¿Qué hubiera hecho él en el lugar de Steve? Si Tezcatlipoca lo hubiera encontrado, lo hubiera obligado a servirle amenazando la vida de su princesa… el hombre de ojos negros sólo podía estar agradecido de que tal cosa nunca sucedió, no hubiese querido tener que contemplar la respuesta a esa pregunta. Pero nada de eso cambiaba la situación actual, y una parte de él en realidad quería creer que podía hacer algo para ayudar al otro hombre.

—¿Tú ha…? —Negó con la cabeza y revisó sus palabras—. Si pudiera asegurarme de que tu hermana está a salvo, ¿me ayudarías?

—¿Cómo podrías hacer eso? —comenzó Steve, pero después hizo un sonido, como mofándose de sí mismo y negó con la cabeza—. No tienes idea del poder que el jefe tiene. No es… no es humano.

No, no lo sería; y si bien el poder de Quetzalcóatl podía no ser tan llamativo como el de Tezcatlipoca, o el de Xochiquetzal, eso no significaba que el suyo fuera menos; los tres eran lo mismo al final, los últimos de su clase… e incluso reencarnados en cuerpos humanos, su poder era parte de sus almas, siempre estaría ahí.

—No, no lo es —confirmó Draco—. Pero te lo prometo, puedo ayudarte. Lo haré, pero necesito que tú también me ayudes a mí.

—¿Cómo? —Steve no entendía—. ¿Qué puedes hacer tú contra semejante monstruo?

—Es mi destino luchar contra él. —Y esta vez… esta vez ganaría.

Steve fue e hizo muchas cosas en su vida, y había más de unas pocas de las cuales no estaba orgulloso. Pero de lo que nunca dudó era de ser un buen hermano para Azucena, ella era la razón de que él hiciera muchas cosas para asegurar su seguridad, su oportunidad de ser feliz; sin embargo, debido a esas mismas elecciones él no podía estar con ella, no la había visto en años. Si existía una posibilidad de ser libre y de que ella siguiera a salvo... Pero ¿cómo podía confiar en la palabra de un hombre que no conocía? A quien nunca vio en su vida... la única razón por la que no descartaba la idea de entrada era que el hombre estaba ahí porque el jefe ordenó que lo trajeran, lo cual significaba que él era, en efecto, alguien importante...

—¿Quién eres en verdad? —reclamó Steve abruptamente—. ¿Por qué ordenó el jefe que te trajeran aquí?

Draco abrió su boca, pero nunca tuvo la oportunidad de explicar, puesto que justo en ese momento una nube de humo oscuro pareció surgir de la nada, envolviendo al hombre de ojos oscuros; segundos después, el humo había desaparecido, el rey reencarnado junto con éste, dejando a Steve con la única compañía de sus jaguares.

Capítulo 22
Susana de Ojos Negros

El mareo y vértigo causados por el hechizo de teletransportación fue tan fuerte que por varios segundos Draco no pudo más que quedarse acostado de lado, ligeramente encogido, ojos cerrados con fuerza mientras luchaba contra las reacciones instintivas de su cuerpo para recuperar el control. No era fácil, ser desplazado así, su cuerpo humano no estaba de acuerdo; y sus instintos de guerrero no ayudaban tampoco.

—¡Quetzalcóatl!

Lo primero de lo que estuvo consciente, más allá de la náusea y el fuerte dolor de cabeza, fue su propio nombre, su antiguo nombre, de hacía una vida, siendo pronunciado por una voz que reconoció instintivamente.

Un segundo después, el sonido de un cuerpo al ser golpeado una, dos veces, seguido por un gemido leve en la misma voz. El rey reencarnado sintió como si se quebrara, sólo un poco, al entender que su princesa estaba herida.

—Xochi… quetzal… —su réplica, el llamado de su nombre, surgió de lo más íntimo de su ser.

Ella no respondió, y el pensamiento de por qué podría no ser capaz de hacerlo sólo lo hirió más. Luego vino una voz que explicó eso y lo enfrió por dentro, todo al mismo tiempo.

—Estoy cansado de esta situación. —Aquel que una vez fue rey reconoció esa voz, por supuesto que sí, le pertenecía al viejo brujo-guerrero nómada, su némesis: Tezcatlipoca—. Creo que es tiempo de que terminemos este teatro de una vez por todas.

Un instante después, una onda de choque arrojó a todos contra la pared más cercana. Azucena apenas sí tuvo un momento para acomodar su cuerpo lo mejor posible de manera protectora alrededor de Rosa; Cris, tomando posición frente a ambas y usando su poder para anclarse a la tierra bajo sus pies para poder servir de escudo. El resto fueron arrojados contra las paredes a diestra y siniestra, aunque sólo Magnolia estuvo lo suficientemente lejos como para que el impacto la lastimara. En el lado positivo, la fuerza obligó a los hombres reteniéndola a soltarla, cuando ellos también fueron arrojados. Aprovechando la oportunidad, David se aseguró de jalarla hacia él y los otros, no permitirían que nadie fuera amenazado de nuevo.

—¡Detente! —gritó Xóchitl, obligando a sus rodillas a sostenerla—. ¡Deja a mis chicos en paz!

En otras circunstancias hubiera sido ridículo, en su vida actual ella era apenas un poco mayor que cualquiera de ellos; con todo, el sentimiento tras sus palabras era tan intenso, que nadie dudaba de su sinceridad.

Belladona usó su propio don contra Tezcatlipoca en un intento de hacerle daño, pero no era rival para él. Sin importar cuánto hubiera entrenado ella, seguía siendo mortal; incluso atada con los otros en el ciclo de reencarnaciones, ella seguía siendo una simple humana, Tezcatlipoca no tuvo problema en sacudirse sus esfuerzos.

—Julián… —Jacinta llamó en voz queda—. ¿Confías en mí?

—Siempre —respondió el hombre sin dudarlo.

¿Cómo no hacerlo? Jacinta era la persona más querida para él, prácticamente su hermana, incluso si no nacieron como tales. Él siempre haría lo mejor que pudiera por ella, y siempre confiaría en ella con su propia vida.

—Encuentra la fuente más cercana de agua y jálala hacia ti con todas tus fuerzas —le indicó ella.

Julián no la cuestionó. No tenía duda de que debía haber una buena razón para que ella le pidiera hacer algo así. Así que cerró los ojos, y sosteniendo sus manos abiertas a sus lados, se enfocó en encontrar la fuente más cercana de su elemento. Le tomó casi medio minuto, pero eventualmente lo hizo, había un río cerca. Ni siquiera se detuvo a preguntarle a su compañera si estaba segura, sólo concentró tanto de su poder como pudo en ese río, y jaló.

Pasaron varios segundos, con Eduardo y David intentando y fallando en usar sus dones sobre aire y fuego contra Tezcatlipoca, lo mismo que Belladona. Al menos consiguieron derrotar a sus hombres, lo que era bueno. Fiore hizo lo que pudo para alejar a Draco de Tezcatlipoca lo más posible, mientras que Cris se esforzaba por cubrirla y Azu se mantenía atrás, enfocada en mantener a Rosita a salvo.

Hubo fuertes ruidos, anunciando la llegada de alrededor de una docena de jaguares y un hombre en pantalones de mezclilla ligeramente rasgados, una camiseta interior, botas de suela gruesa y una chaqueta café de cuero.

Todos voltearon en su dirección al mismo tiempo, y al menos dos pares de ojos se dilataron con su llegada, lo que fuera que saliera de sus bocas se perdió entre los gruñidos de las fieras, los chillidos casi histéricos de la recién despertada Rosa y un retumbo que ninguno de ellos pudo entender dónde se originaba, sino hasta unos segundos después, cuando una de las paredes cayó abruptamente en pedazos y el agua entró en torrente.

—¡Corran! —gritaron Fiore, Draco y Belladona a la vez.

Fue una escena enajenada. Con el agua, y las bestias, y todo lo demás. Tezcatlipoca seguía gritando y maldiciendo a Xochiquetzal y su grupo, pero el agua y sus propios jaguares le dificultaban apuntar correctamente. Algo que todos notaron, cuando tomaron la oportunidad para intentar un escape. No era demasiado complicado salir de la cámara, pero lograr dejar las minas era otro asunto por completo; y es que no tenían ni la más remota idea de cuán profundo estaban siquiera. De todos modos, corrieron.

Draco tenía dificultad para creer lo que estaba viendo. Las sacerdotisas y los atlantes fueron suficiente sorpresa, sin mencionar la pequeña niña en brazos de uno de los hombres. Sin embargo, la mayor parte de su atención fue atrapada por la mujer corriendo junto a él, en una blusa café con una manga rasgada, *jeans* claros ajustados con marcas de polvo y un agujero en su rodilla izquierda, y zapatillas blancas. Era ella, no tenía duda al respecto, podía verlo en su largo cabello azabache, sus ojos como el cacao y su aura inhumana, era su Xochiquetzal corriendo a su lado… era Fiore.

Corrieron por largos minutos, túneles abriéndose en todas direcciones, el agua que parecía estar siempre en sus talones. Y entonces, lo peor que podría haber pasado: llegaron a un punto muerto. Una cámara con una sola entrada, aquella por la que ingresaron, pero no podían volver atrás, no con toda el agua entrando detrás de ellos.

—¡Sáquennos de aquí! —gritó Belladona.

Probablemente esperaba que, ya fuera Julián o Cris, respondieran a su demanda; que usaran sus poderes sobre el agua o la tierra y de alguna forma los salvaran; pero lo cierto es que, sin importar cuán dotados fueran, ellos no tenían suficiente poder para algo como eso. Los atlantes podían influenciar los elementos, pero no podían controlarlos.

—¡Júntense todos! —Jacinta ordenó.

Nadie supo lo que estaba pasando, pero siguieron su instrucción de todas maneras. El momento en el que se juntaron fue la primera vez que Fiore y Draco quedaron cara a cara. Mil preguntas corriendo por las mentes de ambos, pero ninguno dijo una palabra, no tenían tiempo, no con el agua tan alta ya. Así que Xochiquetzal simplemente asintió una vez, ofreciéndole una mano a él, y extendiendo la otra tras ella, sujetando a la persona más cercana, y propiciando que hicieran lo mismo.

El rey reencarnado esperó hasta que todos estuvieron conectados de una forma u otra y luego giró su cabeza hacia arriba, gritando algo en náhuatl que nadie, excepto quizás su hechicera, pudo comprender del todo. Hubo un brillante haz de luz blanquecina y en el siguiente segundo la cámara estaba vacía, excepto por el agua.

Se escucharon ruidos de arcadas y vómito, seguidos por escalofríos violentos cuando el aire nocturno golpeó sus cuerpos mojados, mientras los toltecas reencarnados luchaban por controlar sus cuerpos.

—¡Julián! —Belladona bramó, siendo la primera en obligar a su cuerpo a estabilizarse.

Tomó varios segundos más, pero eventualmente Julián consiguió agitar su mano una vez, extrayendo tanta agua de sus ropas como pudo. No era perfecto, aún estaba exhausto después de jalar el río y la loca carrera a través de las minas, pero lograron salir.

Draco parpadeó varias veces. Puesto que él fue el que invocó la teletransportación le afectó menos que cuando Tezcatlipoca la usó en él. Al mismo tiempo, no había conjurado tanto poder en siglos, vidas enteras, y eso lo dejó sintiéndose un tanto debilitado. Lo primero que notó, una vez que las luces dejaron de brillar detrás de sus párpados, fue la suave y bronceada mano extendida frente a él; la tomó sin detenerse a pensar. Hubo una sensación de energía de ella hacia él y él se dio cuenta de lo que estaba pasando al mismo tiempo que cayó en la cuenta de que era la mano de su amada la que estaba sujetando.

—Xochi… quetzal —exhaló él, aún sin poder terminar de creerlo.

Miró hacia arriba y sus ojos se encontraron por primera vez sin secretos por parte de ninguno de ellos. Pudo verlo entonces, los pequeños detalles que siempre pasó por alto, la explicación detrás de todas las inconsistencias, las aparentes contradicciones; todo parecía tan obvio en ese momento.

—Mi Señor Quetzalcóatl. —Lo saludó ella cortésmente con una ceremoniosa reverencia.

Él quería decirle que no tenía necesidad de llamarlo así, ella era su prometida después de todo; al mismo tiempo quería demandar explicaciones, saber hacía cuánto que sabía la verdad, que recordaba el pasado, y por qué no le dijo nada al respecto. Entonces advirtió algo plateado brillando, reflejando la luz de las estrellas, oculto tras el cuello de su blusa.

Al final no tuvo oportunidad de decir nada, ninguno de ellos la tuvo, pues el fuerte estruendo de un árbol quebrándose y golpeando la tierra del bosque los interrumpió, seguido muy de cerca por gruñidos… los jaguares se aproximaban.

—¡Corran! —alguien gritó.

Y así, sin más, todos se estaban moviendo de nuevo.

La persecución duró por un buen rato, posiblemente horas, ninguno de ellos podía estar seguro de nada más allá de que era mitad de la noche y estaban en alguna clase de bosque con colinas. La última parte al menos era una ventaja, dándoles a todos acceso a sus respectivas habilidades, lo cual les ayudaba a defenderse de los felinos persiguiéndolos e incluso de los hombres que aparecían de vez en cuando.

Quetzalcóatl era, sin duda, el más poderoso de ellos, pero seguía exhausto después de teletransportar a once personas, incluyéndose él mismo, fuera de las minas, a través de metros de roca y tierra, hasta la superficie, al bosque. Incluso con el estímulo que le dio Xochiquetzal antes de que los encontraran, sabía que no era suficiente; y no podía darle más, siendo que estaba ocupada usando sus propias habilidades a diestra y siniestra para asegurarse que se mantuvieran delante de sus enemigos en todo momento.

Algo salió mal eventualmente, porque algo siempre sale mal en algún momento. Escucharon balazos detrás de ellos, por el oeste, hombres usando árboles como ventaja, igual que ellos lo hacían; una de las balas rozó el brazo de Belladona cuando ella falló en desviarla correctamente. Su grito distrajo a Eduardo, quien terminó alzándola en vilo y alejándola de la línea de fuego. Azucena por su parte dejó de correr por completo, girando sobre su talón y arrojando tanta electricidad como pudo a las balas que venían en su dirección, igual que a quienes las disparaban para así asegurarse de que sus compañeros estuvieron a salvo, o tan a salvo como fuera posible en su situación. Nadie esperaba a los jaguares que llegaron desde el sur. Azucena se giró de nuevo, para encontrar su camino bloqueado por cuatro felinos muy grandes gruñendo a la vez.

—¡Azucena! —al menos tres voces gritaron al unísono.

La chica de ojos ámbar chasqueó los dedos, calculando sus posibilidades de ganarle a las bestias, incluso mientras éstas se preparaban para atacarla. Nadie esperaba la interrupción que llegó en ese momento, en una solitaria palabra pronunciada casi en un rugido.

Los jaguares se tiraron al suelo en sus estómagos abruptamente, como gimiendo; dejando a Azucena de pie en su sitio, mano alzada y dedos rodeados de chispas.

Todos los ojos se giraron hacia quien habló.

—Steve… —murmuró Draco, sin entender por qué de pronto detuvo a los animales, y entonces cayó en la cuenta del nombre que los otros usaron para llamar a la muchacha…

Dos pares de ojos ambarinos se encontraron en ese preciso momento.

—¡¿Esteban?! —la más joven de las sacerdotisas chilló sin poder creerlo.

El hombre mayor no dijo una palabra, sólo se quedó parado ahí, observando a la chica que sabía era su hermana, en absoluto *shock*.

Por varios segundos nadie se movió, o habló, era como si el tiempo se hubiera congelado por completo; hasta que alguien más se entrometió.

—Domador —la voz siseante de Tezcatlipoca anunció su llegada—. Tienes un deber para conmigo… ¿Por qué no lo estás cumpliendo?

—¿Lo sabías? —Steve/Esteban gritó con intensidad, girándose hacia el recién llegado—. ¿Sabías que mi hermana pequeña era una de ellos? ¡¿Que me estabas enviando tras mi propia hermana y sus amigos?!

La sonrisa de Tezcatlipoca, mostrando hilera sobre hilera de dientes, era toda la respuesta necesaria.

—¡No! —rugió Steve—. Acepté servirte para proteger a mi hermana, ¡no para lastimarla! ¡Esto no es lo que acordé!

—Tú me sirves —le recordó Tezcatlipoca, el peso de su autoridad en cada palabra.

Por un instante sus ojos ambarinos se oscurecieron, como si alguna clase de poder intentara tomar el control. Pero al final el amor de Esteban por su hermana menor siempre sería más fuerte que el poder de Tezcatlipoca; ninguna magia podría jamás superar al amor…

—¡¡¡No!!! —Steve estalló, gruñendo una orden y agitando sus manos con violencia.

La reacción de Tezcatlipoca fue inmediata, centellas oscuras saltaron de sus manos, golpeando a los jaguares, los cuales cayeron al suelo uno por uno, gimiendo lastimosamente, al menos la mitad de ellos estaban muertos antes de caer. Uno de los mismos ataques golpeó a Esteban en su brazo alzado. Fue como si hubiera sido golpeado por alguna clase de fuego súbito, salió volando varios metros, hasta estrellarse contra el tronco de un árbol, rompiendo ramas mientras se deslizaba hacia abajo.

—¡Esteban! —gritó Azucena horrorizada, corriendo hasta donde se encontraba su hermano.

Tezcatlipoca intentó atacarla, provocando que Cris gritara en pánico mientras invocaba paredes de tierra y lodo para protegerla. Esto hizo necesario que soltara a Rosa, quien en lugar de esconderse corrió donde Azu y su hermano, y entonces… entonces una luz blanca surgió de sus manos y las heridas de Esteban comenzaron a sanar frente a sus ojos.

—Vaya, vaya, vaya… ¿qué tenemos aquí…? —murmuró Tezcatlipoca sin una pizca de emoción.

De pronto empezó a moverse demasiado rápido, lanzando varios ataques sucesivos que colapsaron las paredes de Cris, lo arrojaron hacia un lado, y después el último iba no sólo hacia Steve y su hermana, sino que también en dirección a la dulce niña de Xóchitl. Ella no pudo soportarlo.

Hubo un lamento sin palabras y el ataque de Tezcatlipoca nunca consiguió llegar a su destino, siendo bloqueado por la inesperada aparición de un escudo platinado. Un escudo creado por la hechicera reencarnada que súbitamente estaba en su camino.

—¡Te dije que dejaras a mis hijos en paz! —le gritó ella, redireccionando el poder de su escudo de tal manera que se convirtió en una ola de energía que impactó en Tezcatlipoca, arrojándolo varios metros.

—¿No lo entiendes, princesita? —llamó Tezcatlipoca hacia ella, arrastrando las palabras mientras se ponía en pie y se disponía a acecharla—. Esto nunca terminará. No hasta que tú y todos tus queridos niños estén muertos…

Excepto que, una vez que ella muriera, el hechizo se reiniciaría, y entonces todo volvería a comenzar, de nuevo. Una y otra vez hasta que consiguieran justicia, hasta que finalmente consiguieran vivir sus vidas como lo merecían.

—No lo permitiré —declaró Fiore con una fiereza que nunca demostró antes, en ninguna de sus encarnaciones previas, fue suficiente para hacer incluso a Tezcatlipoca vacilar.

Segundos, eso era todo lo que la hechicera necesitaba. Extrajo un puñado de semillas de uno de los bolsillos de su pantalón y, con un movimiento de su muñeca, las arrojó al suelo, haciéndolas caer esparcidas alrededor de Tezcatlipoca. Después de eso no necesitó más que un pensamiento y las semillas se abrieron, convirtiéndose en lianas, las cuales sujetaron a Tezcatlipoca.

—¡¿Qué crees que estás haciendo?! —el brujo guerrero demandó mientras intentaba de manera fútil liberarse de las lianas.

—Asegurándome de que nunca lastimes a nadie más —declaró Xóchitl en voz baja.

—No puedes matarme princesa —siseó Tezcatlipoca—. No está en tu naturaleza.

Tenía razón, por supuesto; pero lo que él no entendía es que ella estaba preparada para eso. Sacó una nueva semilla de un bolsillo distinto; pero en lugar de arrojarla la sostuvo en la palma abierta de su mano.

—Necesito un cuchillo —murmuró ella en voz baja.

Uno le fue ofrecido apenas un momento después. Le tomó un segundo, pero reconoció que se trataba de una daga muy antigua, hermosamente conservada. Quien se la ofrecía era ni más ni menos que Draco. Era la daga favorita de Quetzalcóatl, y no sólo eso, sino una que la misma Xochiquetzal comisionó de los mejores herreros de su tiempo y se la regaló, por su coronación, tanto tiempo atrás; tal y como él mandó a hacer un cierto joyero de madera que le entregó el mismo día que la nombró su consejera. La hechicera se preguntó brevemente si la familia de él guardó la daga, como la de ella guardó el dije; o si él de alguna otra manera la encontró…

—Gracias —le dijo ella, tomando la cuchilla.

—¿Qué estás planeando? —quiso saber él.

—Tiene razón que no puedo matarlo —admitió ella—. Y no sólo porque va en contra de mi naturaleza, sino también porque matarlo, incluso en cuerpos mortales como estamos ahorita, no sería algo fácil.

—¿Qué harás entonces? —él sabía que ella tenía razón, pero no tenía idea acerca de qué podía estar planeando hacer la hechicera entonces.

—Le quitaré aquello que lo hace una amenaza para nosotros —respondió sin ofrecer detalles.

Aquello que lo hacía Tezcatlipoca… el brujo fue el primero en entender a lo que se refería y comenzó a pelear contra las lianas con más vehemencia que antes. Ella podía hacerlo, esa noche más que en cualquier otro momento porque era la víspera del equinoccio de primavera, el día cuando sus poderes eran más fuertes.

Algo parecido a un humo negro comenzó a surgir de los poros del brujo, poco a poco, haciendo que las plantas que lo sujetaban se pudrieran; Tezcatlipoca sabía que su tiempo se acababa y no se rendiría fácilmente. No estaba en su naturaleza, en ninguna de sus naturalezas.

—Necesito que lo inmovilices —le dijo Fiore al rey, su rostro muy serio.

Él asintió, al mismo tiempo que hizo una señal para que los atlantes se le unieran; y ni siquiera fueron sólo ellos, Azucena respondió al llamado también, y tras un momento de vacilación las otras tres chicas hicieron lo mismo.

Xóchitl hizo lo mejor que pudo para bloquear la confrontación mientras se enfocaba por completo en el encantamiento que estaba creando. Era lo suficientemente fácil usar la daga para cortarse la palma de la mano. El hechizo era tan importante que no existía espacio para errores, por lo que lo ataría a su sangre para asegurar el éxito. Su sangre, su propia vida, daría poder al encantamiento, su vida mas no su muerte; por lo cual, mientras ella viviera la magia se sostendría.

Sintió el momento en que las últimas lianas se pudrieron, casi al mismo tiempo en que comenzó a recitar su propio hechizo.

Era largo, y muy específico, no podía cometer ni un solo error, demasiado dependía de que saliera bien…

Ojos cacao se abrieron de golpe cuando la última palabra del encantamiento pasó sus labios, justo a tiempo para ver al rey reencarnado de ojos negros invocar una espada, su espada, y usarla para atravesar a Tezcatlipoca en un costado, clavándolo al suelo. No lo retendría por mucho, y la herida no era para nada letal, pero era suficiente para lo que necesitaban.

El cambio en el aura de Xochiquetzal fue suficiente para que todos entendieran que era el momento, al unísono todos se movieron, permitiendo a la hechicera acercarse sin impedimento. Todos observaron mientras lo hacía, sosteniendo en su mano izquierda, sangrante, una única flor blanca con ocho grandes pétalos que se sobreponían apenas lo suficiente para parecer un círculo casi perfecto. El centro era oscuro y el tallo verde sin hojas. Todas las sacerdotisas la reconocieron fácilmente como una amapola blanca, aunque no tenían idea de para qué se suponía que fuera.

Tezcatlipoca no lo sabía tampoco, las plantas nunca fueron lo suyo, pero reconocía la confianza en los pasos de Xochiquetzal, el poder en su aura; él sabía que sería derrotado de una vez por todas, a menos que… tenía una última carta que jugar.

—¡No puedes hacer esto! —gritó, luchando contra la espada que lo retenía, aunque no consiguió liberarse—. No puedes eliminarme.

—Puede y lo hará —Azucena declaró con obvia satisfacción en su voz.

—La justicia será servida —varios de los otros agregaron en voz baja.

—¡Si destruyes mi poder la destruirás a ella! —Tezcatlipoca gritó.

Nadie dijo una palabra ante eso, tal parecía que ninguno podía imaginar qué podrían decir, quizás ni siquiera entendían de qué hablaba Tezcatlipoca.

—¿Crees que no la noté? —la voz del mago adquirió un tono perverso y casi orgulloso mientras seguía hablando—. ¿Que no pude ver quién es ella? ¿Lo que es? Puedo verlo. Y tú sabes que tengo razón, si haces cualquier cosa para borrar mi poder, ella desaparecerá también…

Nadie entendió lo que él quería decir… excepto aquella a quien iban dirigidas esas palabras.

—Lo sé —susurró Xóchitl tras lo que pareció una eternidad.

Fue todo lo que dijo, todo lo que necesitaba decir. Tezcatlipoca ya estaba rugiendo su incredulidad cuando ella se tiró de rodillas junto a él, presionando la flor blanca y su mano sangrante contra su frente, al tiempo que varias palabras cruzaron sus labios. Él se retorció y la maldijo durante todo el proceso, pero nada la hizo detenerse. Siguió adelante.

—¡Maldita seas princesa! —rugió él cuando comenzó a sentir la magia tomando efecto—. ¡Maldita seas! ¡Te arrepentirás!

—Lo sé —susurró ella en voz muy baja, cuando hubo terminado su rezo—. Adiós Tezcatlipoca—. después volteó sobre su hombro, sus cálidos ojos cafés encontrándose con el par oscuro como la noche de la pequeña niña que había sido tan importante para ella por un tiempo que pareciera tan corto y tan largo al mismo tiempo…—. *Te amo cariño…*

—*Yo también te amo Mami…* —replicó la niña con su sonrisa más brillante, un dejo de algo en sus ojos que parecía mostrar a alguien mayor a su edad.

Fiore parpadeó un par de veces, haciendo lo posible por evitar que las lágrimas cayeran; respiró hondo y giró toda su atención al brujo caído. Ya no se movía, y cuando ella separó su mano todos pudieron ver que la amapola ya no era blanca sino roja. Además, su mano ya no estaba sangrando.

Segundos pasaron, uno por uno, y nadie se movió.

—¿Está hecho? —preguntó Azucena por fin.

—¿Qué acaba de suceder? —inquirió Magnolia casi al mismo tiempo.

—Está hecho —anunció Xochiquetzal en voz baja, desvaneciendo la amapola con un ademán de su mano.

—¿Qué está hecho? —Belladona y Eduardo querían saber.

—¿Está muerto? —David dio un leve empujón con un pie al hombre que no reaccionaba.

—No —la reencarnación de Quetzalcóatl, probablemente el único capaz de más o menos entender lo que la hechicera acababa de hacer, replicó—. Sólo está inconsciente por ahora. Despertará.

—¿No deberíamos matarlo mientras tenemos la oportunidad? —quería saber Eduardo.

—No pueden matarlo —declaró Xochiquetzal.

Lo cierto era que no estaba segura de que ella o Quetzalcóatl pudieran. Ni siquiera con todo el poder del equinoccio respaldándolos. Pero eso estaba pensado, ella entendía la situación, era la razón por la que hizo aquel plan…

—Le quité aquello que lo hace una amenaza para todos —declaró Fiore de nuevo, antes de explicar—. Sus recuerdos, y, con éstos, la mayoría de su poder. No sé quién podrá ser en esta vida, pero ya no es Tezcatlipoca.

—¿Cuánto durará el hechizo? —Azucena quería estar segura.

—Mientras mi sangre viva —Fiore respondió serena.

Esa era la parte importante, su sangre, no ella estrictamente. Y si por fin hicieron las cosas bien, si por fin consiguieron su justicia y las vidas que se merecían, entonces una vez que sus vidas actuales terminaran, eso sería todo. No más reencarnaciones, no más guerra sin fin, todo habría terminado… por fin.

—Ganamos… —Cris exhaló, sin poder terminar de creerlo.

—¡Ganamos! —Azu y Lía exclamaron al mismo tiempo.

Respiraron y empezaron a celebrar, abrazándose unos a otros, algunos hasta besándose; como Cris y Azu, e incluso Eduardo tuvo las agallas de besar a Bella, sólo por un instante, antes de salir corriendo en caso de que ella intentara golpearlo.

Xóchitl no les prestó atención, sólo se puso en pie con tanta gracia como pudo, alejándose de ellos caminando, pasando a Azucena, quien dejó de besar a Cris para ir y asegurarse de que su hermano estuviese bien. La joven de ojos cacao caminó varios pasos más antes de poner una rodilla en el suelo, extendiendo una mano temblorosa para tocar la solitaria rosa blanca que parecía haber surgido de la nada.

Detrás de la joven hechicera la celebración de la victoria seguía; pero, con todo, lo único que podía hacer ella era llorar, llorar por la pérdida que nadie más que ella lamentaría...

Capítulo 23
Cinia

Les tomó algo de tiempo bajar de la colina, exhaustos y heridos como se encontraban. Cris y Azucena llevaban a Esteban entre ellos, mientras que Draco cargaba a una Fiore apenas despierta, quien acunaba con cuidado un capullo de rosa blanca en sus manos, como si fuera el más preciado tesoro. Incluso después de llegar a la explanada tuvieron que caminar un buen rato antes de llegar a la autopista más cercana.

La verdadera sorpresa fue cuando por fin encontraron la carretera, y no estaba vacía. Se veían varios carros, e incluso una *van*. El momento en que se volvieron visibles bajo las luces de los faros de los automóviles la puerta del pasajero de uno de éstos, un híbrido gris oscuro según parecía, se abrió y alguien bajó. Parecía una joven en sus veintitantos, vestía *jeans* ajustados de un azul pálido, una blusa celeste de manga larga, un chaleco con cierre color marfil y botas blanquecinas a los tobillos; además llevaba un rebozo ancho color marfil con puntadas azules y moradas en el borde que le cubría la cabeza y los hombros, apenas permitiendo que se vieran algunos mechones de cabello castaño claro.

La reacción de aquellos que acababan de sobrevivir la batalla contra el brujo guerrero fue automática; adoptaron una formación alrededor de sus líderes, intentando ser lo más discretos posible al respecto. No estaban en las mejores condiciones, si llegaba a haber otra batalla, pero de ninguna forma se rendirían.

—*Estamos aquí para servir* —anunció la mujer del rebozo en un tono casi ceremonial y con una profunda reverencia—. *Mi Señora…*

Algo acerca de ella, tal vez su voz o su aura, creó una chispa de reconocimiento en la mente de Fiore. Con algunos gestos consiguió convencer a Draco de que la dejara pararse, aunque él se rehusó a apartarse de su lado. Ella aceptó eso y después se abrió camino al frente, fuera del círculo flojo formado por sus sobreprotectores chicos.

—He escuchado tu voz antes, ¿no es así? —preguntó ella, inclinando la cabeza hacia un lado.

—Así es —la recién llegada asintió, y entonces, sin más ceremonia, acomodó su rebozo apenas lo suficiente para descubrir su cabeza.

La hechicera reencarnada la reconoció al instante.

—Verónica… —exhaló ella, comprendiendo—. Tú eres la guardiana, la que lleva el linaje.

En efecto, sobre ella recaería la tarea de continuar aquella estirpe si todos ellos hubieran perdido la vida esa noche.

—Eso soy, Mi Señora —Verónica asintió con deferencia, aunque con un dejo de orgullo también al agregar—: También soy la líder del grupo que ve frente a usted. Estamos aquí para ayudarlos en cualquier forma que podamos.

Pronto los arreglos necesarios fueron hechos y todos se encontraron en vehículos y rumbo a la Ciudad de México. Fiore y Draco estaban en el mismo auto que Verónica, el cual era manejado por un hombre rubio de ojos verdes que se presentó como Ken.

—Nunca me dijiste —murmuró Fiore con voz queda, y es que estaba tan cansada…

—No —aceptó Verónica—. Cuando recién nos conocimos tú no tenías idea, y por mucho tiempo no estuviste lista. No hasta hace poco. —Una sonrisa casi triste apareció en su rostro cuando ella agregó—: Intenté advertirte el viernes en la noche…

—…pero yo me rehusé a escucharte —Xóchitl finalizó por ella, entendiendo lo que la chica buscó hacer—. Lo siento.

—Está bien. —Verónica se encogió de hombros—. Supongo que las cosas son como deben ser.

Fiore no dijo nada, sólo sostuvo la rosa blanca cerca de su corazón, rozando los pétalos medio cerrados con sus labios.

—Lamento tu pérdida —susurró Verónica con emoción.

La hechicera dejó salir un sollozo callado, lágrimas cayendo sobre los pétalos blancos.

—Fiore… —Draco no estaba seguro de qué fue lo que lo impulsó a usar ese nombre en lugar de aquel con el que la conoció primero, sólo lo hizo—. ¿Por qué… qué pasó con la niñita? ¿Por qué nadie ha preguntado por ella desde que nos… tú derrotaste a Tezcatlipoca? ¿Y quién era ella?

—Rosa era mi hija —le recordó ella antes de ahondar en las explicaciones—. Se ha ido. Nadie preguntó sobre ella porque, en lo que a ellos concierne, ella nunca existió… porque no debió haberlo hecho.

—No entiendo —admitió Draco en voz baja—. Yo la recuerdo…

—Tu naturaleza te permite hacerlo, igual que estoy segura de que Verónica aún sabe de ella por su propio don —señaló la hechicera.

—Puedo ver la verdad, incluso cuando está velada, aun cuando se mantiene en secreto, puedo verlo todo —replicó Verónica a la pareja.

—Rosa no era humana, no realmente —admitió Xóchitl—. Ella… supongo que podrías decir que era una parte de mí. —Respiró hondo antes de explicar—. Ella fue una parte de mi alma por… un largo tiempo, vidas enteras. Me protegió en todo momento, de Tezcatlipoca y sus seguidores, me escudaba en mis momentos más vulnerables, e incluso cuando dormía. Fue hasta esta vida que Tezcatlipoca descubrió su existencia. No creo que supiera quién o siquiera qué era ella, pero se dio cuenta de que Rosa era la razón de que no podía llegar a mí, así que intentó destruirla. En lugar de eso, terminó arrojándola al mundo real, le dio forma, una vida… —ahogó un sollozo, continuando su historia—. Yo no sabía nada de eso cuando la conocí, por supuesto. Todo lo que vi fue una pequeña niña, sola, sin nadie que la protegiera. Y me sentí conectada a ella de alguna forma. Así que la acogí, me dije a mí misma que era sólo hasta que pudiera encontrar a su familia. Luego descubrí que tenía dones… y no pude entender, ¿quién podría abandonar a una pequeña tan hermosa y con tal bendición? Así que la mantuve conmigo, la cuidé y… la amé —inspiró fuertemente—. Poco a poco las piezas se fueron acomodando. Entendí por qué sentía un apego tan fuerte a ella. También comprendí que no podría quedarse conmigo por siempre.

—¿Porque no era real? —el rey reencarnado seguía sin entenderlo.

—Sí. —Fiore asintió, cerrando los ojos—. Su cuerpo fue creado de magia, la de ella misma y la de Tezcatlipoca, y quizás incluso un poco de la mía, siendo que fue parte de mí por tanto tiempo. Pero con todo y eso, no era un cuerpo real, no era en verdad carne y sangre. Nunca hubiera crecido, ni madurado… no estaba bien. Pero yo seguía diciéndome a mí misma que encontraría la forma de corregir las cosas, algún día, cuando finalmente estuviéramos a salvo… y luego Tezcatlipoca vino tras nosotros.

—Él sabía… —comprendió Draco—. Lo que él te dijo…

—Sí, era sobre ella —confirmó la hechicera.

—Sabías lo que pasaría y a pesar de eso lo hiciste…

—Es… —su voz se quebró brevemente—. Es la decisión más difícil que jamás he tomado. Estuve muy cerca de nunca hacerla… pero no hubiera sido lo correcto. Rosa no podía quedarse como estaba por siempre, e incluso nosotros no tenemos el poder de crear vida, no así. Además, ambos sabemos que si no derrotábamos a Tezcatlipoca él nos hubiera matado a todos.

Rosa incluida, realmente, nada hubiera podido salvar a la pequeña, y la hechicera lo sabía bien. No como que eso facilitaba las cosas…

—Xochiquetzal… ¿quién era ella en verdad? —la seriedad en su voz, la elección del nombre, todo mostraba que él ya sabía la respuesta a la pregunta, sólo que no quería aceptarlo todavía.

La joven de ojos cacao mantuvo sus ojos cerrados, lágrimas resbalando por las orillas, mientras acariciaba su rostro contra la rosa blanca en sus manos, todo lo que quedaba de la pequeña que amó tanto. Inhaló una vez, un aliento profundo y un poco roto, antes de atreverse a decir la verdad que necesitaba ser reconocida:

—Nuestra hija no nacida.

Fiore no tenía idea de cuándo fue que se quedó dormida, sólo supo que había sucedido cuando despertó en una cama que no era la suya. Aunque eso no fue lo primero que notó, no, lo primero fue el hecho de que sus manos estaban vacías. Afortunadamente, quienquiera que la metió en esa cama seguro reconocía que la rosa blanca era importante, pues la encontró colocada en un simple pero bonito florero de vidrio sobre la mesita de noche, en un ángulo que se encontraba en su línea de visión.

Un vistazo fuera de su ventana le dijo que era pasada la medianoche, y también que no estaba en ningún lugar familiar. No era muy diferente de la mayoría de las colonias de la Ciudad de México, pero estaba segura de que no estaba en la capital, pues no se sentía rodeada de los rastros de su propio poder. También podía percibir a Draco y sus chicos en el mismo edificio, cerca; y otras dos personas con dones, podía sentir el lazo de sangre compartida.

Fue bastante fácil para ella volver a vestirse y ponerse los zapatos; se dio cuenta de que los lavaron en algún momento, pues ya no estaban húmedos ni enlodados, aunque las rasgaduras seguían ahí. Pasó sus dedos por su largo cabello para deshacer los nudos. Después, tras considerarlo por varios segundos, tomó el florero con la rosa blanca en sus manos, y se lo llevó consigo al salir de la recámara. Se encontró a sí misma en el segundo piso de una linda casa. Observó otras tres puertas en el mismo nivel, dentro de una podía percibir rastros del aura de Verónica, mientras que las otras dos contenían las auras de sus chicos.

Abajo encontró a una mujer untando mantequilla en un pan tostado, dos tazas de té junto a ella. Era de estatura y cuerpo promedio, con cabello castaño que comenzaba a encanecer, marcas de edad en su piel morena y ojos del mismo café chocolate de Verónica… Xóchitl no necesitó preguntar quién era, en ese momento era tan obvio…

—Cattleya… —la hechicera murmuró con voz queda.

—Mi Señora… —la mujer la saludó, inclinando la cabeza respetuosamente.

Fiore no necesitó preguntar, sabía que una de las tazas de té era para ella, igual que un poco del pan tostado, por lo que tomó ambos cuando le fueron ofrecidos y comió en silencio. No se había enfocado en su hambre antes de ese momento; pero una vez que lo hizo, se dio cuenta de que se estaba muriendo de hambre, no tenía nada en el estómago desde el desayuno de la mañana previa… o al menos creía que fue la mañana previa.

—Hoy es domingo, 20 de marzo, y es la 1:30 de la tarde —Cattleya contestó la pregunta no hecha—. Todos están a salvo, ustedes están en mi casa, aquí en Coacalco. Mi hija y sus amigos los trajeron antes del amanecer. Estabas dormida, igual que la mayoría de las chicas. Arreglé los dos cuartos de huéspedes para tus chicos, Verónica insistió en que durmieras en su recámara, mientras que el rey pasó la noche en el sofá-cama en el estudio de mi esposo. Mi esposo, Sergio, está fuera del país hasta el miércoles, así que no tienes que preocuparte de que nadie descubra sus secretos.

—¿Cuánto sabe él? —preguntó Fiore, preguntándose por un instante si llegaría a hacer la pregunta o Cattleya seguiría dándole todas las respuestas.

—Sabe que mi primer esposo murió en un accidente que no fue realmente un accidente, que dejé mi antiguo hogar porque temía por la seguridad de mi hija —explicó Cattleya—. Él nos acogió, se casó conmigo, sabiendo eso. Es por eso que el primer apellido de Verónica es Reséndiz, y no Yolotl, como es tu caso —respiró hondo—. Él sabe que Vero y yo a veces sabemos cosas, que somos diferentes, especiales, pero nunca ha preguntado qué nos hace así. Simplemente no le interesa saber. Sabe la historia del rey y su leyenda, por supuesto, pero igual que la mayoría de la gente hoy en día, no lo ve como nada más que historia vieja y mito, no cree que sea real.

La hechicera asintió, para sí misma más que para la otra mujer, eso era suficiente para ella. No era como que planeara que se quedaran por mucho tiempo, no habría necesidad de que Sergio Reséndiz descubriera nada.

Por varios minutos nadie dijo una palabra, las dos mujeres siguieron bebiendo su té y comiendo su pan. Eventualmente fue Cattleya quien rompió el silencio.

—Mi Señora… —comenzó ella.

Había algo en su tono de voz, en su aura al dirigirse a ella, que llamó la atención de Fiore al instante. Alzó la cabeza a tiempo para ver a la mujer mayor inclinar la cabeza en una reverencia profunda, penitente.

—Ofrezco mis más profundas y sinceras disculpas, Mi Señora, por fallarle —dijo estoicamente—. Por no estar donde era necesaria, por no cumplir mi deber para con usted… no puedo pedir que me perdone…

—¡No! —la hechicera gritó de súbito; después, entendiendo cómo sonaba eso, consideró mejor sus palabras—. No necesitas ser perdonada y yo no necesito disculpas… —pasó saliva, forzándose a calmarse, poniendo toda la fuerza de su antiguo yo en su expresión y voz al declarar—: Nunca te disculpes por ser una madre, Cattleya, por poner a tu hija primero. Hiciste lo correcto, y no necesitas perdón por eso. Nada, ni el deber ni el destino, podrá algún día ser más importante que la responsabilidad que una madre tiene para con su hija.

Ella lo sabía, por supuesto que lo sabía, después de todo, su propio amor por sus hijos era lo que inició todo el desastre de reencarnación del que fueron parte los últimos mil años. Y su amor por Rosita… sí, ella entendía lo que era ser una madre, y que nada podría ni debería ser jamás más importante que eso. Sólo deseaba que hubiera habido algo que pudiera hacer por su pequeñita… ¿Quién sabe? Quizás algún día ella conseguiría su propio pequeño milagro…

Cattleya acababa de salir de la cocina cuando la puerta que daba al patio trasero se abrió, permitiéndole a Draco entrar. Xóchitl no estaba sorprendida, lo percibió desde el momento en que despertó. No dijo nada cuando él fue a dejar su taza vacía en el fregadero, y después fue a pararse contra el mostrador, del otro lado de la mesa de la cocina, donde ella estaba. Ella no dijo una palabra, sólo terminó su té mientras esperaba a que él pusiera sus pensamientos en orden, lo cual a la larga hizo.

—¿Hace cuánto que lo sabes? —le preguntó él en voz baja—. ¿Sobre ti? ¿Sobre mí? ¿Sobre todo esto?

—Nunca olvidé —susurró Fiore, no era la primera vez que lo decía, pero cada vez que lo decía el impacto era el mismo—.

Creo que puede ser consecuencia del encantamiento que nos permitió reencarnar... Puesto que fui yo quien lo conjuró y... puesto que yo era la única viva, además de Tezcatlipoca, cuando lo hice.

—¿Qué...? —Draco no esperaba esa respuesta.

—Me hizo mirar —admitió ella en voz muy baja—. Me tomó cautiva y me hizo mirar mientras el templo era invadido, mientras mis chicos eran asesinados uno por uno... Sentí el momento en el que tú moriste, el *shock* fue tal que perdí al bebé casi al mismo tiempo —su voz se quebró un poco, pero ella continuó, necesitaba sacarlo todo—. Fue entonces que decidí hacer el hechizo. Comprendía que estaba llamando a fuerzas muy superiores a mí, pero es que no supe qué más hacer. ¡Todos ustedes habían muerto! Estaba sola, y no existía manera de que pudiera derrotarlo por mi cuenta. Yo... yo no supe qué más hacer... no podía seguir sin ustedes...

Por un momento pareció que Draco se lanzaría hacia ella, para abrazarla, hacer lo que fuera por reconfortarla... pero no lo hizo. En lugar de eso presionó sus manos contra la mesa, mirándola a los ojos.

—¿Por qué no me dijiste antes? —Él seguía sin entender esa parte y lo cierto era que necesitaba hacerlo—. He estado en el país por meses y...

—No lo sabía, no al principio —admitió ella con suavidad—. Cuando te conocí... sentí una conexión contigo, pero no la entendí. No sabía nada entonces sobre ti, o sobre mí o...

—Creí que dijiste que nunca olvidaste. —Los ojos de Draco se entrecerraron.

—No, yo... es complicado.

—Estoy intentando entenderte Fiore, pero tienes que dejarme.

Él tenía razón y ella lo sentía así; pero después de tantos años de guardarse la verdad, de no depender de nadie, era tan difícil...

—Yo nunca olvido —repitió ella al final de una larga pausa—. Cada vida, sé quién soy. El conocimiento no viene todo junto. Es algo relativo, siempre sé quién he sido, quién debo ser;

los sentimientos y los recuerdos vienen con el paso del tiempo, en etapas, mientras crezco, permitiéndome adaptarme a la información, absorberla sin que me sobrepase. Incluso entonces, fue tan impactante las primeras veces, hice locuras, hice que me mataran antes de poder encontrarte un par de veces. Pero aprendí de mis errores; porque no sólo recuerdo mi primera vida, recuerdo cada una de ellas. Así que aprendí a manejar las cosas, todos los recuerdos, las cosas buenas y las malas —respiró hondo antes de llegar a lo que era la parte crucial de su explicación—. Eso no fue lo que pasó esta vez. Yo… Algo pasó, cuando mataron a nuestros padres. Tantos del linaje habían sido cazados. Fue… como si de pronto se despertó en mí un instinto fuerte de supervivencia, obtuve todos mis recuerdos de golpe. Fue… un *shock*. No tenía idea de qué hacer, cómo manejarlo, ¡no se suponía que fuera así! Tú me ayudaste un poco, pero después te fuiste, y yo estaba sola, ¡y no sabía qué hacer! ¡No pude manejarlo!

Lágrimas caían por sus mejillas, una tras otra, y Draco finalmente entendió:

—Recibiste todos tus recuerdos… cuando tenías seis —exhaló en una mezcla de sorpresa y horror.

—Era una niña… —Fiore sollozó—. Una niña no tiene por qué saber lo que se siente morir, una docena de veces, haber visto a sus hijos asesinados una y otra vez, haber perdido… ¡todo! No pude hacerlo, no fui lo suficientemente fuerte… así que me hechicé a mí misma. Usé una rosa de té para bloquear mis recuerdos, ¡era la única forma en que podía sobrevivir! —estaba jadeando ante esos pensamientos—. Sólo que… hice un trabajo demasiado bueno. Tanto, que no recordaba nada en absoluto, ni siquiera creía más en las leyendas. Mi abuela no pudo manejarlo, no tenía idea de cómo lidiar conmigo. Nunca supo nada, sobre mis recuerdos, o lo que me hice a mí misma. Murió antes de que me involucrara en todo esto…

Otro remordimiento, el hecho de que nunca tuvo la oportunidad de hablar con su nana otra vez, de pedir perdón por todas las cosas crueles que fueron dichas; de decirle que ya no estaba avergonzada de quien era. En verdad nunca estuvo avergonzada, no realmente, tuvo miedo y no supo cómo manejarlo.

Fiore sollozaba contra sus propios brazos para ese punto, cruzados sobre la mesa frente a ella, cuando de pronto sintió brazos a su alrededor, jalándola, hasta que se encontró presionada contra un pecho, su rostro encontrando un recoveco perfecto contra una clavícula. Era Draco, la estaba sujetando, y ella estaba llorando, como nunca antes, todas las lágrimas que nunca tuvo la oportunidad de llorar.

—Soy… una cobarde —sollozó contra su cuello.

—No, no lo eres —susurró él contra su cabello, sin dejarla ir—. Eres la persona más fuerte que conozco… Sacnité.

—Topiltzin… —la hechicera reencarnada murmuró en respuesta.

Los dos se quedaron así, en la cocina, sujetándose el uno al otro como si sus vidas dependieran de ello, por un largo tiempo.

Apenas terminaron de desayunar Fiore preguntó si podían ayudarla a llegar a casa. Aún con lo agradecida que estaba por la ayuda de Verónica y Cattleya, todo lo que quería en ese momento era estar en casa, en su propia cama. Quería estar sola, donde pudiera llorar la pérdida de su bebé en paz…

Verónica anticipó que aquel momento llegaría e hizo los arreglos temprano; algunos de sus amigos, creyentes, los llevarían a todos a sus respectivos hogares. La propia Verónica insistió en ser quien llevase a Fiore, y a Draco, cuando él anunció que iría con ella.

Quizás el mejor momento de la mañana fue cuando, justo antes de que todos se marcharan, uno de los autos que los llevarían llegó ya con una pasajera, una mujer en una falda amplia rosa y una blusa de mangas largas color arena…

—¡¿Camelia?! —Xóchitl no podía terminar de creer lo que veía.

La mujer mayor sólo le sonrió, abrazando a la joven con fuerza. No conocía los detalles de todo lo sucedido, por supuesto que no, pero sabía que su sobrina había pasado por mucho, cosas que hubieran destruido a una persona normal, pero no a ella, no a Fiore…

—¿Cómo es esto posible? —Azucena estaba completamente estupefacta—. Tú… yo te vi…

La muchacha de ojos ambarinos no se atrevía a terminar la oración. Estaba tan abrumada por todo. Ella y Cris no iban a ir a su apartamento, sino al hospital. A su hermano lo llevaron ahí más temprano, mientras no tenía heridas físicas serias, el destierro mágico de Tezcatlipoca parecía haberle hecho algo, algo que ninguno de ellos podía entender. Fue uno de los seguidores de Verónica quien los convenció de llevar al hombre al hospital, y eso hicieron. Tomó mucho convencer a Azu de dejarlo ahí, y sólo lo hizo ante la promesa de que podría volver tan pronto como hubiera dormido y comido algo. No planeaba dejarlo de nuevo sino hasta que estuviera segura de que estaría bien, que Tezcatlipoca nunca podría volver a lastimar a ninguno de ellos, directa o indirectamente.

—Cattleya le advirtió a su hija del ataque inminente, y Verónica arregló que alguien nos siguiera ese día —explicó Camelia—. Me sacó de ahí después de que ustedes tuvieron que huir.

—Yo… yo no quería irme —admitió Azucena en voz queda—. No quería irme, pero tú me dijiste que me fuera y…

—Está bien, está bien. —Camelia abrazó a la joven sacerdotisa con fuerza cuando ella se tiró de rodillas junto a la mujer mayor—. Estamos bien ahora, y eso es lo único que importa.

No sería así si las cosas hubieran salido tan mal como habían temido. Pero no fue así, gracias a personas como Cattleya y Verónica. Camelia estaba viva y la amenaza por fin terminó. Ellos tenían la oportunidad de superar todas las cosas malas que pasaron, de sanar. Todos se merecían esa oportunidad.

El viaje al departamento no tomó mucho tiempo, aunque cuando Verónica estacionó el auto Xóchitl no pudo evitar sentir que fue una eternidad… la rosa blanca aún estaba en el florero y éste en sus manos, el cual Cattleya insistió ella aceptara como un pequeño regalo. Por suerte nadie preguntó acerca de su obsesión con la flor, creyendo que tenía algo que ver con el hecho de que ella era la hechicera… no tenían razón para sospechar nada más, después de todo.

—Gracias, por todo —murmuró Fiore un momento antes de salir del auto.

—Es un placer servirla, Mi Señora. —Verónica inclinó la cabeza con deferencia.

—No, no Señora, no más. —Xóchitl negó con la cabeza y tomó la barbilla de Verónica con una mano para mover su rostro hacia arriba y así besar su frente—. Prima…

—Prima —la muchacha más joven repitió—. ¿Qué pasa ahora?

Por un momento Fiore no pareció saber cómo contestar eso, luego miró más allá de la puerta abierta, hacia el árbol plantado fuera de la entrada al edificio de departamentos, y a todas las flores silvestres creciendo en su base. Rosa las había hecho aparecer, explicándole:

—*El árbol está tan solo Mami, necesita compañía… ¡necesita amigos!*

Una lágrima cayó por su rostro, pero la hechicera consiguió controlarse lo suficiente para no derrumbarse de nuevo, ya lo había hecho dos veces en menos de veinticuatro horas, y probablemente sucedería de nuevo, pero todavía no.

—Ahora…   vivimos   nuestras   vidas   —dijo eventualmente—. Como debe ser.

Era todo lo que podían hacer en realidad.

Finalmente ella y Draco salieron del auto y Fiore lo guio hasta su departamento. Alondra la saludó en el camino, recordándole que estarían organizando algunos juegos para los niños por la pascua, una cacería de huevos, por si quería ayudarlos. No le preguntó por Rosita, y mientras que Xóchitl no pudo evitar el dolor dentro de ella al comprender eso, una parte de ella supo que no habría preguntas. Su pequeña se había ido, y en lo que a la mayoría del mundo concernía, era como si nunca hubiera existido. Porque no había pertenecido, no realmente, todo lo que era ella se desvaneció, sólo tres personas sabrían que una niñita llamada Rosa, con ojos como la noche más oscura, cabello de un negro ébano y la sonrisa más brillante en el mundo alguna vez existió.

En lo que a los habitantes del edificio concernía, Fiore era una joven mujer que necesitó un lugar donde mudarse, que podría no ser una madre como el resto de ellos, pero estaba dispuesta a ayudarles, y por eso decidieron darle una oportunidad. Además, Camelia era amiga de casi la mitad de ellos, y todos confiaron en ella cuando les dijo que Fiore era una buena persona.

El momento que ingresaron al departamento, lo primero que Fiore vio fue el pequeño par de botas de lluvia color rosa. Las lágrimas que estuvo luchando por contener comenzaron a caer sin freno. Draco no le preguntó por qué lloraba, lo sabía, así que en lugar de eso la guio hasta el sofá más cercano, la ayudó a sentarse y después gentilmente extrajo el florero de sus manos, colocándolo en la mesa para café, directamente en su línea de visión.

—¿Cuéntame sobre ella? —solicitó él—. ¿Cómo era nuestra hija?

Él deseaba tanto saber, lamentaba no haber tenido la oportunidad de conocerla cuando estuvo presente. También quería creer que compartir las historias ayudaría a Fiore a aligerar la carga. Deseaba nada más que poder estar ahí para ella, como no pudo hacerlo por tanto tiempo…

—Ella era… —Xóchitl se interrumpió, ojos fijos en la flor mientras intentaba encontrar las palabras correctas—. Ella era hermosa, y amable, y gentil, siempre sonriente… tenía tus ojos, oscuros como la noche, y mi cabello, y su piel era lisa y… perfecta, ella era absolutamente perfecta —sollozó ligeramente—. Nuestra bebé era perfecta.

Él se sentó en el sofá junto a ella, guiándola apenas lo suficiente para que se recargara, mitad en el mueble, mitad en él, inclinándose un poco hacia su pecho mientras él sostenía sus manos entre las de él.

—Cuéntame más —susurró él en voz muy suave.

Fiore lo consideró por un momento, y luego empezó a contarle acerca de una carrera a través del parque una mañana, donde encontró a una niña llorando porque se picó el dedo con una espina…

Así pasaron el resto de la tarde, con una historia tras otra, asegurándose de que sin importar lo que pudiera pasar, ninguno de los dos olvidaría a la perfecta niñita que fuera su hija.

Capítulo 24
No-Me-Olvides

Escucharon las noticias a mediados de abril. Sobre el creciente número de personas que terminaban en el hospital por envenenamiento en Querétaro. Pronto las noticias crecieron, el veneno estaba en el agua, en el río, y se creía que era arsénico, o quizás mercurio, y había poca duda de que la razón eran las minas en Sierra Gorda. Minas que fueron sobreexplotadas en años recientes. Se convirtió en un circo total, mientras que grupos y hombres de negocios eran arrastrados por el fuego, figurativamente, con respecto a todo el asunto. A la larga la culpa de todo fue puesta sobre el presidente de la compañía dueña de la mayoría de esas minas: Marcelo Ahumada... el mismo abogado que Fiore conoció por primera vez en el pueblo tras la muerte de su nana.

La historia dio un giro entonces, cuando se reveló que el hermano mayor del señor Ahumada estaba en el hospital, donde terminó tras un terrible accidente mientras se encontraba de excursión, precisamente en Sierra Gorda. Se decía que perdió mucha de su memoria, que estaba casi catatónico, y que cuando hablaba era para recitar locuras en idiomas que nadie parecía entender. Llamaron a doctores de todas partes del país, y algunos incluso del extranjero, ninguno era capaz de encontrar una cura para lo que fuera que lo aquejaba. Al pasar el tiempo la gente comenzó a creer que cayó presa de su propio crimen: envenenamiento.

—¿Planeaste esto? —preguntó Draco, quien fue a su apartamento esa mañana de sábado, tan pronto como la más reciente pieza de noticias se hizo pública.

—No —Fiore no vio el caso en pretender que no sabía de lo que hablaba—. No está loco, no en verdad, es sólo que… Lo que yo hice, cuando tenía seis, bloqueé mis recuerdos, pero éstos aún estaban ahí, incluso si no podía acceder a ellos. Con él… los borré, todo lo relacionado con que él haya sido Tezcatlipoca, y así sellé todo lo que lo convertía en eso, lo que lo hacía un brujo… Un niño se puede adaptar con increíble facilidad a los más grandes traumas; un adulto, no tanto. Aunque sé que se recuperará en algún momento, su mente se adaptará y aprenderá a vivir sin esos recuerdos.

—¿Y quién o qué será él para entonces? —Draco quiso saber.

—Eso depende completamente de él —le aseguró ella—. Mientras no me amenace a mí o a los míos puede hacer de su vida lo que desee.

Draco asintió. Estaba a punto de alejarse cuando la vio levantar un pedazo de la tela blanca, y luego las bolsas por la puerta. También empezó a poner más atención a su atuendo: una falda café larga y una blusa color hueso, botas de piel curtida en sus pies.

—¿A dónde vas? —le preguntó, sin poder evitarlo.

—A Arroyo Seco —respondió Fiore, un tanto sombría—. A hacer lo que pueda para ayudar.

Lo cual explicaba las bolsas, llevaba todo tipo de hierbas ahí, así como semillas, en caso de que se le acabaran. Estaba segura de poder ser lo suficientemente discreta como para no llamar demasiado la atención. Y es que la cruda realidad era que la gente necesitaba tanto la ayuda, que estaba bastante segura de que aún si se daban cuenta, no dirían nada. La verdad es que Fiore se sintió muy mal por esas pobres personas desde el comienzo, no podía evitar pensar que ellos tenían al menos parte de la culpa de que las cosas se hubieran puesto tan mal, tan rápido. Aún y cuando, de acuerdo con su investigación, esas comunidades siempre corrían el riesgo de beber agua envenenada debido a las minas en la zona; algunas de las cuales podía considerarse eran la culpa de la encarnación actual de Tezcatlipoca y su familia; no cabía duda de que las acciones de ellos ese día, cuando sacaron al río de su cauce, no ayudaron para nada las cosas. Tenía que apoyarlos de algún modo.

—Voy contigo —anunció él.

—¡¿Qué?! —ella no se esperaba eso.

—Déjame hacerlo, por favor, yo también quiero ayudar —insistió él.

No tenía manera de saber si él llegó a la misma conclusión que ella o si era por otra razón que ofrecía su compañía. Al final ella asintió; tomando su bolsa, subió al carro y él manejó hasta Arroyo Seco.

Les tomó casi siete horas, pero reconocieron desde el comienzo que sería un viaje largo. Incluso así, valía la pena. Draco, siendo un completo caballero, se bajó del auto y se apuró alrededor de éste para abrir la puerta de Fiore, ofreciéndole su mano. El momento que ella bajó, él se quedó sin aliento. Notó cuando ella tomó la pieza de tela blanca para llevársela consigo, pero nunca se le ocurrió qué podía ser un velo. Un hermoso velo blanco tejido. En ese instante Fiore lucía más como Xochiquetzal que en cualquier momento antes, incluso en medio de su confrontación con Tezcatlipoca, y Draco no tenía ni idea de qué decir ante eso.

En los días después de la batalla él intentó abordar el tema con ella. Su pasado compartido, sus promesas… pero la hechicera reencarnada primero estuvo tan perdida en su pena, y después completamente enfocada en sus estudios, fue imposible encontrarla sola para hablar de cualquier cosa. Draco comenzó a creer que ella ya no podía amarlo de nuevo; quizás él esperó demasiado de su reencuentro. Y después la vio bajarse del auto, llevando ese velo… y la luz del sol había tocado el cuello de su blusa exactamente de la forma indicada para que él notara algo más: el dije de plata de un ave con una cola que era más larga que el resto de su cuerpo, colgando de su cuello… su regalo para ella, el quetzal de plata, ¡ella aún lo usaba! Eso le dio esperanza, como nada más hubiera podido hacerlo, y entonces decidió esperar, darle tiempo, ya tendrían su oportunidad.

Ese fue el primero, pero no el último, fin de semana que Fiore y Draco pasaron en Sierra Gorda. No siempre fueron a Arroyo Seco, a veces él los llevaba a un pueblo diferente, pero siempre hacían lo mismo: Fiore cargaba su bolso de hierbas curativas, usando su propia magia para hacerlas trabajar más rápido y mejor de lo que hubieran sido de otra forma; mientras que Draco ayudaba a mover a la gente y, cuando podía, purificaba tanta agua como fuera posible, para que la gente tuviera algo seguro que tomar.

Algunos de los pobladores tenían la sospecha de que la muchacha del velo blanco y el hombre de la barba tenían dones que ellos no podían comprender. La parte importante, sin embargo, era que estaban ahí para ayudar, así que se aseguraron de que nadie los interrumpiera, o hiciera preguntas innecesarias, que las autoridades y el Gobierno que habían comenzado a tomar interés en las comunidades no se enterasen acerca de ellos. No tenían idea de quiénes podían ser los dos jóvenes, pero sabían que eran especiales, y debían ser protegidos.

Pronto, no eran sólo ellos. Verónica fue la primera que vieron; de hecho, llegó antes que Fiore y Draco, con su propia gente, incluyendo su novio. Y mientras que los de su grupo no ostentaban el tipo de poder que el rey reencarnado y la hechicera poseían, tenían sus propias maneras de ayudar. Algunos estaban entrenados en primeros auxilios, otros habían recolectado ropa, comida, agua embotellada, medicinas, cualquier cosa que pudiera ser necesaria; y la parte más importante: todos estaban dispuestos a hacer cualquier cosa que fuera necesaria para ayudar a los necesitados. Una semana después, los chicos de Xochiquetzal estaban ahí también.

Incluso Esteban/Steve se les unió a la larga. Aunque él no se sintió tan seguro al respecto en un principio, los demás consiguieron convencerlo de que era importante participar; y él pronto observó que ayudar a deshacer al menos un poco del daño que fue obligado a causar cuando se enfrentaron con Tezcatlipoca lo ayudaría a sanar a él también.

Para el final de mayo el país no podía dejar de notar a todos los jóvenes, la mayoría de la capital, viajando a Sierra Gorda cada fin de semana para ayudar. Pero cuando un periodista intentó averiguar quién era responsable de todo, quién lo inició, Fiore y Draco no podían ser encontrados... Verónica tomó las riendas entonces, dando respuestas vagas y excusas, según fuera necesario, asegurándose que todos supieran que estaban ahí para ayudar, sin llegar a llamar la atención hacia quienes eran...

El primero de julio, Fiore Xóchitl Yolotl Nahuí pasó por el podio dándole la mano a diversas autoridades para recibir el diploma declarando que se había graduado de la universidad. Minutos más tarde, Verónica Reséndiz Yolotl hizo lo mismo. Entre el público, amigos y familia les aplaudían, y en el momento antes de bajar del pequeño escenario ellas podrían jurar que vieron varias figuras fantasmales observándolas desde la distancia, la familia que perdieron, aunque ellos en realidad nunca las dejaron...

A insistencia de Azucena y Magnolia todos fueron a celebrar. Fue entonces que Fiore anunció que fue aceptada en un muy prestigioso programa de maestría con una beca completa; también iba a comenzar a enseñar náhuatl a los interesados. Draco compartió su propia noticia: tenía terminada su tesis y la defendería el siguiente mes, pronto sería oficialmente Dr. Draco Yao Tamay. Verónica aceptó una oferta que recibió para un doble título; pasaría el siguiente año en Nueva York. El resto tenían sus propias noticias: todos iban a volver a la universidad, o a asistir por primera vez, como era el caso de Azucena.

Por tanto tiempo se sintieron tan perdidos. Belladona y su grupo en particular. Durante tres años se dedicaron por completo a encontrar a Xochiquetzal y Quetzalcóatl y ayudarles de cualquier manera posible... al principio no parecían saber qué hacer consigo mismos, una vez que eso se acabó. Siempre estuvieron tan enfocados en sus deberes, nunca se detuvieron a contemplar lo que podría pasar después, si siquiera existiría para ellos un "después", de hecho.

Les tomó un tiempo acostumbrarse a la idea de que todo aquello terminó, que podían tener sus propias vidas y sus líderes reencarnados los alentaban de todo corazón.

—Hay… una cosa que le dije a nana una vez… —Xóchitl vaciló al principio, pero por fin consiguió poner sus pensamientos en palabras—. Le dije que éramos más que sólo flores. Quizás no fue lo mejor que pude decirle ese día, pero eso no significa que no lo crea. Sí, lo hago. No hay nada malo con quienes somos, con nuestros dones, por supuesto que no; pero quienes podamos haber sido en el pasado no nos define. No significa que no podamos ser nada más. Esta vida es un regalo; así que, por favor, vívanla; sean todo lo que quieran, todo lo que puedan ser. Eso es lo único que siempre he querido para nosotros.

No pasó en un día, pero a la larga todos comenzaron a encontrar su camino.

La única duda que quedó tras la batalla con Tezcatlipoca fue con relación a las sombras. Había sido particularmente difícil para Fiore explicar esa, no porque no supiera la respuesta, sino por cuanto dolía la verdad:

—Ustedes saben lo que hay detrás de las sombras, las almas encadenadas —les dijo ella ese día, muy quedamente—. Lo que no estoy segura que entiendan, es de dónde vienen esas almas en realidad… Cuando Quetzalcóatl ascendió al poder inicialmente, él puso fin a los sacrificios humanos. Sacrificios de sangre se permitían, pero nada de muerte, y menos la de otros. Él… ambos lo veíamos como trágico, e incluso bárbaro. Cuando él se fue, Tezcatlipoca se aseguró de que su sucesor los volviera a emplear de inmediato. Por años, aquellos sacrificados fueron todos aquellos que se atrevieran a alzar la voz contra los cambios, a desear el regreso de Quetzalcóatl, aquellos que creían en nosotros… fue así como Tezcatlipoca intentó extirparnos, asegurarse de que seríamos olvidados. Fracasó, pero eso no cambia que tantas personas murieron. —Una lágrima resbaló por su mejilla—. Las sombras… son las almas de aquellos sacrificados, sacados del mundo de los espíritus para servir a Tezcatlipoca, vueltos esclavos. Es por eso que yo debía liberarlos, soy la única que podía hacerlo. Pero sin él… eso significa que ya nunca podrán ser esclavizados de nuevo. Están en paz, y así es como se van a quedar.

No fue fácil hablar del tema, pero el saber que todo en verdad acabó, por fin, los reconfortaba un poco, y aunque no fuera perfecto, tendría que ser suficiente.

—Sólo hay una pregunta que en verdad necesito hacer.

Habían terminado la cena e incluso algunas bebidas, era tarde y la mayoría estaban listos para irse a casa, cuando Azucena inesperadamente se puso muy seria al dirigirse a Fiore.

—¿Qué pasa Azu? —preguntó la hechicera, usando su apodo a propósito para intentar que su mejor amiga se relajase, ya que se sentía preocupada por su seriedad.

—Yo… —Azucena sonrió, sólo un poco, aunque no dejó de estar seria—. ¿Tenemos prohibido… amar? ¿Estar en una relación, quiero decir?

—¡¿Qué…?! —Fiore en verdad no se esperaba esa pregunta.

—Es sólo que… —la de ojos ambarinos no pudo contenerse más, empezó a balbucear—. Amo a Cris, sé que eso es bastante obvio. Pero la mitad del tiempo cuando lo beso tengo recuerdos del pasado, y cada vez que eso pasa no puedo evitar sentir que hay algo malo con lo que estamos haciendo. Y odiaría pensar que estoy rompiendo algún voto sagrado, o tradición, o algo, pero no puedo dejar de amarlo y…

Xóchitl presionó un dedo contra los labios de Azucena, sin saber qué más hacer para detener su discurso. Esperó un par de segundos, hasta que la muchacha empezó a respirar correctamente otra vez, luego habló:

—Azucena… —comenzó con su mejor sonrisa—. No hay absolutamente nada de malo con amar. Es… ¡es amor! ¡Nada podría estar mal con eso!

Hubo una exclamación no-verbal de parte de alguien más, aunque nadie se enfocó en eso, toda la atención de Fiore seguía en Azucena.

—Creo, creo que sé qué es lo que hace que te sientas así —admitió la hechicera tras unos segundos—. Nunca hubo ningún juramento, ni tradiciones… cuando tú, cuando todas ustedes vinieron a mí eran chicas, niñas en realidad. Quetzalcóatl me las trajo para que las ayudara, las criara. Se volvieron como mis propias hijas. Cuando crecieron… se pudieron haber ido, pudieron haberse casado, tenido sus familias, pero no quisieron hacerlo. Había unos nobles en Tula que las querían para esposas, pero me rehusé a permitir que las obligaran, tenía que ser su elección, y ustedes no quisieron. Así es que se quedaron. Se volvieron sacerdotisas. Nunca fue necesario que fueran castas, pero que otros creyeran eso era una capa más de protección para todas. Quetzalcóatl eventualmente envió a cuatro de sus mejores guerreros, sus atlantes, que es como terminamos todos juntos en el templo —exhaló—. Así que, como verán, no hay nada de malo con que amen, con que las amen, y ciertamente estoy muy feliz por ustedes y las apoyaré sin importar lo que decidan.

Eso fue todo lo que Azucena necesitaba escuchar, el siguiente segundo había jalado a Cris hacia ella y lo estaba besando con toda la intensidad que hasta entonces guardó en su corazón.

—¡Hey hombre! —llamó Steve entre risas unos segundos después—. ¡Mantén esas manos donde pueda verlas!

Todos rieron con esa exagerada llamada de atención.

La risa se interrumpió un momento después con una exclamación gutural cuando Belladona fue de súbito besada por un muy azorado Eduardo. Lo cual propició más carcajadas.

Ellos eran las únicas parejas entre los hijos de Xochiquetzal, pues Julián nunca vería a Jacinta como nada más que su hermana, lo mismo ella con él; mientras que Magnolia y David siempre serían los mejores amigos y hasta ahí nomás. Pero eso estaba bien, eso era lo que escogieron para sus vidas, y eso era suficiente.

—No lo hice por eso, ¿sabes? —comentó Fiore en voz baja.

La fiesta ya había terminado, Draco insistió en llevarla a casa, y, sin pensarlo, ambos terminaron en el apartamento bebiendo té mientras platicaban.

—No por amor, no en verdad… o al menos, no ese tipo de amor —siguió—. Lo hice porque los amo, a todos ellos.

—Son tus chicos —finalizó él por ella—. Siempre lo han sido, siempre lo serán.

—Exacto —ella sabía que él entendía.

Por varios minutos ninguno de ellos dijo una palabra, sólo continuaron sorbiendo su té. No tenían prisa, aunque se notaba una cierta tensión en la habitación que parecía crecer conforme pasaban los minutos. Cuando por fin no hubo más té en las tazas, y apenas Draco colocó la suya en la mesita de centro, Xóchitl tomó ambas y se las llevó a la cocina. No volvió de inmediato, en lugar de eso fue a pararse junto a la puerta de cristal que daba al pequeño balcón, observando la luna alzarse.

—¿Eso es todo, entonces? —Draco habló tras lo que pareció una eternidad.

—¿Qué...? —Fiore volteó a verlo sobre su hombro, como si no entendiera lo que quería decir, aunque ambos sabían que sí comprendía de qué hablaba.

—Yo... no puedo seguir haciendo esto —el rey reencarnado admitió.

Pareció casi arrastrarse hasta sus pies y hacia la hechicera reencarnada, hasta que quedaron tan cerca que podían sentir el calor del cuerpo del otro, sus auras vibrando con el poder apenas contenido bajo sus pieles humanas... pero seguían sin tocarse.

—Creí que podía hacerlo —siguió él, tornando su mirada más allá de ella, al mismo cielo nocturno en el que Fiore se perdió antes—. Que podría esperarte tanto como fuera necesario. He esperado mil años después de todo, ¿qué son algunos más? —se mofó de sí mismo—. Excepto que esta espera me está volviendo loco. Esta incertidumbre... no puedo vivir así, Mi Señora, no me lo pida.

—Deseo nunca pedir algo que no ha sido ofrecido libremente —las palabras salieron de los labios de Fiore antes de que ella pudiera detenerse a pensarlo.

—Lo sé, yo sólo... —la voz de él se quebró, no podía encontrar las palabras, o quizás era que no estaba dispuesto a decir en voz alta lo que estaba en su mente.

—He sido injusta contigo, lo sé. En mi deseo de darte tu libertad te he herido, y lamento mucho eso.

—No entiendo.

—Tu mirada busca el dije, sé que lo hace. Te preguntas por qué lo uso, mis razones tras esa decisión. Y si hubiera sido más fácil si simplemente hubiera dejado de usarlo, o por qué no puedo hacer eso.

—¿Es esa tu respuesta entonces? ¿Debo alejarme de ti? ¿Abandonar todas las promesas que hice una vez?

—Eso... ¡es eso exactamente!

—¿Qué...?

—Nunca quise ser sólo una promesa para ti, un deber. ¡Quiero más! ¡Me merezco más!

La reencarnación de Quetzalcóatl no dijo nada, ya fuera porque no entendía lo que Xochiquetzal estaba diciendo, o porque no podía creerlo.

—Sé que me amaste una vez, la persona que solía ser, todos esos años y vidas atrás. Y nunca negaré que te amé, que te amo aún ahora, nunca he dejado de amarte, y probablemente nunca lo haré. Pero no soy ella. No soy la persona que era hace mil años, no más, no he sido ella por un largo tiempo... Sus ojos se cerraron brevemente, y cuando los abrió de nuevo ella se llevó las manos a su propio cuello, desabrochando el collar. Sujetándolo con manos temblorosas. Le dolía sentir que esa joya dejaba su cuello; no se lo había quitado por ninguna razón desde que se lo colocó tras encontrarlo en el joyero de madera en la habitación de su nana todos esos meses atrás. Nunca se imaginó sacándoselo...

No soy la mujer a quien le hiciste esas promesas —agregó ella, forzando su voz a que sonara segura, incluso cuando su garganta amenazaba con cerrarse y sus ojos se llenaban de lágrimas—. Y yo... por mucho que te ame, y aun sabiendo que siempre lo haré, no puedo atarte a mí con tales promesas. No sería correcto. Porque yo quiero a alguien que me ame a mí, que ame a Fiore, a Xóchitl, tanto como Quetzalcóatl una vez amó a Xochiquetzal... pero más importante, tanto como Topiltzin amó a Sacnité.

—Oh Fiore... —Draco exhaló, al tiempo que sus manos acunaron el rostro de ella.

Y era su nombre en sus labios, el nombre de ella, no el de su vida pasada, el de una hechicera y casi-princesa y seudo-diosa muerta hacía tanto y perdida en los giros del tiempo y las leyendas... ¡era su nombre!

Cuando Draco besó a Fiore fue una bendición, el cumplimiento de cada sueño alguna vez soñado... fue la consumación de una promesa milenaria, y mil promesas nuevas, todo al mismo tiempo. Y cuando él colocó el dije del quetzal de plata de nuevo en su cuello... todo fue absolutamente perfecto.

Epílogo

Sonó el timbre y Verónica se apresuró hasta la puerta, abriéndola sin usar la mirilla, o siquiera preguntar quién era, no necesitaba hacerlo, podía sentir el aura con claridad, aunque sentía algo fuera de lugar en ella... o quizás no fuera de lugar, sólo diferente. No se detuvo a pensar mucho al respecto y sonrió a las personas del otro lado.

—Fiore —saludó a la otra chica con un asentimiento de cabeza, apenas poco menos que una reverencia.

—Verónica —replicó la mujer de cabellos negros, intencionalmente inclinando su cabeza.

La mujer más joven no esperaba la visita; de igual manera, no estaba sorprendida tampoco. No con lo sucedido en los últimos días.

Habían pasado dos años desde la confrontación final con Tezcatlipoca, y todo lo que siguiera; desde la graduación de Fiore y Verónica de la universidad y las decisiones que cada una tomó para continuar sus estudios; desde que el resto del grupo eligió volver a la universidad, construir vidas para ellos mismos más allá de las reencarnaciones y quienes pudieran haber sido. Algunos incluso consiguieron terminar la universidad en ese tiempo.

Dos años durante los cuales Verónica y Fiore se reunían con tanta frecuencia como fuera posible, al menos una vez que la primera de ellas volviera de Nueva York; para una taza de té, o chocolate caliente, o algo así. Tiempo que pasaron construyendo una relación familiar que nunca tuvieran la oportunidad de tener antes. Aunque nada de eso pudo haber preparado a Verónica para lo que recibió en el correo una semana antes. Un cheque, ¡por tres millones!

—¡¿Qué demonios?! —exclamó ella apenas dejó pasar a su prima y cerró la puerta del apartamento—. ¿Qué fue eso...? ¿ese...?

La joven mayor se encogió un poco ante el tono.

—Lo siento —murmuró ella, jugando con la punta de su trenza un poco—. Nosotros... Mi intención era llamarte, encontrarme contigo antes de que recibieras ese cheque. Pero la negociación con los abogados se extendió más de lo planeado, y después nos tuvimos que ir y... —exhaló—. Lo siento.

—No te disculpes, ¡dime qué se supone que debo hacer con tres millones de pesos! —la voz de Verónica pasó dos octavos, con el estrés de la situación.

—Cambia el mundo —cuando Xóchitl lo decía lo hacía sonar como si fuera lo más obvio, la única respuesta posible.

—Fiore...

—Te he visto... estos últimos años... Después de Sierra Gorda, y todo el bien que hicimos ahí. Sé que has intentado hacer lo mismo de nuevo, en otros lugares, ayudar a otras personas... y no ha funcionado, no como has querido de todos modos. Y no es que no tengas el apoyo, porque tu gente... ellos te siguen, y siempre lo harán, porque creen en ti. Pero no tienes realmente los recursos —exhaló y sonrió—. Bueno, ahora los tienes.

—Pero... ¡¿tres millones?! —Verónica realmente estaba teniendo dificultad para lidiar con ese detalle—. ¡¿De dónde sacaste esa clase de dinero?!

—Ahumada. El abogado. Fue a verme justo después de la muerte de nana, a disputar la propiedad de los terrenos del templo... por supuesto ahora sabemos que era Tezcatlipoca detrás de todo el asunto y que, sin importar los tratos, nunca hubiera podido poner un pie en el lugar de todos modos... Después Tezcatlipoca olvidó, y el abogado no puede demandar que devuelva el dinero, no legalmente al menos; en lo que a la mayoría concierne, el pueblo no existe. Sería una pesadilla de proporciones épicas. —Negó con la cabeza, esa no era la parte importante—. Nunca se sintió correcto, tener ese dinero. Es por eso que nunca lo gasté, en todos los meses que lo tuve, sólo lo dejé en el banco. Después, otras cosas pasaron y a decir verdad me olvidé de él por un tiempo. —Cerró sus ojos brevemente—. El año pasado… los vi, a ti y a tu gente, haciendo todo lo posible por ayudar después de ese terremoto, y todas las formas en que ustedes sufrieron cuando nada parecía ser suficiente. Fue entonces cuando el plan comenzó.

—¿Plan?

—Mucho de éste fue idea de Draco, de hecho. La organización sin fines de lucro, todo está arreglado para ser tan legal y oficial como sea posible. Los papeles debieron haber llegado junto con el cheque, a decir verdad.

Así fue, pero Verónica no leyó nada, demasiado estupefacta por el número de ceros en ese cheque.

—Tendrás que llenar algunos documentos, por supuesto —siguió diciendo Fiore—. Para tomar posesión de todo, poner un nombre a la organización y decidir cómo quieres usar el dinero. Pero, esencialmente, está todo en tus manos ahora.

—¿Por qué…? Yo no… no entiendo. ¿Por qué estás haciendo esto?

—Dime algo, prima. Tú debes conocer las leyendas, sobre Quetzalcóatl y Xochiquetzal; probablemente creciste escuchándolas tanto como yo.

—Por supuesto. —Quizás no tanto como Xóchitl, no cuando ya no vivían en el pueblo y técnicamente estaban escondidas, pero sí sabía algo—. Siempre quise ser parte de todo. Encontrarlos…

—¿Qué creíste que pasaría cuando dieras con nosotros?

—Yo… —No podía admitirlo en voz alta, no se atrevía, pero la verdad es que Verónica nunca osó imaginar tanto.

—Sé lo que la mayoría hubiera esperado, lo que algunos ciertamente esperaban: Que nos convertiríamos en alguna clase de ángeles vengadores, destruyendo a nuestros enemigos y reclamando nuestra herencia… pero eso sencillamente no es posible. Los toltecas hace mucho que desaparecieron, no hay corona, no hay trono para que Quetzalcóatl reclame. Incluso con el templo, nuestros poderes y aquellos que en verdad son creyentes, hubiera sido imposible.

Estaba en lo cierto, por supuesto que sí; y era bastante probable que Verónica no fuese la única que nunca contempló los pasos a seguir tan a futuro.

—Esto… nosotros reencarnando —continuó Fiore—. Ya sabes que fue mi culpa. Pero nunca lo hice por ningún trono, ni siquiera por venganza. La verdad es que aún y con lo mucho que Tezcatlipoca retorció la historia en un intento por borrarnos. —Y había conseguido retorcer la memoria de ella lo suficiente que la Xochiquetzal que la historia conocía no tenía nada que ver con ella—. Los creyentes hicieron exactamente lo mismo, sólo que en la dirección opuesta. Nos convirtieron en… algún tipo de divinidades, mesías… ¡es ridículo! Esto nunca se trató de salvar el mundo, o gobernarlo, ni nada de eso. Todo lo que queríamos, lo que siempre he querido, es una oportunidad de vivir nuestras vidas, como lo merecemos, sin miedo… eso es todo —exhaló—. Puede no ser el glorioso propósito que algunos imaginaron, pero es más que suficiente para nosotros. Sólo vivir. ¿No lo merecemos?

Verónica no respondió, pero no importaba, la pregunta era retórica de todas formas.

—Y luego estás tú… tú sí quieres cambiar el mundo, quieres salvarlo. Y tienes gente dispuesta a seguirte, a hacer todo, lo que sea que tengan que hacer. Y eso es increíble. Lo respeto. Tú eres lo que los creyentes de nuestros mitos esperaban, lo que merecen. Así que sí, te estoy dando el dinero, y deseándote lo mejor en tus futuros empeños. Debes saber que si nos necesitas estamos disponibles, haremos lo posible por ayudar, siempre. Todo lo que tienes que hacer es llamarnos.

Era bastante obvio que Verónica todavía tenía problemas para conciliar todo, pero ella simplemente asintió. Siempre se había imaginado las leyendas volviéndose realidad, el verdadero rey regresando, todas las formas en que él y su princesa ayudarían a salvar el mundo; todas las maneras en que ella quería ayudarles a hacerlo. No negaría que estaba un poco decepcionada al descubrir que no tenían intención de intentarlo siquiera; pero Fiore tenía razón, se merecían tomar sus propias decisiones, vivir sus vidas. Eso no significaba que ella tenía que enterrar sus propios deseos, aún podía hacer cosas ella misma, tenía gente dispuesta a ayudarla; y, gracias a Fiore, tenía el dinero también.

—Así que, ¿vendrás con nosotros hoy?

Xóchitl estaba casi en la puerta y se detuvo antes de abrirla, mirando sobre su hombro.

—¿Eso es hoy? —preguntó la muchacha más joven, medio ausente.

—Sí —la pelinegra asintió—. ¿Así que…?

—Seguro, ¿por qué no?

Alrededor de dos horas después el último auto se estacionó en la orilla de un camino poco usado, tan pequeño que los coches apenas si cabían en él, y el viaje fue todo menos cómodo.

—Así que… ¿por qué estamos aquí? —preguntó Steve arrastrando las palabras mientras se bajaba de su moto.

Técnicamente era la motocicleta de su hermana, pero como ella se había ofrecido a ir con su novio para que él pudiera usar esa…

—Me dijeron que íbamos a alguna clase de excursión a Tula, no estoy seguro del por qué, no es como que el lugar sea nada especial… —siguió Steve, hasta ser interrumpido por un manotazo a la parte de atrás de su cabeza, dado ni más ni menos que por su hermana, Azucena—. ¡Hey!

—Silencio —siguió Laura, la misma mujer que la mayoría conocieron primero como Belladona, ordenó—. Muestra algo de respeto.

Steve puso los ojos en blanco, pero no dijo más nada.

—Tula fue una vez la capital de un gran imperio —declaró Eduardo en un tono solemne—. El gran imperio de nuestro rey.

—*Okay*… incluso si ese es el caso, sí saben que la ciudad en realidad está por allá, ¿cierto? —El hombre señaló hacia su derecha, por donde llegaron.

—Mucho ha cambiado en mil años, Steve —Draco eligió explicar las cosas un poco mejor—. Algunas ciudades se han vuelto más grandes, otras más pequeñas. Este punto, justo aquí…

—Señaló unas rocas, los restos de un arco, a menos de dos metros de distancia—. Esto fue alguna vez la entrada a Tula.

—Ya veo… —No lo hacía, pero no lo iba a admitir.

Steve sabía, por supuesto, que había cosas que nunca entendería. Su hermana era parte de algo tan grande que su mente nunca lo comprendería. Le explicaron que él era parte de ello también, incluso si no podía recordar nada, y no tenía poderes fantásticos, como el resto del grupo. Fuera de lo que podía hacer con los felinos… aunque era bastante probable que nunca supiesen con seguridad si eso era algo de él o algo que Tezcatlipoca le hizo. Con todo, era útil, estaba estudiando para ser veterinario y su sueño era trabajar en un zoológico, o quizás en una reserva de vida salvaje.

—Estamos aquí para cumplir una promesa —aclaró Draco, sabiendo que su amigo en realidad no entendía—. Hace mil años le prometí al amor de mi vida que un día ella entraría a Tula de mi brazo, como la reina que era en mi corazón. Puede que ya no sea capaz de ofrecer un verdadero reino, pero en el fondo eso nunca nos importó a nosotros. De todos modos, esto es lo correcto. Éste es, después de todo, nuestro nuevo comienzo.

Nadie preguntó por qué llamaba a ese día su nuevo comienzo cuando ya habían pasado dos años y varios meses desde la confrontación final con Tezcatlipoca, y un mes desde la boda. Tales detalles no parecían tener importancia en ese momento.

Sin más que decir, Fiore colocó su mano en el brazo doblado de Draco y ambos caminaron lentamente la distancia separándolos del arco caído, y cuando llegaron… tal parecía que todavía existía un poco de magia en el lugar después de todo, pues en el momento en que ambos cruzaron fue como si alguna clase de poder volviera el tiempo atrás, mientras las piedras volaban a sus posiciones, reformando el arco, exactamente como debía haber sido todos esos siglos atrás. Y no sólo eso, el suelo seco y erosionado bajo sus pies de pronto se volvió verde y exuberante, flores brotando por todas partes. Todo tipo de flores silvestres, en todos los colores del arcoíris.

El resto del grupo no necesitó que nadie dijera una palabra; todos se apresuraron al arco tras su antiguo rey y hechicera, sin darse cuenta de que tomaban posiciones en un medio-círculo flojo detrás de ellos.

Los efectos de cualquier magia que hubiera en la tierra no se extendieron muy lejos, pero no hacía falta, era suficiente.

—Aquí estamos —anunció Draco, tomando ambas manos de su amada en las propias—. Por fin.

—Y todo valió la pena —le aseguró Fiore con una sonrisa gentil.

—Sí, así fue —él estuvo de acuerdo.

Ambos notaron de reojo cuando Verónica se alejó de la formación, pasándolos a ellos y caminando entre las flores antes de encuclillarse.

—Vero… —llamó Fiore, girándose hacia ella, insegura de lo que pudiera estar pasando.

Por toda respuesta su prima se levantó y se giró hacia ellos para ofrecerle a Fiore la flor que acababa de recolectar:

—Creo que ésta es para ti… prima —susurró ella, su voz muy, muy suave, como si creyera que cualquier otra cosa rompería el momento de alguna forma.

Todos observaron la flor en silencio, la mayoría sin entender qué tenía de especial. Excepto por aquella para la que era la flor, ella la tomó en sus manos y la acunó contra su cuerpo, justo debajo de su corazón, al mismo tiempo que un par de brazos envolvían su cintura por detrás, manos reposando de manera casi protectora sobre su vientre aún plano.

La flor era una rosa blanca.